碧湾之上

黄义 著

成都时代出版社
CHENGDU TIMES PRESS

图书在版编目（CIP）数据

碧湾之上 / 黄义著 . -- 成都：成都时代出版社，

2025. 1. -- ISBN 978-7-5464-3542-8

Ⅰ . I267

中国国家版本馆 CIP 数据核字第 2024LA0823 号

碧湾之上
BIWAN ZHI SHANG

黄义 / 著

出 品 人	钟　江
责任编辑	樊思岐
责任校对	李　航
责任印制	江　黎　曾译乐
装帧设计	隐园文化

出版发行	成都时代出版社
电　　话	（028）86742352（编辑部）
	（028）86763285（图书发行）
印　　刷	长沙精宏印务有限公司
规　　格	170mm×240mm
印　　张	17
字　　数	250 千
版　　次	2025 年 1 月第 1 版
印　　次	2025 年 1 月第 1 次印刷
书　　号	ISBN 978-7-5464-3542-8
定　　价	98.00 元

前 言

真情无敌胜千言

梁瑞郴

文学说到底是情感的表达。亲情、友情、爱情、乡情、国情……方家说：情为文章之根。即言情为一篇文章的生命源泉、树高千尺的根本。由此生发多情山水、爱恨人物、感人情节、摄人心魄的细节。但有情并非一定能打动人，人间有真情实意，也有虚情假意。说到底，真正打动人的，必须是真性情，真感情。

真情是衡量文字价值的根本，纵使文采斐然、情感充沛，若充斥的是虚情假意，则像烟花一样，灿若一时，永久消逝。

《碧湾之上》是作者多年文稿的结集，集录了他童年时光、负笈洞庭、跋涉省城、打拼人生的多维世界。不说他写作的创新，仅在真情弥漫之中，你就可领略他精神世界的真性情。

有人认为，故乡、童年、亲友等，都是生活的一种重复，都是无谓的渲染。正是这种观点的大行其道，打压了这种文字的存在空间，削减了这种文字宣扬的人间正道。

读《碧湾之上》，我最喜爱的文字，便是这组写故乡、写童年、写亲人的文字。从爷爷奶奶到父母，从三姑四姨到曲里拐弯的亲戚，作者具有强烈的文字还原能力，我们几乎可以听到人物的呼吸，触摸他们的毛发，感受他们内心的波澜。作者跨越凌空蹈虚的描写，写父亲义无返顾的选择，写母亲一以贯之的执念，写堂兄倾情一生的追求，写族人与命运抗争的血性。将碧湾之美、黄氏之荣，糅合其间，既有时代的特点，又时时闪耀家族的星光。表面看起来得来全不费工夫，实则匠心独运、苦心经营，显示出作者较早便悟出"炼字"的炼金术。

我固执地认为，越是原始的、粗糙的、充满底色的东西，越是人间最稳定的东西。乡愁不是几座老房子的堆砌，更不是老物件的摆设。童年回忆中最牢固的是妈妈的味道，这种东西几乎终其一生而绝少改变。

《碧湾之上》既有视觉之斑斓，又有嗅觉之杂陈，更有听觉之悦耳，但真正进入你心扉的，缠绵于你四周久久不散的，是一种坚韧不摧的味道，这才是这个村庄的灵魂和本色。作者不是刻意去写这些东西，而是在描摹人、事、物的过程中，自然而然地流露。这就使这个充满个性的乡村，具有了自己最稳定的底色、最原始的本真。

文章天下事，关键在真知。

《碧湾之上》，从文学出发，即便是短小的通讯，也写得情趣盎然，元气充沛。尤其是那些劳模式的人物，总写得富有血肉、充满情绪。所以从这个角度，我更赞赏文集的厚重。

《碧湾之上》更值得推崇的是，作者有几篇是对黄庭坚的专门研究。这不是家族名门的炫耀，而是近千年后，黄氏一位后生对祖先的崇拜。所谓慎终追远，寻找来路，这是中华民族的优良传统。作者的这几篇文章，不仅具有史料价值，而且是对一个村庄精神探求的深入。

黄庭坚，北宋诗人、词人，宋四家有之。犹其可贵的是，他与苏轼双剑合璧，无论是文学上还是艺术上，都是卓然大家，在中国文艺史上，高标领航。他对长枪大戟书法的开创，让中国文人书法血骨盎然，嘎嘎作响。

从这个意义上看，《碧湾之上》寻找到了精神的源头和文脉的皈依。

（作者系中国作家协会会员。现任湖南省散文学会会长，湖南省作协名誉主席）

目录

洞庭记忆

湘江印象

潇湘寻梦

麓山笔谈

湖湘风流

文化探源

洞庭记忆

碧湾之上

堂兄干了一辈子乡村教师，退休后也不闲着，为乡邻白事喊礼之余，近些年一直忙于整理族谱。几次回乡，翻看他从各处收集来的一摞摞资料，总让我肃然起敬。已到知天命之年的我，常常会在城市打拼中，遇到这样那样的困惑。怎么办？或许追踪寻迹，走进历史，是一个不错的选择。而族谱是一个家族的历史，靠近它，沿着那些书籍的印痕，可以触摸的是家族的家风和家训，那里安放的是这个家族的魂。

据《罗江黄氏族谱流考》称："我迁湘始祖明公系山谷公之后裔，于明嘉靖间先徙湘阴瑞灵台和碧湾。"山谷公即指北宋诗家黄庭坚，碧湾则是罗江黄家湾前称。迁湘始祖明公黄嘉琳，原籍江西分宁（现修水）双井台坪人，明朝嘉靖年间钟爱洞庭山水，偕家室宗族徙居于此。

我常常思考：迁湘近500年来，这个家族在罗江繁衍生息，后人成长的基因和密码到底来自哪里？也许，答案在那一处处河洲和滩头上，在那一块块牧场和墓地里，在那一本本族谱和书籍中。无数次奔走于世代祖居的故土，那些从未知晓的家族秘密，那些先祖流传下来的家族故事，被层层剥开后，让人震撼和感慨。

近500年来，不断有人从这里出发，又不断有人返回。这个曾让人想逃离的地方，随着岁月的更替、人事的代谢，又成了游子午夜梦回的佳境。梦里故乡，它的轮廓就像被摄像镜头推拉摇移了一般，由模糊逐渐清晰，醒后还依稀可见。

我曾在散文《罗江楚韵》中还原过家乡的美：

"老家罗滨村黄家湾三面环水，是罗江岸边的一座河洲。"横向南面是蜿蜒弯曲的内河，北面是娇小灵动的罗江，宛如两条彩带系在几个村庄的腰上。在坐标内，红砖黛瓦、田野平畴、水塘小坝散布其中。"

碧湾，一个充满诗意的地名。它何时改名为黄家湾，我无从考证。但我毫无理由地喜欢上了它！据村里老人讲，罗江未改道前，这里曾经是水运的一个黄金码头，成为内河后，多了些静谧，少了商业气氛和烟火味儿。

有诗人说，"故乡真小／小得／只盛得下／两个字"。故乡，曾经是贫穷、饥饿、疾病、洪灾的代名词，还一度被城市的繁华、喧闹、欲望、争执所挤压，小得让人忘怀，渐行渐远。有作家说，"这样的村庄，我曾经多么熟悉。它是我身体的籍贯、灵魂的故乡。后来，我'唧'的一声，蝉一样地飞走了。村庄，成了我身上褪下的一张皮"。

是呀！与其说故乡是有形的、物质的，毋宁说是形而上的、精神的！后人可以回不了地理意义上的黄家湾，但一定要回到文化意义上的碧湾。因为那是我们精神上永远的故乡。如果失去精神和文化滋养，没有仁义和孝悌的传承，缺乏节操和道德的约定，我们的故园，留下的只会是苍黄与萧索，那只不过是土地与山水的拼凑，是房屋与墓地的组合，是一座真正需要整治的阔大的空心房！庆幸的是，重修族谱正是构筑这座精神家园的地基，是乡村振兴的又一次出发。

碧湾之上，那里一定端坐着罗江黄氏宗亲的先祖——黄庭坚，他的自述"似僧有发，似俗无尘，作梦中梦，见身外身"，让后人咀嚼出什么是"清心去欲、随缘任运"的处世态度，什么是"坚持节操，超脱放达"的人品修养。翻阅先祖黄庭坚的诗作，我仿佛悟到了这个宗族生存的智慧和底气。"黄流不解涴明月，碧树为我生凉秋"的崇高脱俗，"桃李春风一杯酒，江湖夜雨十年灯"的侠气豪情，"行在江南最少年，万事过眼如鸟翼"的倔强洒脱，"未到江南先一笑，岳阳楼上对君山"的乐观通达，这些都是后来者入世取之不竭的智慧之源。

十六世纪中叶，迁湘始祖黄嘉琳告别江西，溯江而来。作为黄庭坚的后裔，一定有继承前辈避世退隐、超然物外的一面。在罗江边上，他选择瑞灵台这个水患频仍、物产丰饶之地，落籍于此，娶妻生子。次子黄子书后来看中罗江下游几里之遥的碧湾，拓荒种植、捕鱼狩猎，从此开枝散叶，子孙繁衍。

每个个体循着家族延续的脉络，展现在后人面前的是一个个与命运抗争的群雕。以"走日本粮子"时期为例，我曾祖父黄庆桃在一个名为"低二斗"的地方被掳去挑东西，因反抗被刺杀；日本军队经过黄家湾，前头屋"思二爹"黄庆思看到有落单的鬼子，他一锄头就打死了鬼子，并把尸体埋在青江滩上；易阿屋里还有个"贵乔大爸"易贵乔在村里打死了一个鬼子的故事也流传至今。

生活在这块土地上的各色人等，无论贫穷还是富有，无论残缺还是健康，无论平实还是辉煌，他们的名字都在族谱上留有一席之地。如果把族谱比作精神家园的地基，那么身居要职的部队领导、夙夜在公的公职人员、默默耕耘的人民教师、叱咤风云的商界精英、辛勤劳作的务农村民、心灵手巧的工匠艺人以及在外打拼的工地民工，都是这座精神大厦的四梁八柱。

宋朝朱熹在《宁州黄氏世谱续序》中写道："江河灌注而不竭者，其源长也，松柏凌霄而不摧者，其根固也，宗支继绳而勿替者，其本立也。今而后，黄氏子孙其庶几乎。"我想，这也警醒着族谱整理者和宗族后来者：死亡不是永久的告别，忘却才是！

碧湾之上，在城市化浪潮中，让我们走近家史，回望乡村，记住乡愁！

（原文发表于 2019 年 7 月 19 日"学习强国"湖南学习平台和 2019 年 5 月 28 日新湖南客户端）

故乡的菱角

离开汨罗老家已经很久很久了，许多记忆都消失在流动的岁月里，淡漠在平凡的日子里。但水乡的菱角，我却永远地记着它。啊！那遥远的故乡菱角哟！

记得在某一个梅雨季节，姥姥屋前的池塘里，又蓬蓬勃勃地生长着满池的菱。那碧绿碧绿的水藤上，长着三角片状的叶子，结着一颗颗嫩嫩的菱角儿，着实可爱！三舅在菱角还没成熟的时候就捞上一大把来，姥姥剥开那绿绿的硬壳，白嫩嫩的果肉便跃入眼帘，吃一颗，又脆又甜，令我想起橙黄的橘皮下的橘、油绿的西瓜皮下的瓤，但菱角比橘更脆，比瓤更甜。

也是在那么一个下雨天，没有伙伴来玩，我一个人待在屋里数着檐前的雨滴。姥姥见我闷头闷脑的，就说要去为我捞菱角，我顿时活跃起来。姥姥戴着斗笠，披着蓑衣，手中提着一只竹篮蹒跚而去，她脚下的木屐"噔噔"作响，在下雨的湿地上留下一行深深浅浅的屐印。

我是见着姥姥提着满篮菱角往回走的，我是见着姥姥的嘴角挂着满意的微笑往回走的，但是，在我模糊的视线中，姥姥在那段光滑的小径上跌倒了。那满篮的菱角撒满了小径，恍若落花时节，遍地断翅。风雨过后的姥姥很久不能下地，不能穿着她心爱的木屐在雨中行走了。

冬天去了，春天来了，姥姥屋前池塘里的菱又是几度枯荣。但我觉得那曾经遥远的故事仿佛发生在不远的日子里。慈爱而安详的姥姥总是在故乡长菱角的那个季节浮现于我的脑海中。我愿在那个季节每一个微雨的清晨，化作一颗菱中的果儿，悉心地回忆姥姥挂满微笑的嘴角，谛听姥姥在雨中来回的木屐"噔噔"的响声。

（原文发表于1993年11月10日《岳阳晚报》副刊"居乡琐忆"）

乡村月荷

　　我又一次走在乡间的小路上，去看望在乡下老家教书的妈妈。暮色已降，一轮明月悬挂在天边，皎洁的光照着故乡的土地，把故乡那小巧而朴素的轮廓勾勒得有点朦胧的感觉。依然是一口葡萄架下的古井，依然是一条静谧舒展的池塘。而池塘中的那一片影影绰绰的月荷，此刻使我想起儿时留下的最美的意境，便心神摇荡。

　　很多年前，当时十五岁的妈妈怀着为家乡教育事业贡献力量的理想，站在那一方小小的讲台上。当时艰辛的条件、重重的困难，都没有使妈妈放弃这份神圣的事业。在我的印象中，妈妈总是忙忙碌碌，要么是孤灯只影下专心备课，要么是课外勤勤恳恳地辅导学生，而记忆最深的则是月夜里妈妈带我去家访。

　　在许多个有月的晚上，妈妈走访了一户又一户学生的家。归途中，踏着月夜的清辉，妈妈背着昏昏欲睡的我走在池塘边的小路上。那时，世界很静，没有农人大声的吆喝，没有渔夫粗犷的歌声，只有一片天籁声。我看到月下的那片荷叶。塘中的月荷，亭亭玉立，月光披在叶片上，折射着一种淡淡的光芒。这时妈妈的脚步迈得格外安稳与轻松。月荷真美，妈妈真美！我心里这样想着，然后迷迷糊糊地进入了甜蜜的梦乡。

　　我是拥有月荷这美的意象成长的，想不到十多年后的一天，我能重新领略这醉人的风景。此时的月荷，没有喧嚣，偶尔有风吹过，叶片相碰的声响就像一群人在低声耳语着什么，在小声商议着什么；没有争执，安静地等待着月光的轻抚，她们默默地产生，又默默地生长着；没有幻想，一旦找到了自己的空间，便固执而愉悦地坚守着自己的位置，让那接天碧叶长在人们的视线中，活在人们的灵魂里。

走完了那段塘边小路，我看见那栋依然简朴的校舍静静地立在月色里，妈妈的身影映在那熟悉的窗前，不知疲倦。我心中一热：妈妈，您不就是一枝静谧的月荷吗？我快步地朝着妈妈的小屋走去。

（原文发表于 1993 年 5 月 19 日《湖南人口报》）

灯 光

在大海茫茫的夜色里，那艘孤独的航船在寻找着什么？是大海上的航灯；在一段充满泥泞的人生里，苦闷者在等待着什么？是启迪心灵的灯光。没有航灯的指引，航船便无法到达那个无风无雨的港湾；没有启迪心灵的灯光，苦闷者就无法走出坎坷漫长的梦境。

在沉甸甸的金秋十月，农人们把场院收拾得整整齐齐，将谷粒晾晒后颗粒归仓；市民们把街道装扮得绚丽多姿，把工作处理得井井有条，他们在迎接着什么？他们在盼望着什么？是那燎原的灯光，是那从延安照进北京、从杨家岭照进中南海、从祖国各地照进人民大会堂的灯光。

中国共产党十四大这束巨大的灯光将指引改革开放的潮流在古老的神州大地上滚滚涌动，由农村流向城市，由沿海流向内陆。没有这束巨大的灯光，村庄将会感到迷惘，城市将会感到惶惑。农人们在盼望有人带领着走向小康之路，市民们在翘首以盼城市腾飞的契机。

当这束巨大的灯光像春风一样拂来，当这束巨大的灯光像路一样延伸过来，城市和村庄是整装待发的士兵，将在改革开放的大潮中百舸争流。

（原文发表于 1992 年《岳阳晚报》副刊"短笛轻吹"）

洞庭水鸟

在一个冬日的早晨，我独步在湖边的小路上。雨水打湿了大自然所有的背景，也打湿了那些躲在林中的小鸟的叫声。路上没有行人，往日秀丽的南湖，被狂暴的风抽打出一条条印痕，湖中的雨雾打着呼哨一阵紧过一阵地从湖面上刮过，有一群水鸟从高空滑落。

这白色的洞庭精灵，在湖水的大潮中翩翩起舞，好像在踏着酣畅淋漓的舞曲。它们有规律地排列着，在湖面上，上下盘旋着，又不失时机地冲向水面，寻找着捕获猎物的突破口。风越来越大，潮水越涌越壮阔，这些鸟儿望着向远处山岚背风处疾飞而去的麻雀，发出了豪迈的笑声，那粗犷的音符徐徐响起。

沿着水鸟起伏的视线，忽然，我发现一叶轻舟在浪尖上颠来颠去，一位年轻的舟子在奔涌的潮水中，挥洒自如地荡起双桨巡视着湖面。这是渔场里的年轻人。那白色的洞庭水鸟与这洞庭的渔夫在如此的布景下组成一幅意蕴多么深刻而画面又多么朴素的景观图啊！

我心里忽然一动：是啊，我们不也要像洞庭水鸟一样不畏风暴不失时机地去搏击吗？让我们用水鸟一样矫健的身影和坚韧的意志去奏出生命之美的壮丽乐章吧！

风还在吹，潮还在涌，那团醉人的风景 —— 白色的洞庭水鸟还在顽强地飞翔。我已感觉不到冬天的寒气，我只感到这个世界仿佛已奏起生命之光的和弦，似乎在进行着山风湖潮鸟鸣的大合唱。

（原文发表于 1993 年 2 月 10 日《岳阳晚报》副刊）

翘首新世纪的传说

—— 献给 1992 年国际龙舟节

洞庭青草，已过一春，又是一春。

当白羊驾着祥云刚刚离去，金猴的钟声便亮开了嘹亮的歌喉；当1991年国际龙舟节的烟花还未在人们心中熄灭，1992年国际龙舟节又紧锣密鼓地敲沸了洞庭湖畔。

远古时代的三苗之地，苍梧之野，如今已是风景秀丽、依山傍水的文化名城。美丽的洞庭湖畔写下了巴陵人用火热的心血和真情谱成的歌词，1991年国际龙舟节将岳阳推向全国，推向世界，展示了岳阳的风采。在走向1992年国际龙舟节的日日夜夜，巴陵儿女又为岳阳添上了怎样光辉灿烂的一笔呢？

这一切似乎都意味着腾飞的速度和趋势：

巴陵中路的拆迁、建设，改变了岳阳交通拥挤的状况，宽广的街道每天迎送熙熙攘攘的车辆人群；南湖大道一些建筑物的增添，使岳阳昔日这条宁静的大街呈现出现代化街道的繁荣景象；一座座综合性商业大厦的建成，进一步满足了人们的消费需求；坐落在洞庭湖畔的几大化工企业，是岳阳走向世界的窗口；岳阳火车站和城陵矶现代化码头的动工，为岳阳的美好前景奠定了基石。

国际龙舟节在岳阳举行，是岳阳人民寻求发展的一个契机。

古老的南湖和赶山正在期待那个热闹节日的到来，古老的楼台和亭阁正在翘首新世界的传说，静默的麦子港正为之怦然心动，1992年国际龙舟节将再现古城的风采。

江水不绝，凯歌飞扬。在洞庭的交响曲里，屈子江畔的行吟萦绕着历史的回声，现代的岳阳儿女正以龙舟上紧迫的鼓点和豪迈的旋律，走向全国，走向世界。

（原文发表于1992年4月27日《岳阳晚报》副刊）

城市之舞

在古城巴陵生活了三年的我，总觉得这座城市每天都在起舞。

当火车在京广铁路上从湖滨站向北驶出的时候，每一位细心的乘客都不难看到洞庭湖的浩渺和南湖的秀丽，人人都会由衷地赞叹岳阳这个风景旖旎的文化名城。我们且不说岳阳楼的悠久与君山的神奇，且不说慈氏塔的古老与大云山的伟岸，单说那处处飘香的街心花园与优美的公园式单位，单说那新近修缮的幽静公园与麦子港艳丽的龙舟赛场，就会使人感到心旷神怡，正是在这样巧夺天工、五彩缤纷的背景下，古城欣然起舞了。

循着每天早晨汇入城市的人流，我们便可以看到许许多多、各形各色的人都登台进入角色。生活中的舞者总是忙忙碌碌、行色匆匆，他们从汽车、摩托车、自行车上下来，便纷纷涌进商场、学校、工厂、宾馆、酒家。城市，以建设和开发为主题，翩翩起舞。你看那在大街上飞驰的车轮，那破土动工的开发区，那鳞次栉比的高层城市建筑，那人来人往的城市喧嚣，无不预示着城市之舞已经达到舞之高潮。当城市的最后一抹夕阳被夜吞噬的时候，城市的灯光正踏着舒缓的音乐袅袅而来，泊在城市的钢筋水泥、树木丛林中。忙碌一天的市民去踏一踏或轻柔或疯狂的舞步，该是何等的一种轻松！疲惫了，和妻子或女友于公园里静静坐一回，也会有一种说不出的舒适！何况，入夜的城市是多么精彩呀！那来来往往、飘飘忽忽的彩灯，那临街的香味四溢的风味小吃，那闪闪烁烁、车水马龙的夜市,为巴陵之舞最后一幕增添了无限魅力。

夜深的城市,人们已经睡去了,而城市里的建筑却迟迟不愿落幕。它们傲然而立,呈现出冷眼审视天上星群的样子,俨然一队队庄严的卫兵,让城市安然睡去。

城市之舞,舞得迷人,舞得让人心醉!

（原文发表于 1992 年 11 月 4 日《岳阳晚报》副刊"城市之光"）

故城的秋

秋天，这个被中国文人学士或赞颂或感伤到极致的季节，在我看来，是极其可爱和值得珍惜的。深秋边缘，当我在这湘江之滨还较陌生的都市里独享秋夜时，就不禁想起故城巴陵的秋。故城的秋必然是那样的：最湛蓝的，不是天空，而是宁静的秋水；当秋风起舞的时候，一首轻柔的歌便从黄黄的梧桐叶簇中唱起来，唱到山麓，唱到湖泊，又唱到城市的钢筋水泥上。

故城巴陵，也该到了秋水无烟、山水共色的深秋了。那南湖之滨疏懒的柳影下，那赊月亭上溶溶的月色里，那布满野山的叽啾鸟鸣声中，也许又是昔日文友们的天下了。我是饱尝了故城秋韵的，那是怎样的美妙韵味呀！比夏要淡，比冬要浓。秋日我们从校园里走出来，三五成群地躺在湖滨草地上看高高的天色、淡淡的云彩；或者站在金鸡山上，俯瞰那故城之秋的全景图，看那鳞次栉比的高楼建筑如雨后春笋，还在秋阳下熠熠发光呢。那静静的林子里也许在这时"扑"地飞出几只不知名的鸟儿来，让人感受到一种静的惬意、凉的痛快。而巴陵道上却全然不是这样的，那是一首以开发和建设为主题的交响曲。飞驰的车轮声，城市建筑的破土动工，组成了城市的喧嚣，仿佛全然不理睬文人们所追求的秋的氛围，却与理查德·克莱德曼《秋日私语》所创造的意境有异曲同工之妙。不过，到了夜晚，工作一天的巴陵人就会开始浪漫的夜生活，我们几个玩文字的哥们儿也忍不住秋夜的诱惑，跑到湖边饮酒"赊月"。

就连故城的秋雨，也有一种令人说不出的喜欢，全然没有前人"秋风秋雨愁煞人"的凄冷劲儿。好久未下雨，突然一阵风来，灰蒙蒙的天便淅淅沥沥地下起雨来，雨水从街边的房檐上滴到地上的积水里，"滴答"作响，地下管道里的水也在低吟浅唱，和雨声组成一部秋雨协奏曲。在这秋雨协奏曲中，故城里的人就不知不觉地穿上绚丽多彩、各式各样的羊毛衫，以一副全新的形象出现在街头巷尾。我曾行走在那秋雨中，享受那秋天的奇趣，偶尔恍如步入戴望舒的雨巷中去了。

故城的秋滋润着我的灵魂，让我无时不感到亲切。虽已遥远，回想起来，在陌生的都市，我有一种不断成长的感觉。

（原文发表于 1993 年 11 月 24 日《岳阳晚报》副刊"居乡琐忆"）

朗吟亭本色

在我的记忆中，我到过君山岛五次。第一次是在岳阳求学期间，从水路直达岛上，那次君山岛之行距今近 20 年了，记忆很是模糊，甚至和谁同行都不记得，对朗吟亭就更谈不上有什么印象了。1999 年到长沙工作后，和单位同事或朋友游过君山岛三次，但每次都是行色匆匆，居然都与朗吟亭擦肩而过。

最近一次，利用几天假日，陪家人到这里。时间充裕，我们沿公园码头拾阶而上。在一片青翠欲滴的竹林深处，有一座高十余米，呈方形，为水泥和木质混合结构的亭子，这便是朗吟亭了。

对吕洞宾这位神仙，我一直是怀着崇拜之心的。中学时代，随着电视剧《八仙过海》的热播，吕洞宾饮酒作诗、乐善好施、扶危济困的形象，深得我们的敬仰。在那个还不崇尚追星的时代，他几乎成了我们心中的偶像。在岳阳念大学，城里有个叫吕仙亭的地方，学习之余，我们慕名而去，经常到那里的小饭店打打牙祭；岳阳楼边的三醉亭，活灵活现地刻画出吕仙的模样，煞是可爱；南湖公园的赊月亭里，我们几个文友经常学着吕仙饮酒"赊月"。

靠近朗吟亭，有点风雨沧桑的况味。亭子由四根金柱、八根檐柱和廊柱支撑，顶盖金色琉璃瓦，翘首饰鳌鱼戏凤。不过柱子和门楣上的油漆有点斑驳，很多地方开始脱落。与君山岛上洞庭庙的富丽堂皇、月老宫的新潮时尚比较，这里无疑不可同日而语。

在二楼，有一尊高3米的吕洞宾泥塑，其身穿道袍，脚踩波涛，腰挎宝剑，背一个"洞庭秋"的酒葫芦，左手端酒杯，右手拿拂尘，面带微笑……一副仙风道骨、超然饮酒吟诗的神态。然而，摆在泥像前的香火显得冷落。旁边的捐款箱里，零星地丢了几张小额人民币。儿子也许是走累了，爬上二楼，一屁股坐在供游人跪拜神仙的蒲团上，岳父忙对他说："赶快给神仙叩头，保佑你健康成长。"儿子前段时间玩滑板骨折尚未痊愈。他撑起单臂，竟然在"吕仙"面前做起俯卧撑来，他的顽皮举动，引得众人大笑。我在心里暗想，如果吕仙显灵，不拘小节的他应该不会怪罪儿子的调皮吧？

站在吕仙的泥塑前，我不禁感动于眼前的景象：亭子虽然陈旧，香火虽然不旺，而"他"依然我行我素地快活。本真，不做作，不因外界的态度而影响自己的处世之道。神仙能达到这种境界，但做人又何尝不能这样呢？

在竹叶"沙沙"的林中，我仿佛置身仙境，洗涤心灵，渐渐聆听到吕仙朗声吟咏的声音："朝游北越暮苍梧，袖里青蛇胆气粗。三醉岳阳人不识，朗吟飞过洞庭湖。"把君山岛开发成"爱情岛"也好，休闲岛也罢，我觉得，还这个人间仙境以本色、以仙气、以仙音，也许可给君山岛一个准确的定位。

（原文发表于 2012 年 6 月 13 日《湖南工人报》生活版）

坡上清明

老家有个小山坡，名叫露水坡。坡名好像无从考证，坡上一所学校——红花乡露水坡中学在方圆十几里还算小有名气。和地球上的名山大川相比，它是微不足道的，但在我心中的分量重于泰山。不只是因为在那里留下过我童年的足迹，放飞过我少年的梦想，更重要的原因是，影响着我一生的父亲长眠于此。每年的清明节，来坡上祭奠父亲，回忆父亲生前给予我们的教诲，是我必做的事情。

想写点东西回顾父亲一生的愿望已经很久了。清明将至，在都市的一隅，仰望夜空，感慨顿生。阴阳两隔的父子已经分别快 15 年了，父亲一生的经验和教训让我受益匪浅，而我呢？如果灵魂有知的话，父亲会要我为他做点什么呢？我想，谨以此文缅怀父亲，也许是今年清明带给他老人家最好的祭品。

"梨花风起正清明，游子寻春半出城。"每年清明节前后，踏着松软的泥土，闻着满坡野花野草的芬芳，我和家人总会从县城赶到乡下父亲的墓前。站在父亲的墓前朝坡下望去，有一条新修的马路延绵二到三里路，跨过一条小河，有一大片民居掩映在绿树之间，那里曾经是我家老屋。记得母亲告诉过我，年少的父亲曾经由于家境贫困，有段时间不得不从这条路上走出去靠乞讨来维持生计。但苦难并没有消磨他的意志，而是激起了他摆脱困境的勇气和力量。后来通过几年的求学，父亲终于考取了一所林业中专学校，从此背井离乡，毕业后被分配到酃县（今株洲炎陵县）县委办工作。

坡上的清风，令我的思绪飘到了遥远的童年。在我的记忆里，父亲是个非常模糊的概念。父亲远在外地工作，母亲在老家当民办教师，一年到头，聚少离多。记得有一次父亲回家，我根本不认识，以为家里来了客人，在他面前摇来摆去，不准他抱我，要我喊"爸爸"，我也不喊，搞得他挺伤感的。但小时候我一直是以父亲为荣的，因为乡下老家像父亲那样跳出"农门"的人物不多，伯伯们谈起父亲来仿佛家里出了一个好大的官。我也一直这样认为，以至于在小朋友面前总有那样一种优越感。小时候父亲对我的严厉也让我记忆犹新。一次是大年三十，伙伴们玩得高兴，我在玩捉迷藏游戏的时候不小心滑倒，痛得"哇哇"大哭起来，父亲见状，不是安慰我，而是拎起我朝两米开外的床上一丢，除了吓住了我之外，还吓懵了当场的大人。还有一次，我和儿时的伙伴模仿大人唱戏的样子，戴着纸裱糊的各色帽子，扮演各种人物，玩得不亦乐乎，忘乎所以，结果错过了中午吃饭的时间。当我拿着玩具"官帽"回到家里时，五根竹棍摆在地上，父亲一把抓住我，厉声喝道：跪下！然后就是一顿暴打。

应该是我七八岁的时候，父亲被调回了汨罗老家。调动的时候，组织上问他有什么要求，追求上进的父亲立刻要求到环境最艰苦的地方去锻炼。当时在汨罗磊市垸设置洞庭湖围湖造田指挥部，正需要年富力强的青年干部顶上去。父亲义无反顾地选择了那里。在湖区，他以一个勤政爱民的公仆形象深入湖区人民的心中，人们自发地给他送来一块又一块匾牌来感谢他，父亲也多次受到了县委县政府的表彰。但同时，这里也带给他血吸虫感染病史，还有一次在田头摔倒的断臂经历。

和父亲生活在一起，始于1983年。1983年，一场几十年难遇的洪水把我家老屋冲走了，我们由坡下搬到了坡上的中学，开始了"游牧"生活。老屋被淹的时候，父亲当时在老家邻乡的黄市乡当乡长，他还在工作岗位上，母亲也在另外一个学校监考。我们姐弟三人在洪水到来之前，学着别人，也挑了些日常生活用品和米、油、盐之类的东西往山上的亲戚家搬，虽然很累，之后却受到母亲的赞赏。这次洪灾后，为了减轻母亲的负担，父亲把我和弟弟带到他身边的黄市中学就读。一直生活在母亲身边的我和弟弟起初显然不适应与陌生的父亲生活的环境，而且工作忙碌的父亲基本上无暇顾及我们的起居，最后只能把我们寄宿在学校。11 岁的弟弟，在一个完全陌生的地方学习生活，有时候想念母亲和从小带大我们的外祖父母，经常眼圈红红的。幸亏父亲再忙，也会抽出点时间来看看我们，有时托人叫我们去乡政府美美地吃上一顿，有时天冷便托人送过来衣服要我们注意防冻，让我感到，表面严厉的父亲其实身上更多涌动的是柔情啊！

半年时间后，父亲被调到县城机关，全家终于相聚，我们才开始真正意义上和父亲生活在一起。由于贪玩和缺乏父母的管束，我的学习基础非常薄弱，进入县城中学读初三下学期，感到特别吃力。父亲可能意识到事情的严重性，他开始对我进行严密的监督和近乎军事化的管理。早晨天还没亮，他一声吆喝就会把我惊醒，跑步、晨读成了必做的功课。有时实在受不了了，读着读着就打瞌睡了，但父亲是不允许这种现象出现的，看到了便会骂得我狗血淋头。半年的煎熬换来了中考的过关，这是我人生关键的一步，这一步来自父亲的引领。

父亲是一个非常正直的党员干部。市场经济之初，面对世风日下、金钱至上的社会风气，他痛之入骨却又无能为力。一次，一个当事人想让父亲在一件经济纠纷上敷衍了事，到家里送过来几千元现金，被父亲严词拒绝，痛骂一顿，最后灰溜溜地从我家里走了。亲戚朋友找他办事，他从不利用职权开后门、行方便。甚至我们姐弟三个面临招工或大学毕业分配工作，他也没去打一声招呼，全凭我们自己考进单位。

在我的印象中，父亲有两大爱好，一是喜欢喝酒，二是喜欢掌勺。有时哪怕早餐吃面条，他也要抿上几口酒，然后精神焕发地上班；只要不出差，家里的饭菜活便由他包了，基本不让母亲插手厨房的事。50 岁以前的父亲是一个勤奋肯干、积极工作和乐观向上、热爱生活的人。

　　而父亲眼里越来越容不得沙子的性格让他在工作和生活中备受排挤。我不知道 50 岁左右的父亲突然变得苍老的原因，究竟是他被现实击垮还是被血吸虫病引发的综合征击倒？也许两者兼而有之。53 岁的父亲在当年冬月的一个深夜，因血吸虫病引起高血压继而脑出血被送进了医院。当我从工作的外地赶回老家时，父亲连最后的遗言也无法与我表达，但我分明看到他的眼角噙着泪花，他是不舍得离开至亲至爱的家人呀！

　　天地永恒，生命脆弱。父亲走了，长眠于故乡的山坡，每天守望和见证着故土点点滴滴的变化。每年清明，我总爱站在父亲的墓前，眺望远方，父亲的身体已经离开尘世，而他的精神和风骨，却长久地激励着我珍惜生活、努力工作。

　　　　　　　　　　（原文发表于 2010 年 4 月 9 日《湖南工人报》副刊）

祖屋寻源

近来，读到易中天先生的《易中天中华史：祖先》中的一个观点："自从人在自己的世界里睁开了眼睛，一个巨大的问号就悬挂在他的头顶：我是谁？我从哪里来？要到哪里去？这是应该也必须回答的。作为地球上唯一具有自我意识的物种，人类需要这样一种解释、慰藉和安顿。无此交代，我们将心神不宁。"

也许，这种需要就是我反复离开都市回到乡村的理由！每次站在故乡的土地上，我总是凝视静静屹立着的祖屋，追忆着那些童年往事，破译我们成长的基因和密码，寻找继续前行的勇气和智慧。"了解历史，是为了看清自己。这就必须知道来龙去脉。只有知道从哪里来，才知道到哪里去，包括要到哪里去和能到哪里去。"

说是祖屋，其实是外祖父的家。父亲在外地工作，我是在汨罗的一个小村庄——马家塅外祖父家出生的，对这里有很深刻的记忆和强烈的依赖感。在我的印象中，一生操劳的外祖父一直在为家人建造能够遮风避雨的房屋。从茅草房、简陋泥砖房、泥砖红砖混合结构房到两层砖瓦结构房，四次祖屋翻新勾勒了外祖父勤劳和与命运抗争的中国式农民的形象。

外祖父母育有十个子女。如今 86 岁的外祖母仍然健在，说起这些儿女，她总是惋惜地说，十个儿女，病死两个，要是还在多好呀！我的母亲是老大，下面还有七个弟弟妹妹。最小的姨妈比我大一岁，比我姐姐小一岁。按照这个推测，外祖母和母亲在几年时间内交替分娩。母女在同一屋檐下同时处于哺乳期的现象，再也难以看到。一堆儿女加上我们三姐弟都在这里相继出生长大，祖屋可谓人丁兴旺，但外祖父的压力可想而知，一个瘦弱的肩膀挑起的是一个家族的生计。

有一个镜头会永远定格在我脑海中：当清晨的阳光从祖屋的檐角照射下来，我们几个睡眼惺忪的小孩排成一排坐在门前的台阶上，端着外祖母做好的早饭津津有味吃着的时候，一个背着锄头或其他农具的精瘦老人就会从门前池塘边的一条田埂上默默走来。每天早晨，我们还在梦乡的时候，外祖父就已经开始劳作了，他荷锄而归的形象已经升华为一种敢于担当的精神，影响着我的过去、现在，必将激励着我的未来。

外祖父平时话不多，但是每句话都会经过深思熟虑，说一不二，是这个家的绝对权威。1983年一场洪水把那栋泥砖红砖混合结构房冲垮了，但没有冲垮外祖父重建家园的信心。等洪水退去，他一边收拾断壁残垣，一边盘算着另起炉灶。对于重建，已经参加工作的大舅顾及外祖父的身体，建议从简。但外祖父发话，祖屋是每个人的根，必须尽快建好。很快，在外祖父的主导下，在一片废墟上建起了一栋两层砖瓦结构房。

外祖父虽然严肃，骨子里却是个乐天派。在晚年，他为自己选择了一块墓地，前倚一片水面，后枕半坡山地。在坟前立起了四根石柱，镌刻着自己书写的两副对联。一副为"海为龙世界，天是鹤家乡"，一副为"满山荒草与柱子为邻，一塘清水乃先人所赐"。每年清明或春节，我们前来祭拜，大家都会为老人心胸的开阔唏嘘不已。

癸巳年中秋节，又一次回到了老家的祖屋前。原来的两层砖瓦结构房只留下半边作为三舅的住所。在县城打拼多年的二舅在另外一边宅基上建起了一栋三层小楼。登上小楼，临窗眺望，生发很多感慨：岁月轮回，斗转星移。我站在梦开始的乡村，打量都市，一切都在变化，亘古不变的是我们一直在路上。祖屋是我们一生的图腾，告诉我们人生的方向，知难而进；祖屋是一面镜子，让我们看清自己，量力而行；祖屋是一个港湾，让我们可以回来疗伤，养精蓄锐；祖屋是一个加油站，让我们可以蓄势待发，重新出征！

从祖屋的一砖一瓦中，我依稀看到外祖父生前的一些影子，读懂了一个道理：勤劳的因一定会种下丰收的果。

（原文发表于 2013 年 10 月 11 日《湖南工人报》文艺版）

乡土旧事

作家野夫说："不管怎样变迁荒芜，我以为，有故乡的人仍然是幸运的。"这句话勾起了我对乡土的思念。那些旧事如遍洒的冬日阳光，平凡而温暖，让我依稀聆听到故乡小河的流淌、嗅到田野的芳香。是呀，乡土应该成为每个游子永远的"爱人"，无论生病还是健康，或任何其他理由，都爱她，照顾她，尊重她，接纳她，永远对她忠贞不渝直至生命尽头。无论我们走多远，那里总是梦想开始的地方，是幸福的源头。

黄家湾和马家塅都是汨罗的小村庄，分别是我父母的出生地。两个村庄隔河相望，鸡犬之声相闻。黄家湾四面环水，是个人口不多的河洲。这是一个宁静的村庄，小河微波荡漾，静静地孕育着生活在这块土地上的子民们。离开家乡多年的姑妈75岁时回到老家，最想做的事就是村前村后闲逛，用脚步去重温水乡的旧梦，细数记忆中的那些地名和人名。姑妈告诉我们，当年"走日本鬼子"的时候，这里的平静生活被打破了。我的一个叔伯奶奶逃到小河对岸，被鬼子发现后射中腿部，最后腿部腐烂不治身亡；我的奶奶在逃难过程中让我父亲漂在河上顺流而下的事情也很惊险。姑妈讲起这些往事仿若眼前。这是一方充满血性和悲情的土地！

乡土无疑是我童年和少年生活的"戏台"，充满温暖。父亲中专毕业后被分配到酃县（现株洲炎陵县）县委办工作，母亲在村里小学当民办教师，他们当时结婚算是门当户对。由于两地分居，母亲生活得很不容易，一边教书、一边劳作，属于需要当时生产队关照的"四属户"。我们姐弟相继出生后，母亲无力承担繁重的家务，照顾小孩的任务落在了外祖母一家的身上。一个礼拜有几天待在母亲教书的黄家湾清江小学，有几天回到马家墩外祖父家，独自往返于两个村庄就成为我童年生活的常态。

虽然隔河相望，直线距离不远，但是需要绕道，路程半个小时。乡村田野的小路，松软而曲折。独自置身于阔大的自然里，行走在人烟稀少的旷野中，让少不更事的我还是有些害怕，诸如碰到田垄上惊慌逃窜的黄鼠狼，邻村蔡家河穷追不舍的恶狗，都是需要我去思考对策的事情。途中河滩上有座电排站，前不着村，后不着店，村里人常常讲起这里"闹鬼"的故事。我一个人经过这里，紧张得有时仿佛听到自己"怦怦"的心跳声。偏偏有几个和我同龄的许家山少年常常聚集在此，见我人单势孤，欺负一下是常有的事。有一年夏天，几个少年把我推下电排站的排灌处，我在水里被呛得要死。可以说这是从小考验我心理素质的地方！

这样的遭遇随着小白走进我的生活而改变。小白是我在路上捡到的一条小狗，因为全身长满雪白的毛而得名。我把它带回外祖母家喂养。外祖母有八个子女，我们姐弟三个也在这里长大，养小孩已经是够烦的事情了，外祖母无暇顾及小白，照顾小白的任务自然落在我的身上。当时为了给小白增加营养，我和弟弟偷偷把小表弟的奶粉拿来喂养它，被发现后遭到外祖母一顿痛骂。我对小白倾注真心，小白也和我最亲，只要我一回外祖母家，小白远远看到我的身影，便一路疾驰，扑到我身上和我嬉戏。半年后，小白已经非常壮实了。只要我去黄家湾，它一路随行，成为我的保镖。有了小白为我壮胆，我心里就踏实多了，那几个少年见到我也不敢欺负我了。把我平安送达目的地后，小白才依依不舍地自己返回外祖母家。和小白相处两年多后，它突然失踪了。我找遍了全村也不见踪迹，后来听说是被村里打狗队打死了，为此我还号啕大哭了一场。如果说要回忆乡土的旧事，小白带给我的回忆是无法忘却的。

我喜欢乡村的月夜。没有月亮的夜晚，乡村的煤油灯散发出微弱的光，到处是黑压压的一片，安静得只能听到昆虫的鸣叫，让人无端恐惧和压抑。只要月亮出来，清江小学的操坪就热闹极了，成为小孩的乐园、大人们聊天的场所。我们在这里玩牵羊卖羊、跳房、捉迷藏、唱戏、打泥巴仗等各种各样的游戏。其中，打泥巴仗给我的印象最深。黄家湾的小孩由我的一个堂兄带队。他自称"司令"，封我为"副司令"，后面还有几个都有"职务"。我们的对手是叶家坪的一群小孩。其实，大家白天都是同学，晚上才是对手。黄家湾和叶家坪距离不远，中间隔着一个小山丘。这里成为双方布阵的主要"战场"。对战术部署、地形侦察、"弹药"（主要是泥巴）供应都考虑得很周到。大家戴着自己用树条编成的"草帽"，胸前挂一副玩具望远镜，匍匐在土堆上，煞有介事地投入"战场"。短兵相接后，打是真的打，把准备好的泥巴丢到对方的"阵地"，不时传来被击中的惨叫声和骂娘声。如果头领勇敢或者战术得当，就会把对方打得"丢盔弃甲"、哭爹喊娘地逃回自己村里。赢家得胜"回朝"，免不了庆祝一番。有几次我被泥巴打中，头顶肿了好几个包，几天以后才消肿。不过痛苦是暂时的，后来和堂兄回忆起童年往事，快乐还是长久的。

乡土还有很多值得我留恋的地方。方圆十里，只要哪里唱花鼓戏或是放一场电影，村民们就带着自家小孩，拿起手电筒，不约而同在田垄上排起长队，向目的地进发，看完戏或电影后，又结伴而回。这也折射出当时农村文化生活的单调，遇到这样的精神食粮，大家蜂拥而上，甘之如饴；我喜欢挤进知青点，听城里来的美丽女知青弹琴唱歌，看男知青朗诵诗歌、挥毫泼墨；我喜欢在伯父们聊天时倾听他们跑江湖的故事。没有偶像的时代，大人们丰富的生活阅历让他们成为我们心目中的"英雄"。

乡土是充满野性和烈性的地方。村妇们野性十足，遇到不爽的事情，可以从前村骂到后村；或者看到不顺眼的男人，几个女人一拥而上，撕扯他的衣服，然后一哄而散，成为大家茶余饭后的谈资。农村女青年读书不多，但很有性格。我的一位漂亮的堂姐，据说因为有心仪的对象，不想接受家里包办的婚姻，最后跳水自尽，花季女孩香消玉殒，令整个家族为之叹息。

乡土生活在 30 年前就离我远去，现在回想起来却还历历在目。那些旧事是我一辈子的精神财富，让我知道什么是善恶、什么是美丑、什么是是非、什么是悲喜。

（原文发表于 2014 年 2 月 14 日《湖南工人报》文艺版）

北景港的青春密码

在 2022 年五四青年节这天，B 站推出了莫言出镜的短片《不被大风吹倒》。视频里，莫言和青年们分享了在人生艰难时候，陪他走过低谷的事物——一本书、一个人。

这让我想起了大学实习的那段青春岁月：岳阳华容北景港镇曾是我大学的实习基地，那里有我进入社会的第一位人生引路人，在那里我完成了人生第一篇新闻作品，那里带给我最好的诗歌创作源泉。北景港，当地人也简称景港。阔别那里已经 30 年了，虽然我们只在此逗留了半年，后来也未再踏上那块土地，它却时不时挤进我的记忆中，让人发出"世界有这么个人，活在我飞扬的青春"的感慨来。

20 世纪 80 年代末 90 年代初，是一个"骚动"而热烈的年代，财经作家吴晓波在《激荡三十年》中描述过那种"骚动"——经商下海成为热门，资本故事暗潮涌动。"这个时候的中国公司，就好像一个青春期的少年冲进一片疯长中的草地，你听得到他的骨骼与青草一起向上生长的声音，过度的精力和热情挥霍似乎是无可避免的。"

人们开始把更多的心思花在了赚钱上，日渐世俗和商业化的时代特征，让大学已经摆不下一张平静的课桌，加之从我们大学毕业开始不包分配，实行双向选择，对前途的不可预测和焦虑，成为那代年轻人的集体记忆。时代的大风吹过，稚嫩的我们面对职业、友情、爱情等诸多人生选择，无疑是迷茫的！

我们大学学的是中文秘书专业。1992 年，大二实习没有被安排到城市和企业，而是下沉到岳阳华容县各个乡镇。后来回想这段实习经历，我庆幸自己邂逅了这段短暂而美好的青春岁月，远离了城市的喧嚣和浮躁，远离了情感的惆怅和纠结，远离了世俗的侵蚀和吞没，在乡镇沉淀自己，没有被大风吹倒。

那是一个深冬季节，严寒也挡不住大家第一次走出象牙塔的新奇感。全班 43 人在华容县城简单集合之后，就被带至各乡镇开始为期半年的实习生活。

到县城接我和另外一个同学的北景港镇党委秘书"维爹"陈国维，是位年近六十的老秘书。从县城到北景港，一路颠簸一个多小时。虽然劳累，但沿途风景令人目不暇接，直到今天还记忆犹新。我在第一篇新闻通讯《景港风流》里描述过它：

"这里没有群山的层峦叠嶂，但有一望无际的洞庭湖平原的阔大雄浑；这里没有江海的奔腾浩瀚，但有藕池河蜿蜒而过的风姿和北三千渠静谧舒展的风采。成行的林木随着新景公路笔直地延伸，公路两旁，田地整一，沟渠纵横，小船儿在水面上荡起了涟漪。兔儿、羊儿、马儿在悠闲吃草，橘树、甘蔗、桑树在风中招展……"

抵达目的地已经天黑，"维爹"在镇里一个小饭店为我们接风洗尘。"维爹"对人非常和善，是个实诚人，一边请我们在火炉旁吃当地的野味，一边倒豆子似的告诉我们文秘工作的一些实操技巧。他告诉我们，多年从事秘书岗位，服务一届又一届的基层领导，诀窍多着呢。说这话时，分明感觉到他对这个岗位的热爱和知足！那个冬夜，围炉夜谈的情景让我对即将步入的社会解除了戒备，温暖了我半生。他为我后来在与同事和单位实习生的人缘关系处理上提供了一个范本：和善实诚，愿意倾其所学，做一颗铺路的雨花石。

半年的实习生活，"维爹"是我们的实习老师，也是我人生的引路人之一。除了带我们下村调研之外，他还指导我们如何挑选课题和整理材料。北景港镇是个江北水乡，农林牧渔产业齐全，而且被授予过"全国优秀基层党组织"的殊荣，各项工作起点较高。"维爹"在秘书岗位一干几十年，对文字材料撰写有自己独特的见解，要求我们就像乡里的那些老匠人对学徒们那样严苛。

得知我在大学期间常在报刊发表散文作品，"维爹"鼓励我到镇里一些单位做一些新闻采访。我的第一篇新闻通讯稿《景港风流》在"维爹"的指导下出炉了：二十年如一日为湖区畜牧经济发展做出贡献的镇畜牧防治站站长、认定一辈子从事农村体育事业的华容二中教师、信奉格言"天下事，立于法，成于廉，败于贪"的镇司法所所长都成了这篇通讯中的主角。这篇通讯在岳阳人民广播电台播出，反响很好。后来一发不可收拾，我的作品屡见报端。第一篇新闻通讯稿的"试水"成功，与我后来放弃文秘岗位、结缘新闻单位存在必然关联。

北景港是个充满诗情画意的地方：水乡的田园生活，古镇的风土人情，藕池河的自然风光，都是我最好的诗歌创作源泉。

《小镇的夜》展现了一种气质："封闭的木楼 / 藏匿不住 / 浪漫的灯光 / 从缝隙里挤出来 / 追逐 / 夜行者匆匆的脚步 / 在小镇的夜里 / 我遥想明日的太阳 / 就如遥想故乡的那一袭 / 让人心醉的眸光。"我开始告别胡思乱想的年代，憧憬未来美好的情感，相信人世间的不解之缘；

《白马和乌篷船》锻造了一种思维："不要以为 / 从宋词的征尘中 / 腾空而来的白马 / 被农夫的缰绳锁住 / 便锁住了 / 历史的 / 一种见证 / 或者 / 一次辉煌 / 不要以为 / 乌篷船 / 在杜二的苦吟声中 / 中止了 / 长途的孤旅 / 河的子孙 / 便中止了粗犷的歌声。"我开始透过现象看本质，用历史和辩证的角度思考人生，相信社会发展的高远辽阔；

《河的印象》定格了一种美学："是天国的云霞 / 飘落人间 / 被渔夫的的网 / 撕成 / 布匹 / 制成裙裳 / 满载着村姑的呼唤 / 年轻的舟子 / 赶着

黄昏／摇回／欸乃的小船／狗吠声／弹响了河的白色琴键／蓝色的节奏／是远古流淌下来的／日子。"我开始认识岁月静好，崇尚沉静的力量，相信不事雕琢的自然之美。

在北景港，结缘"维爹"、结缘新闻、结缘诗歌，让我在步入社会的前站就明确了前行的方向：要像"维爹"那样为人处事，低调和善做人，高调认真做事；选择自己喜爱的职业，圆了新闻记者梦；即使身处逆境也不放弃，因为诗歌充满着无穷的张力和想象！

堠里乾坤

周末，在书房里无意中翻到外公生前的一摞手稿。

这是大舅托我整理《罗江蔡氏家谱》时留下来的资料，内容为外公自述生平。静下心来细读，八页手稿，竟是一个贫困少年到古稀老人的成长史，记载着一个家族的悲欢、兴衰与沉浮。读罢，汨罗故地的那个小村庄——罗江镇马家堠，堠里那个奔波的身影和那些亲切而熟悉的人与事，夹杂着记忆中田野里的清风，又激起了我心中的阵阵涟漪。

1924 年生，2001 年离世，外公度过的光阴，是孤苦的，也是坚忍的。外公的一生，正如他自述中开篇所叹："痛我的一生是困难的一生，艰苦的一生，辛勤的一生；哭我之苦难，欲哭而心先痛，欲言而泪不干。"每当触及这些文字，让人不由得生发出一种悲悯的情愫！

阔大的洞庭湖平原，静谧的湘北水乡，微波荡漾的小河，水一直是我儿时记忆中最美的物象。从外公手稿的字里行间，我却发现，他的苦难、沉浮、爱与忧愁都是因水而生！堠里乾坤，关乎日月、天地的道法自然和人世间阴阳、刚柔的生存法则。

我七岁时，父亲亡故，家道贫寒，有房屋两间，田土两亩，由于遭受连年水患，有种无收，而且家门不幸，大祸连连。吾母生我兄弟姐妹六人，十年死亡五个。在短短的时间内，全家八口，死亡六个。苦哉！

——摘自外公手稿

从汨水与罗江的汇合处沿曹家河堤岸漫步两三里路，左侧是人工改道的外河，右侧 S 形蜿蜒而来的是罗江原有的河道，改道后变成了内河。内河最尾端的小村庄就是马家塅，十几栋砖瓦农舍依水而建，错落有致。

马家塅是我的出生地，记忆中的乡土简朴而温馨。从出生到上小学，我寄居在外公家里，度过了自己无忧无虑的童年。

在外公的自述中，他的童年却是多灾多难。1932 年，已满 8 岁的外公与外曾祖母相依为命，在马家塅继续生活了一年多。因没法维持生活，不得已于 9 岁时投靠其舅父。舅父不但承担他们母子的日常开支，还助外公读了 3 年书。岂料靠山山倒，靠水水又流，不久，舅父不幸病故。年仅 11 岁的外公身板羸弱，家里虽有田土却没法打理。为了生计，外曾祖母带着儿子改嫁到十几里外的楚塘余。

外公是不幸的，不幸中却又有幸遇到生命中的一些"贵人"：其舅父是，其楚塘余的继父亦是。在楚塘余，外公被继父视为己出，送读两年。他 14 岁时为继父家看牛搞家务，16 岁始独自承担种田等农事。他 20 岁时在余家与外婆结婚，23 岁时大女儿（我的母亲）降生，3 年后二女儿出世。

在余家生活了 13 年，继父希望外公继承余家遗产，为余家担当门户。外公也打算在余家生根落脚，以报答继父的养育之恩。

1950 年适逢"土地改革"，外公的叔父带来口信："即将土改，速回老家。"

一边是年迈的双亲需要奉养，当以楚塘余落业为好；一边为子孙的长远发展考虑，应以回老家为佳。外公当时真是左右为难！

了解到儿子的为难，二老经过深思熟虑，同意他返回老家。但余家尚有田土四亩，继父已年过六旬，需要他抽时间过来帮忙耕种。

于是，外公带着外婆，用一担皮箩挑起一对女儿——一边是年满三岁的大女儿，一边是未满周岁的二女儿，离开生活了十多年的继父家。回想以往的点点滴滴，外公一路肝肠寸断，路上偶遇楚塘余的一位堂兄后，

"痛不能言,唯有放声大哭"!

回到老家,家产仅剩一间破房,种田无耕牛农具。四口之家,衣食无靠。"土改"干部看到这种情况,给予了一些帮助,分给外公一些农具。夫妇二人同心协力,披星戴月,生产生活开始有些起色。1953 年,长子的呱呱落地,给这个风雨飘摇的家庭带来了家业兴旺的信心。

不料 1954 年,遇到了特大的洪灾,历时三个月之久,早晚两稻颗粒无收。当年无法生活,家里只好变卖家产和财物。水退之后,响应政府号召,生产自救,度过灾荒。一方面扩种春收,一方面搞些副业,向亲戚朋友借钱借粮,向政府贷款。

—— 摘自外公手稿

我少年时期曾亲历过 1983 年发生在老家的那场洪灾,体会过洪水到来之前的惶恐,眼见过洪水肆虐村庄的惨烈,也耳闻过老人们谈起 1954 年洪水时的那种悲叹。

那场洪灾把添丁之喜带来的希望冲刷得无影无踪!外公不但要解决五口人的生活困难,而且挂念着楚塘余同样受灾的年迈双亲。这种身心俱疲的痛是一般人难以忍受的!

外公只能三五日往返于这十多里路,朝去晚归,起早摸黑,翻山越岭,路上不知经历了多少危险。

有一次,外公从楚塘余继父家踩禾回家,经过罗江曹家河段。大雨之后,河水猛涨,外公为了赶回家干活,冒着大水过江。由于水流湍急,他身体薄弱,难以抵挡,险遭不测。四十多年后,回想这种心挂两头的悲痛,外公在自述中慨叹:呜呼哀哉!

1962 年,第二个儿子出生,七口之家只有一间破房。因为无堤垸保护,家里每年遭受洪灾,少则三四次,多则十多次,水进搬楼上,水退搬楼下。想到三女两男都未成年,这样下去,人身安全难以保证,外公与外婆动了心思：该建几间房屋了。

1963 年，外公把旧房从堤外搬进堤内，建起了五间住房。我的母亲回忆起当年，还有点惋惜：作为老大，当时考虑到家里的实际困难，回家帮忙建屋，担砖挑瓦当小工；本来学习成绩优异的母亲就此从汨罗一中辍学了。

1965 年后几年，外公家三儿子、四女儿和满女儿相继出生，其间增建新房两间。

1983 年新建房屋七间，至此共建房屋三次。心想居住问题基本解决，不料又遇到特大洪水灾害，房屋全部倒塌。当时十口之家，生活无靠。

—— 摘自外公手稿

1983 年洪水来之前，外公为了防止房屋倒塌，考虑用红砖打墩抗洪，整整忙了一天一夜，还是没有保住家园。要不是亲戚朋友强行把他拖上船，恐连同房屋一起被洪水吞噬。

1983 年房子倒塌之后，政府救济了钱粮，带领大家插上了晚稻，恢复了生产，也让外公燃起了重建家园的信心。为了重建家园，外公把倒塌在水里的砖瓦一块一块洗净，重新派上用场。因为他的手脚长时期浸泡在水里，后来烂得不成样子。

1984 年，外公重建砖瓦结构房五间，1985 年增建五间，1987 年继续将房子完善，一连建了九套间，1993 年又对房屋进行修葺。

想过去辛苦难言七岁父亡无奈何离亲别祖他乡度日抚成人；看今朝幸福美满廿载归来蒙党恩成家立业披星戴月奔前程（生前自挽）

—— 摘自外公手稿

内敛而重实干，孤苦却有魄力，瘦弱而有韧性，与世无争又懂得感恩，这是外公留给后辈的一笔精神财富。外公的生前自挽正是他前、后半生生活巨变的写照！

外公既是一个好家长，又是一个好村长，他不仅把心血倾注于家，而且热心村集体事业。1952年入党后，外公成为村里的培养对象，从治保主任干到油粮保管再干到村长。几十年如一日，村上的大小事，无论是电排机部的修建、交通道路的改造，还是学校的兴建、大队部的扩建、村茶场的开张等，他都到场，亲力亲为。更可贵的是外公坚守大公无私、廉政为民的品格。在1963年开始的"四清运动"中，很多村干部过不了关，而他一次性过关。外公负责村里事务十几年，清清白白十几年。

外公76岁那年，也就是自己生命即将画上"休止符"的前一年，他还在为塅里的一块荒土担心，觉得村里土地荒废可惜。外公不顾家人劝阻，独自一人拿着锄头，挑着扁担篓箕，将五分荒地改造成了粮田。外公劳累过度，导致胃大出血，不得不躺上床，从此再也没下过地。如今，外公过世快20年了，当村民们在这块荒地里劳作，收获丰收的果实时，还时常念记着外公为塅里所做的贡献。

"七筑蜗庐，八完婚嫁，儿女送读。今夕何夕，终有一别，别而无怨，恩爱难忘……难忘身边的一草一木、一山一水，从此再也不能相见耶。呜呼哀哉！"手稿的最后，垂暮之年的外公对人世间的种种眷念和不舍跃然纸上，让人唏嘘不已！

往事悠悠，风流云散。塅里乾坤很小，外公怀抱着一生愁苦，为一家生计奔波在塅里方圆十几里范围内，如一只在霜风孤月中矢志不移翱翔的鸟影；塅里乾坤很大，投身乡村公益建设，让外公的世界因此变得豁然开阔，这个家族刚柔相济、明理实干的基因也因此在后辈中根植。无论后辈们走多远，身处何地，外公的风范一定会变成一种精神，为后辈们指引着一个前行的方向！

最后的乡愁

一个人从出生到死亡，命运是不可预测的。佛经中说，人生有八种苦痛：生、老、病、死、爱别离、怨憎会、求不得、五阴炽盛。经此八苦纠缠，人的一生才算得上圆满。但88岁的外婆突然被诊断为消化道肿瘤的消息传来，还是让我为之牵肠挂肚、暗自神伤。从某种意义上说，外婆已经成为我们家族的一个精神支柱，是我最后的一处乡愁。

随着年龄的增长，关于童年的记忆已经越来越模糊了，但祖屋前的那潭清水和外婆忙碌的身影总存贮在我的记忆宝盒里。

从汨罗的那个小村庄出生后，因为父亲在外地工作，母亲在一个村里小学教书，我从小被寄养在外婆家里。听母亲讲，由于生活条件艰苦，母亲哺乳期奶水不足，外婆常用饼干冲开水，慢慢把我喂大。20世纪70年代农村没有幼儿园，我们几个年龄差不多的小孩子处于"放养"状态，除了回家吃饭，基本上是野外生长。

外婆成了我最好的"保育员"，外婆带大了自己的8个子女和我们姐弟3个。春天的田野里，外婆带领几个姨妈割草，找喂猪的野菜。我尾随其后，那遍野的油菜花随风摇曳，花香四溢；夏夜，外婆的蒲扇为我们驱赶蚊虫，驱散炎热，让我们一边抬头凝望那幽邃的星空，一边在凉席上慢慢酣然入梦；秋天，夕阳西下，袅袅炊烟的祖屋里，外婆在烧火做饭，我们则帮忙拉起风箱；冬天夜晚怕我们尿床，外婆总是在半夜不厌其烦地起来喊醒我们。这些是在现代幼儿园无法体会到的，那些场景和感觉成为我一生中最美的回忆。

外婆还是我最好的"启蒙老师"。有一次在屋后大堤上玩耍，我一不小心摔到堤下，额头碰到一块石头上，鲜血直流，当时在场的小朋友都吓呆了。外婆闻讯赶来，先是骂了句："短命鬼，不听话！"然后非常冷静地把我抱回家，并从灶台上刮些锅灰敷在我的伤口上，血是止住了，但额头上永远留下了一个疤痕。这次事故让我至今记忆犹新的是外婆的处变不惊，她用最朴素的方式告诉我，凡事都要冷静，用现在流行的那句话说就是"摊上事不怕事"！和许多农村妇女一样，外婆也爱唠叨。那时农村条件艰苦，每天吃的都是青菜，难得吃上一顿肉，只在有客人时才会开一次洋荤，每逢有肉吃时，我实在是忍不住诱惑，筷子不由自主就往装肉的碗里伸，次数多了，外婆就会用筷子一挡，念叨着："细伢子冒礼貌，大家都要吃点！"这让我以后懂得分享的道理。外婆辛苦一辈子，每天忙忙碌碌，是个持家里手。她唯一的业余爱好是打麻将，在我大学毕业那年，还手把手教会了我这门功夫。后来每次回老家，我们都会陪老人家搓上几圈，而她在打麻将时气定神闲的气度也为大家公认。

外公过世后，外婆成为整个家族的精神支柱，成为我们不断从都市回到乡村最深处的理由。四世同堂，人口达 52 人，大家和睦相处，互帮互助，这离不开外婆的协调。半年前的外婆，身体还看不出什么异样，虽然年岁大，但思维清晰。儿孙哪家有矛盾，哪家有困难，她一清二楚，总是在关键时候发话或悄悄给予力所能及的帮助。我总是和母亲开玩笑，别看外婆年纪大，心里像明镜一般，比你们还明白！

外婆基本待在汨罗境内，难得到外面走走，主要原因是晕车。从乡里到县城，都只能坐摩托车。外婆一辈子出过四次远门，前三次分别到了深圳、长沙、岳阳，都是坐火车去的。到长沙是为了看看我生活得如何，约我母亲乘火车到长沙火车站，因为晕车不敢坐汽车，只好走路到窑岭，住了几天看我们生活得还稳定，她才放心回去。令我始料不及的是，外婆第四次外出是躺在救护车上来长沙的。今年4月初，大舅打电话给我，说外婆在县里医院检查身体，可能是肿瘤，需要到长沙确诊。我一边和医院的一些朋友联系，一边赶往医院。外婆在长沙治疗的那段时间，我每天只要没事就往医院跑，把夫人熬的营养粥送过去。彼时外婆时而清醒时而昏迷，清醒时全身疼痛，需要有人按摩才能减轻痛苦。我和小姨妈分列两边，仔细为外婆按摩。摩挲着外婆干瘪的腹部和手臂，我不禁心如刀绞：这是养育了八个子女的腹部吗？这是为了儿孙辛苦了一辈子的手吗？原来一直祝愿外婆能够无疾而终，不想病魔在她人生最后阶段缠上了身。

因为外婆年岁太高，家里最终选择在老家为她保守治疗。每天从家里传来的信息都在敲击着在外工作的游子们的心。但人在他乡，只能一方面安慰在家轮流悉心照看外婆的亲友们，一方面遥祝外婆能够平安，少些痛苦！夜已深了，我想起爱尔兰诗人叶芝的那首传世名篇《当你老了》："当你老了，头发花白，睡意沉沉，倦坐在炉边，取下这本书来，慢慢读着，追梦当年的眼神……"不禁泪盈眼眶，情不能已。

河洲深处

"你的爷爷 55 岁辞世，那一年是 1957 年。"今年端午，赴四川绵阳为 80 岁的姑妈贺寿，老人家和我们拉起了家常，讲起了家史。老家汨罗市罗江镇黄家湾，那个三面环水的河洲，成为从这里走出去的游子的集体乡愁！那些河洲深处的陈年往事，随着时光的推移逐渐淡出人们的记忆。

而一种使命感总让我不由自主去打捞、去重启那一段段被浸润已久的家族史。

我是谁？我从哪里来？要到哪里去？这是我们必须要回答的。

据考证，罗江黄氏始祖是江西峭山公，有三妻二十一子，分布在各地。在老家教书的堂兄告诉我，黄氏宗亲在不断迁徙中传下来一组认亲传家诗，分外八句和内八句。外八句为"骏马登程出异乡，任从到处立常纲。年深外境犹吾境，日久他乡即故乡。朝夕莫忘亲命语，晨昏须荐祖宗香。万望苍天垂庇佑，三七男儿永炽昌"；内八句为"十郎峭老有三妻，官吴郑娘七子齐。创业兴家离祖地，归来报命省亲惟。君思日久难相会，宗叶分枝为汝题。若有富贵与贫贱，相逢须念共娘蒂"。

这是一个家族弥足珍贵的精神财富！它之于我，是祖辈的谆谆教导，是流淌在血管里的红色液体，是根植在身体内的遗传因子，是隐匿在内心深处的家风家训。随着年岁的增长，我常常思考：我的祖辈到底是怎样的群体？有着怎样的个性？经历过什么？父亲因为离世过早，没有机会和他深入交流，这些疑惑一直成为我前半生的一大遗憾。为姑妈贺寿，听她讲家史，寻找家族延续的基因和密码，是我绵阳之行的初衷。

"可惜你爷爷一张照片都没留下，他长得好帅，是美男子哩。"姑妈回忆道。爷爷黄逢禧出门喜欢身着大长袍，穿戴得整整齐齐，人家都以为他是个教书先生。爷爷是个裁缝，手艺是数一数二的，"黄阿湾（黄家湾，汨罗方言）德福的父亲云裁缝就是他徒弟。"在姑妈普通话夹杂乡音的叙述中，在时光深处，祖父的气质形象依稀呈现：有父辈们外柔内刚、不苟言笑的模样，也有同辈直爽忠厚、看重声誉的影子。

可以揣测得到，爷爷深受农村"耕读传家"文化影响，以教书先生为荣。这种观念甚至影响到我父亲，当时高考填报志愿时，父亲强烈要求我填报师范类学院，父子之间由此发生了最大的一次冲突。还可以肯定的是，凭手艺吃饭，讲诚信、重声誉的品性，是我们这个家族繁衍至今的"传家宝"。在家族里，木匠、泥匠、篾匠、理发匠都有，尤其以教书匠居多。

"你爷爷常把一句古话'贫穷自在，富贵多忧'挂在嘴边。"姑妈对此深以为然。我认为，即使放在现代社会，这句话也不过时，闪耀着思辨理性的光辉。它告诉我们：人虽贫穷但活得自在，人变富贵后因想法太多而活得很累。巨贪落马，巨富破产，大都是大富大贵后太多想法带来的结果。作为后辈，爷爷遗训的深层次意义在于，在追求幸福生活的过程中，有一技之长，保持独立人格，不就是快乐自在的人生吗？

"我们家把钱看得很淡薄的，穷日子搞惯了。"谈起那段艰难岁月，姑妈很是感慨，"1954 年遭洪水，整个村子都淹没了。一夜之间，家里的房顶都可以撑船了。没办法，你二妈带着我和你爸去讨饭。黄阿湾家家都出去讨，国家实在供应不过来。不过没讨多长时间，攒着一些米，我们就合计自己做点生意。在邻近村庄找着一户人家，人好，房子大，又有晒棚，就在他们家做米皮子，一斤米面就换一升大米，攒了大米就送回黄阿湾。当时是你爷爷和大伯掌握这个 14 口人的大家庭。1958 年'大跃进'，日子更加艰难，一大家人不得已才分家各吃各家的。"

"还是新社会好！把我这童养媳给解放了。"当时两家八字都合成了，准备送姑妈去做童养媳。"你爷爷把我领到那户人家，我就抱着你爷爷哭呀，不让他走。他也舍不得，你爷爷哭，我也哭，最后还是把我带回去了。解放后，家里把生辰八字也拿回来了。"姑妈参加工作后经人介绍结婚，后随姑父远离家乡。因为姑父从事的工作涉密，与家人联系不便，从此只能把他乡当作故乡。

1937年出生的姑妈对日本粮子恨之入骨，谈起"走日本粮子"那段历史，姑妈唏嘘不已："你曾祖父黄庆桃在通往蔡家河一个叫作'低二斗'的地方，被日本粮子掳去挑东西，因为反抗被刺杀。他临死前痛得不得了，手指头把地挖了个大坑。

"走日本粮子时，我们无处藏身，死了多少人，不计其数。日本粮子糟蹋人，说起来就难受：你爷爷有个叔伯兄弟叫逢田，是个理发匠。他老婆我们喊婶婶，她和几个女人逃到小河对岸，被鬼子发现后射中腿部，然后腿烂了，人才死的。那时候没抗生素！死了就死了，这样打仗，人死了就是解脱。你爷爷也被日本粮子掳走过，后来回来一身虱子，被日本粮子关起来，没有吃又没有喝。你爷爷奶奶是这样讲的：什么时候让我们睡过囫囵觉呀？可怜呀，一个觉都睡不好。是棉袄棉裤都穿着睡觉的。如果狗叫或者打锣，估计是日本粮子来了，就赶紧跑，不能脱衣服。那代人太艰难了。我们够幸福的，应该知足！

"你爸的命是从日本粮子手里捡回来的！"姑妈亲历了整个过程，"日本粮子在青江滩河坝上，我们在岛上，河挺宽的。五个日本粮子看到你奶奶抱着刚出生不久的孩子，也就是你爸，拿着机关枪就要扫。你奶奶急中生智，把你爸抛到河里几米远。日本粮子以为孩子死了就拍掌，非常高兴地走了。我当时躲在高粱地里面，看到你奶奶把漂了几米远的孩子捞回来了。那时候包裹小孩的棉片浸水后能浮起来，这样才把你爸的命给保住了。"

我被家族的灾难深深刺痛了：20世纪40年代初发生的"长沙会战"，居然会与这个小村庄有所关联！前头屋里有个"思二爹"（本名黄庆思），学得一身好功夫。当时日本军队经过黄家湾，思二爹看到有落单的鬼子，他一锄头就打死了鬼子，并把尸体埋在青江滩上；易阿屋里还有个"贵乔大爸"（本名易贵乔），在村里打死了一个鬼子的故事也流传至今。

河洲深处，历史在这里拐了一个弯，成就了一个有故事的村庄，也见证了一个有血性的家族。我想，所谓家国情怀，不仅是几个空洞辞藻堆砌而成的抽象概念，而是诸多家族百炼成钢的家风连缀起来的一个民族深层次的文化心理密码。祖辈的品性、理性和血性像一个精神罗盘，可以让后人弄清来历，校正方向！

（原文发表于2017年7月14日《湖南工人报》文艺版）

罗江楚韵

作家范若丁在他的散文集《失梦庄园》中有一段这样的表述："我像一个梦游者，不断回到故乡，不断又变回到那个执拗的少年，在远去的背影后边游荡……"

这样的表述引起了我强烈的共鸣。洞庭湖平原上的那个村庄，少年时代身边的各色人等走马灯似的在我脑海中浮现，让人恍若隔世，唏嘘不已！

丁酉大年初一，在县城和家人吃过年饭，我驱车前往乡下老家。

罗滨，是汨罗的一个不起眼的村庄，我梦里挥之不去的那抹乡愁。它因滨临汨罗江的支流——罗江而得名。

我到过一些名江大河，或有"孤帆远影"的开阔，或有"月涌大江"的壮美，或有"长河落日"的悲凉，或有"野渡无人"的寂静，而罗江留给我的印象却是波澜不惊的倔强，是说不尽的巫风楚韵。罗江源出巴陵罗内，相对于整个汨罗江来说，干流长度和流域面积都不可相提并论。它宁静安详，犹如慈母，用自己几千年的乳汁哺育着两岸的乡民，让江畔的中国式村落生生不息地得以延续。

老家罗滨村黄家湾三面环水，是罗江岸边的一座河洲。黄家湾南面的那条小河，微波荡漾。它原本就是罗江的一段，后来河流改道拉直，变成了内河。内河一路蜿蜒而来，坝嘴周、油埠滩、黄家湾、马家塅等村落陈列左右，"坝""埠""湾""塅"等皆因水而生。

如果你没有到过湘北的水乡，你是难以想象那一种静谧的。

站在露水坡中学——乡里唯一一所初中所在的那片高地上打量故土，就像打开一幅扇形的水墨画：坐标上，纵列是一条机耕路（现在改为水泥路）通向黄家湾，越过内河后有几条小路向四周分散，可抵达其他村庄；横向南面是蜿蜒的内河，北面是娇小灵动的罗江，宛如两条彩带系在几个村庄的腰上。在坐标内，红砖黛瓦、田野平畴、水塘小坝散布其中。

无论身处何方，故乡如久远的初恋，让人牵挂。那些河滩湿地，如恋人的曼妙身姿，款款走入梦中。

乡间油菜地、草垛边、小河里的嬉戏，湿地上放牛、追逐、打闹，田间、地头、河洲的春播夏种秋收，甚至缓缓升起的初阳、堤岸远处的余晖、檐角旁的那轮明月，都是我心目中楚地的最美风景。每次回到老家，只要有点空闲，我总会信步于罗江两岸，穿山林、过湿地、踏田垄，一边寻找旧日成长的痕迹，一边积蓄未来前行的动力。

罗江和内河都是我的母亲河。罗江和母亲一样，都见证过我成长的轨迹。

我的母亲在罗滨小学教书，那段堤岸是她带我通往学校的必经之地。在草长莺飞的季节，燕子扑打着翅膀在江面上滑行，母亲就会告诉我"燕子低飞要下雨"谚语的来由。大自然成为我科普知识启蒙的最佳场所。

穿行在汨水和罗江汇合处的汨罗山山野之中，一座座土堆形如小丘、拔地而起。这时母亲会为我讲述"屈原十二疑冢"的传说。屈原投江殉国的气节，其女女嬃另筑11座疑冢防人盗墓的义举，为这块南蛮之地打上了刚烈倔强的烙印。

说起老家的小地方，青滩是怎么也绕不开的。青滩是内河边的一大片河滩，视野开阔，是黄家湾人的"粮仓"。没离开老家前，我家在这里有田有地。母亲对青滩很是怀念，闲聊时常念叨：那时候种棉花、油菜，除了上交生产队"记工分"外，家里盖的席被、呷的菜油都能自家搞熨帖呢。由于父亲工作在外地，稻田则交由叔父和堂兄代管，但插秧和收割，我们也要参与。

体验最深的一次劳作是在青滩插秧：春耕时节，气温很低。当脚刚踏进水田，寒意彻骨，插了一会儿，就感觉腰酸背痛。后来干脆直起腰站在水田里，只盼望其他人快点插完。堂兄看到这一幕，将我一顿臭骂：

"懒贼，莫磨洋工，站着就不冷？时间也浪费哒，不晓得插完收工呀！"

虽然我当时被骂得云里雾里，觉得堂兄有点过分。但后来参加工作后，我慢慢明白了堂兄的良苦用心：天上哪有馅饼掉，自己动手才能丰衣足食。

罗江注定是巫楚文化的源头之一。屈原被流放到汨罗江时居住的玉笥山，也是汨水和罗江交汇之处。2300余年前，生活在农夫渔父、村姑樵子之中的屈原，一定行吟在罗江两岸，帮他们捕捞耕作过，听他们倾诉愁苦过。在朝廷担任过三闾大夫的"屈老夫子"，把祭拜礼仪引入民间。如今，罗江两岸，婚娶丧葬、造房择向、奠基分间都会举行各种各样的仪式，在这个信息化时代多少还原了当年的巫风楚雨！

小时候，遇上村里哪家婚娶简直就是孩子们的节日。除了跟在大人后面饱餐一顿，赞茶仪式让人记忆犹新。

仪式开始，主持人先来一段"一个茶盘四四方，一杯清茶放中央。我把清茶喝下肚，滴滴茶水甜心头"的赞茶词。在这个开场白过后，大家你来一段"水是龙泉水，茶是毛尖茶。味道真可口，清香实堪夸"，我来一段"我来贺新郎，娶个好新娘，新娘长得乖又乖，好比织女下凡来。牛郎织女成婚配，无限恩情无限爱。良缘凤缔天赐美，男欢女爱幸福来"，大家都不示弱，你来我往，把乡村婚礼推向一个又一个高潮。与现在网络上曝光的农村婚礼恶搞相比，不但文明得多，而且仪式感强。

每年春节或清明，或在家里设置灵牌叩拜，或到先祖坟前祭奠，这是故土千家万户必做的事情。

葬礼则是一个充分展示乡土文化的平台。唢呐声声，鼓乐齐鸣，火炮震耳，哀声遍野，发关的队伍手持纸人、纸马绕村一周，热闹喧天。在乡土，我的一批亲友正在从事乡村丧葬服务业，礼生、道士、僧人以及"弹四郎"的角色均有。我在一次葬礼上遇到正在做道场的小学同窗，他告诉我，当礼生的属于儒教，做道场的属于佛教，葬礼上都有分工，互不打扰。25岁接过祖父的衣钵后，老同学从事这个行当20多年了，披上僧袍，诵经度亡，举手投足尽显佛门弟子的飘逸谦恭气度。每当参加乡村葬礼，情真意切的祝文和婉转悲伤的夜歌给我的印象极深，仿佛听到的是屈原《招魂》一文里那句"魂兮归来"的深情呼唤。

当我再次游走在温软的河洲上，在和煦的阳光照耀下，芳草青青，江水无言，故土的一切都在苏醒。罗江如正在梳妆的楚女，等待着迎接一场盛大的礼仪！

湘江印象

心系风帆的鸟影

深冬，月夜，浩渺的江面如镜。岸在水边支起钢琴，任那如泪的水轻轻奏起夜光曲。在茫茫的江面，有几星渔火，坚贞地在寒冷无声的江面上扼守，让夜维持着宁静的主题和永恒的秩序。

就是那几星渔火的光芒，折射在一片洁白的风帆上。风帆，冬夜也不肯落下的风帆哟！那是江的眼睛，清纯且古朴地望着悠远的航道，她扬着白色的幡旗，祭奠着曾朝夕相伴的沉沙的舟子，仿若浸润在一种"抱明月而长终"的意境中。风帆，暴风雨中也不肯落下的风帆哟！如一位久经风雨的旅人，要到人迹罕至的地方去寻找人生至境，去守住一方精神的家园。

就在这个时候，在广阔的空间，传来两声鸟啼。一道白色的光影舞蹈于江天之间，那是鸟影，一只水鸟的影子。

"我没有形迹，以影子的方式出现，我是踩着山风的旋律和节拍来的，我是沿着宁静深邃的航道来的，我要寻觅，我要追求……"鸟声不绝。

偌大的一个空间，好像只有一只水鸟在霜风孤月中为谁矢志不渝地翱翔。江面上的鸟影如森林里的月光，水鸟像一个孤独的猎人、一位迷航的水手。

冬季有约，雨季有约，雪季有约，终于，在他的视线中，飘着那一片不落的风帆！那是怎样的一片风帆呀？被寒冰封冻过的、被暴风雨撕扯过的，年轻风帆已饱尝岁月的风霜。

水鸟在风帆顶端盘旋着，用影子缝补着帆上的破处，用鸟掌轻轻抚平帆上的累累伤痕，他矢志追寻的就是这片风帆啊，这道宁静而古朴的风景！他掩饰不住内心的激动，在山风江水的伴奏中，与帆翩翩起舞。与帆共舞，远行的疲惫化作一种真切与甜蜜！这是多么令人欣慰的时刻。

"当严冰开始解冻，当暴风雨开始平息，水天相接处就会浮出一线浅浅的堤岸，那是我和你共同的家园啊！"鸟声不绝。

这时，有一首音乐缓缓响起，那是如泪的水在轻轻奏起夜光曲。

（原文发表于 1994 年 3 月 4 日《岳阳晚报》"云梦泽"文艺专版）

绿　韵

　　初冬的假日，阳光和煦。我独自一人步入湘潭雨湖公园，蛰居闹市的一些感觉渐消。而雨湖的绿色撩拨着我的情绪，让我心灵深处滋长着一种想为之吟哦，为之歌唱的感觉。

　　"绿色，生命的原色"，这原本为警示游客重视绿化而设的牌告，其实也是对雨湖这绿色无声的赞美！冬日的雨湖公园，没有听从季节的安排，依然如故地呈现出绿的生机。虽有一些树叶枯黄，但柳叶如烟，还一绺绺地垂在路边，拂着游人的脸颊，让暖意流淌到人们的心田。还有那翠竹，那碧水，那凉云，无不蕴藏着那绿色的韵味！那星星落落的杂色又怎能与这绿色抗衡呢？它们要么被围裹，要么被绿溶解。我陶醉于这雨湖的冬绿中了。透过那绿色，我仿佛感觉到世界的安详与恬淡，感觉到自己与自然的融合。

　　突然，我看见了她，一个瘸腿的女子，背着画架，拄着拐杖，两脚执着地在石头路面上一荡一荡地走着，臀部也随之极不规则地扭动着。与她擦肩而过的游人用怜爱的眼光打量着她，揣测着什么，议论着什么，而她仍如故地走着。我静静看着她越过石阶，在一块草地上坐下，丢下拐杖，支起画架，拿起画笔开始涂抹。那庄严的神情仿佛在完成一部不朽的名作。

　　我不知她画的是什么，但我感动于我眼前的这幅画。她的肢体虽然残疾，她的心却充满着希望。正如这雨湖的色彩，虽是冬天，却保持着春天绿的生机。

　　（原文发表于 1994 年 2 月 16 日《汨罗报》）

似水年华

　　我在四个地方生活过，每个地方都有一处心灵的栖息地，而且都与水有关：出生时家乡的汨罗江，求学时岳阳的南湖，初涉社会时湘潭的雨湖……而在长沙生活了十余年，湘江是我精神上的一方圣地。每当劳神苦闷、文思枯竭或是人生遇到迷惑的时候，这些地方是我必去的。"上善若水，水善利万物而不争。"老子的意思是，最高境界的善行就像水的品性一样，泽被万物而不争名利。在期盼的岁月中，心想，既然自己难以像一座高山那样伟岸，能似一弯江水这般温润，也不失为一种处世的哲学。

　　总是暗暗庆幸自己出生在水乡泽国。老家汨罗，河道纵横交错，塘坝星罗棋布。在孩提时期，每年夏天的午后，顶着火辣辣的太阳，几个小伙伴脱得精光，在水渠里打起水仗。若不是父母拿着树条追赶，催促大家回家吃晚饭的话，准会玩到昏天暗地。随着年岁的增长，水性渐长，水渠显然太浅太窄，我们摸索着跳下塘坝，模仿大人学起"狗趴式"，居然慢慢学会了游泳，慢慢又从塘坝游到江河。

　　每年端午节是我们最向往的日子，各家团聚吃过中饭后，便自发地涌向汨罗江的两岸，参加一年一度的"祭屈原、赛龙舟"盛会。这是人的海洋，水的世界。江畔两岸，人头攒动，彩旗飘飘，锣鼓喧天。我和几个伙伴是不会待在堤岸上的。我们准会卷起裤腿，或者在浅水处追逐着装满粽子、包子、馒头的彩船，在水花四溅中定格一张永不褪色的老照片，或者登上乌篷船为参加比赛的龙舟队激情加油，在摇旗呐喊中珍藏那份挥之不去的记忆。水乡是温馨而充满童趣的，也孕育着孩子们的灵性和韧劲。

求学岳阳，洞庭湖的阔大，南湖的秀美，成为我在大学校园之外的一个修养心性的地方。从学校到南湖，徒步几分钟即达。我可以对着南湖，思考人生方向，寻找写作灵感。

大二的时候，我结识了一些报纸编辑，《岳阳晚报》的副刊编辑符烨老师对我帮助很大。许多文章经过她的润色后见诸报端，文字灵动，颇具哲理。1992 年中共十四大前夕，她向我约稿，希望我能写一篇与大会有关的散文。如何下笔，让人头痛。夜深了，我也理不清头绪，便一个人坐在南湖边。深夜的南湖，就像一位慈母，清风徐来，她的夜潮轻轻地拍打着，拍睡了对岸的群山。夜色很美，因为有任务在身，我没有太多心思欣赏，把自己凝固成湖边的一尊"雕塑"。就在这时，对岸渔场的一束灯光透过湖面，传递过来，也点亮了我的心房，党的十四大不就是一盏巨大的灯吗？文思随即如绵绵湖水，当晚我以《灯光》为题完成约稿任务，后来发在《岳阳晚报》副刊头条。

有人说，文学与自然密切相关，此话不假。与水亲近，写水的文章就多，文品和人品也会像水一样，静若处子，动若脱兔。

当年刚到长沙谋生，单位并不景气，我和几个同事紧勒裤腰带，不敢在"居不易"的省城租房，而是在办公室打地铺。盛夏的夜晚，炎热难当，大家便相约到橘子洲附近的湘江边木排上纳凉。夏夜的湘江，很有"桨声灯影里的秦淮河"的味道。

当时湘江两岸还没有建成风光带，但沿江到处设置了灯具，闪闪烁烁，十几个木排依次在江面铺开。如果不买吃的东西，十元一个人可以在木排的躺椅上睡一个通宵。在这里，有卖小吃的商贩，有卖唱的小孩，有卖花的姑娘，有算命的老人，好像一处热闹的市井。尤其是不远处传来流浪艺人演奏萨克斯的乐声，顿时觉得湘江的夜空深邃高远，颇具梦幻和浪漫情调。同事们环顾水面，把酒临风，豪气顿生，已忘却身处困境，而对未来充满无限的畅想。

  我到报社工作已是第十六个年头，回想同事们的一些想法，当时看似不现实，但磕磕碰碰一路走来，有些已实现。虽然有的同事已另谋高就，有的已隐退江湖，有的已离开人世，但似水流年中，自己毕竟没有随波逐流，坚持在自己的航道运行，心里宽慰不少。也许，可以把自己的半生提炼为"似水年华"，这似乎并不为过。

湘江随笔

7号立冬，意味着冬季开始，万物收藏。但天气有点出乎意料，没有冬天的寒意，倒是出现了连日来的"小阳春"。气候的变化并不是我们一般人能够左右的，2008年南方的那场百年不遇的冰灾就是最好的证明。我历来喜欢自然一点，该是什么节气就对应着什么气温。这时候"小阳春"未必是好事，至少感冒就会在人们不注意的时候不期而至。管它呢，趁着有这暖意融融的阳光，我们几个同事在午饭后相约来到湘江风光带，享受着反常天气给我们带来的慰藉。

阳光照在湘江干枯的河床上，有点刺眼。枯水季节，我们的母亲河又接近历史最低水位了。虽然如此，但湘江北去，那一江冬水仍然滚滚流动，似乎预示着一种不可抗拒的生命逻辑。在挪亚游轮的一侧，有一个由一些废旧船只拼凑而成的水上休闲平台，可喝茶、垂钓、午休。我们和船主约定，在上面午休一个小时，每人五元。

登上这个水上平台时，很多垂钓者已经捷足先登了。这些垂钓者大多是花甲老人，也有的正值壮年，只有一两个年轻小伙子。很多垂钓者都持有几根海杆，把线头甩出后将杆子固定好，在上面放一个铃铛，然后躺在睡椅上晒着太阳，闭目养神。有鱼上钩，铃铛就会响，他们才不慌不忙地起身收线。也有只带一根鱼竿的，他们不厌其烦地变换着姿势，一遍一遍地甩着线头，不过上钩的大多是小刁子鱼。突然，一位中年人喊了一声："有大家伙！"扯上来一看，是一条两斤左右的翘嘴鱼。"嘿嘿，老何，你钓鱼时间再长怕也没遇到过这样的好事哦！"中年人一边取出鱼钩，一边不忘调侃一下身边潜心垂钓的老者。"这不是经常的吗，有什么稀奇的？"老者也不甘示弱，回敬一句，引起周围人的一阵哄笑。

躺在睡椅上，江水轻轻摇荡着船只，仿佛回到了儿时的摇篮，惬意极了。环顾四周，日新月异的城市不知上演了多少缤纷的梦想剧，营造了多少名利场。面对名利和地位的得失，不知有几人能够释怀。"采菊东篱下，悠然见南山"的恬然，"笑富贵千钧如发"的淡泊，不是现代人能够轻易达到的诗化的生命境。眼前的几位垂钓者，本来想远离人世的纷争，在大自然里放松一下心情，不想在垂钓中也会有竞争，看来人性好斗的一面是难以改变的。突然想起余秋雨《垂钓》中的一段话："大海中多的是鱼，谁的丰收都不足挂齿；大海有漫长的历史，谁的固守都是一瞬间。因此，他们的价值都得由对手来证明。从这个意义上讲，最大的对手也就是最大的朋友，很难分开。"垂钓湘江边的中年人和老者何尝不是这样一个组合呢？

就让我们仰望天空，俯视江面吧。我们会发现，名利富贵也不过是浮云，不过是流水，人生最可贵的不是名利、地位，也不是财富，而是有形的生命和无形的快乐！保持本色，做好自己，不要有太多非分之想，否则就和这反常的天气一般，暗藏祸端。

重霾深处

11月27日，初冬的早晨。从报箱取出当天的都市报，头版大标题"近半个中国起雾，长沙是霾"赫然在目。当车子驶离寓所时，我已经身处重霾之中。

城市已经被这种污染物包围了。建筑沉默，园林失色，市民行色匆匆，车辆小心翼翼，到处是灰蒙蒙的一片。在猴子石大桥上眺望湘江，养育无数生命的母亲河也沦陷其中，分不清哪里是重霾，哪里是水面。我把车停在路旁，用相机记录着这次重霾留给我们的罪证；心想，要是哪位大师要导演一部世界末日的电影，直接拍摄这些镜头，不需要任何高科技剪辑手段就可以了。

美国一位新闻记者蕾切尔·卡逊著作《寂静的春天》也从脑海中浮现出来。20世纪60年代，这位新闻同行就告诫人类：如果大量无节制使用农药，破坏环境，人类将走上绝路。到时，即使是春天，本来是鸟语花香的喧闹世界，结果却是鸟没有了，水干涸了，花草树木全没了，春天死一般寂静，那这个世界还有什么？

重霾天气在我记忆中存留得不多，但一个月连续两次光临长沙的事实令人警醒。从上个月26日傍晚开始，长沙城能见度就不足20米，不少市民感觉到眼睛难受、呼吸困难。除了长沙城区，宁乡也遭遇了这样的霾天。

上午十点，我和同事去株洲公干。我们一边在重霾中穿越，一边讨论起这种作怪的天气。

对霾颇有研究的同事告诉我："雾是空气中水汽凝结的产物，而霾则是空气中悬浮的灰尘颗粒。雾和霾的区别主要在于水分含量的大小：水分含量达到90%以上的叫雾，水分含量低于80%的叫霾。长沙一个月两次出现霾的原因无非两点：一是今年夏天我省干旱严重，土地含水量少、湿度小，墒情严重不足；二是长沙地面的污染物不易扩散，使得空气的自净能力降低而产生了霾。"

我们的目的地是位于株洲石峰区的一家洁净煤股份有限公司，这个以水煤浆作为以煤代油的新型能源、发展低碳经济的基地第二天即将举行成立庆典。我们到达的时候，这里的员工正在紧张地筹备庆典活动。看着处在重霾之中忙碌的人们，我默默地祝福这个新公司能够发展为一个资源节约型、环境友好型的企业，为我们生存的环境负起责任。

下午快下班前，我接到家里的电话，妻子语气急促地告知我：儿子一直高烧，只怕是流感。匆匆回家带儿子去省儿童医院发热门诊，真是怕什么来什么，儿子被确诊为甲流。这时的医院人满为患，挂号、问医、验血、皮试、打点滴，大人们忙得像陀螺，孩子们则要么一脸茫然，要么被护士打针打得号啕大哭。

所有进入发热门诊的人一律要求戴上口罩，以免流感交叉感染。虽然医生反复解释，这里90%以上的患儿都是甲流，只要及时治疗，三五天便可治愈，不要过于担心。但流感的肆虐，让人无法释怀，流露在人们脸上的是一种挥之不去的阴霾！

有多少霾还会再来？霾天气和禽流感、甲流等疾病的发生，危害着人类的健康和生存。而这一切，与环境质量的下降不无关系。我们知道，人类社会的发展，实际上就是人与自然相互作用的过程。但灾难似乎是难以预知的，重霾从无到有，从少到多，今天是禽流感、甲流，明天还不知是什么样的疾病会毒害人类。

看来，循环经济、生态产业的研究将是我们这个社会可持续发展的永无止境的课题。重霾深处，我陷入深深的思考之中：人类社会是如此，一个单位、一个地区乃至一个国家，其发展过程中就没有霾吗？为政者需要深度剖析霾的起因、现状和危害，才能有的放矢，还人们一个风清气正的生存、生活、工作环境。

（原文发表于 2009 年 12 月 11 日《湖南工人报》）

劬园声影

劬（音 qú）园，意为勤劳之地，是浏阳市淮川诗社理事、顾问潘锦霞老人生活起居之所。暖冬的一个中午，我们驱车从长沙出发沿长永高速行驶，经永安镇东行十余公里，在丰裕塘下这个幽静的村庄抵达劬园，拜访在坊间被戏称为"诙谐诗人"的潘老。

第一次到劬园，应该是十天以前的事。送同事回家省亲祭祖，在村头庙里看到很多文采飞扬、笔力遒劲的对联，我不禁赞不绝口。同事告诉我，这是她叔父的作品。老人现已 80 多岁，从小喜欢读诗作画，长大后也曾模仿古体诗来写诗，1949 年后从事过教育工作，后被打成"右派"。老人不打牌赌钱，不饮酒作乐，不游山玩水，不串门闲聊，每天只看看诗书，写写画画，搞一点栽花种菜的劳动。村里有婚丧喜庆事宜，则写些诗词对联相送；主家往往客气，赠他点散碎银子，表示谢意。

不见其人，先闻其名，听其事，看其文，观其字。我不由得对这个几十年如一日在乡间笔耕的神秘老人肃然起敬。和同事商议，我们决定去探访老人。好一个曲径通幽的去处！眼前有一座环境雅致的农家庭院，这就是劬园。老人这天刚好和几个朋友以文会友去了，我们只得匆匆离去，而劬园的那种独特韵味却定格在我脑海中。

因公去永安，想到那次有点扫兴的劬园之行，我鼓动同行几人，再访潘锦霞老人。

在塘下的一个小超市买了些许礼物，怕车打扰了老人，我们徒步几分钟来到劬园。

再到劬园，我仔细打量着它，想看看这个农家庭院究竟有着怎样的不同。四周栽种着青松翠竹，篱笆下种满了各种颜色的菊花，松、竹、菊仿佛寓示着主人的高洁。房屋由两部分组成。右边是新式建筑，左边是旧式民居，时尚中伴着古典。但庭前屋后，没有像一般农家那样杂乱，前坪和走廊居然没看到半点垃圾。我想，这可能与主人勤扫庭院有关。

潘老见有客人来，早已出门迎接。85 岁老人的风度，实在清丽儒雅。头发和胡子都有点灰白，耳朵也有点背了，但精神的矍铄，总是挂在嘴角的微笑，目光的淡定，躯干的高而不屈，握手时的刚劲有力，说话时声音的洪亮，还是让我惊叹。

因为耳背无法言语交流，老人带我们去屋内各处走走。在他的书斋，一副对联吸引了我的眼球。"池鱼吞墨影，林鸟听书声"，也许是因为老人这几十年的执着，所以才能达到如此幽深的境界。书房内堆满了宣纸，有的已经裱好，有的还墨迹未干，字迹力透纸背。向阳的一方，一张简陋的大书桌静静地摆放在那里，另靠墙的三方摆放的是简易书架，架上大多是有关唐诗、宋词、元曲和民间对联的书籍，可见潘老对这些的偏好。作画写诗成了潘老每天必做的功课，从字里行间，可看得出老人的笔力。

在书房，在卧室，在堂屋，在客厅，都悬挂着老人的字画。与其说这是个农家小院，不如说是一座乡村书画院。在堂屋的一个书桌上，我惊喜地发现了老人所著的一本名为《劬园秕稿》的书。稍稍翻阅，即被老人的诙谐、睿智所感染。

譬如，人一老，视力有所下降，这是很普遍、很苦恼的事情。潘老为此写了《视力日退，成此自嘲》两首：

自伤视力日茫茫，坐对书城引恨长。

混沌不分"焉"和"马"，依稀难辨"半"和"羊"。

冤裁"愉悦"为"偷税"，错判"沧浪"是"抢粮"。

可笑平时工正误，而今竟作半文盲。

人未老来瞳已老，几多窘态暗中嗟。
关山楼阁帘间影，人物衣冠雾里花。
指点乌鸦常叫鹊，分明黄鳝却惊蛇。
难堪昨日游萧寺，错认尼姑作亲家。

潘老用他的诙谐笔调咏叹浏阳的山山水水、历史名人、家长里短、乡村趣事、时事要闻。这些都是民间的智慧，老人却认为是一种似稻非稻的野菜，不足为外人道也。

离别前，我们坐在潘老的客厅里品茗，闻鸡鸣鸟啼，有一股清风徐来，风里分明夹杂着书声墨影，这是我们在城里不曾感受过的。老人为乡亲红白喜事苦吟的声音和他那泼墨挥毫的身影，不时浮现在我眼前，不禁想起朋友一篇文章的题目《诗歌之美总不及生活的宁静》。

（原文发表于2009年1月16日《湖南工人报》副刊）

靖港之惑

湖南古镇，一直是萦绕在我思维深处的一个奇特的符号。在我的意识里，它们大都因水而生成，也因水而兴衰。

老家汨罗因为一条古老的汨罗江而闻名于世。这条被誉为"蓝墨水的上游，文化人的圣地"的古江也孕育了几座小镇。新市古镇商贾云集的热闹市面与淡定安宁的悠闲居民、长乐古镇神秘精巧的春秋老宅与美轮美奂的高跷技艺，有时会冷不丁地闯进我的记忆宝盒中，激起我心底的一种思念和企盼。当我再次去探访它们的时候，这些符号随着岁月的更替，因水运的衰落和国道、高速的兴起，或者物是人非，或者成为一片废墟，令人唏嘘不已。

幸亏靖港古镇的开街，让我有一次重温湖南古镇旧梦的机会。国庆前后不到十天时间，我两度驱车前往古镇，是为了丰盈心中那已经开始枯竭的人文意象。

从长沙到靖港古镇共40分钟车程。经望城县城至沩水桥右拐，便是九公里长的堤岸，一幅江南水乡的"水墨画"沿着弯弯曲曲的河堤在我们眼前徐徐铺开。当宁静舒展的沩水在新康注入湘江时，一个辽阔的水世界让人们不禁眼前一亮，一些来来往往的运输轮船和忙碌的砂石作业船还在延续着湘江水运的命脉。因为国庆的来临，每只船上都悬挂着一面鲜艳的五星红旗，整个河面传递给人一种喜庆的信息。我不禁开始无端地对这一江秋水感到亲切起来，为不远的靖港，也为靖港下游不远的故乡。

作为长沙唯一的"中国历史文化名镇"的靖港，麻石街、古建筑、老店铺、名作坊、乌篷船等古镇的一些景观重新进入游人的视野。但修葺后的古镇像披了一件华丽的外衣，粉刷一新的白墙红檐，新铺的麻石街道，少了些古色古香的韵味。虽然"恢复旧制"，但设计者"修旧如旧"的设想似乎打了折扣，给人一种形似而神不似的感觉。水面上威武的退役军舰和清朝重臣曾国藩迎战太平军的古战场遗址摆放的"战船"，有点孤零零的；白色恐怖时期湖南省委旧址的墙壁上重新粉刷了毛主席语录，宁乡会馆八元堂与晚清时期青楼建筑宏泰坊被整饰得富丽堂皇，人为地抹掉历史的尘土，让人觉得突兀。

不过还好，靖港古镇还有梦里水乡的尺椽片瓦，那就是推窗见水的民居和淡泊安定的居民。李靖湾、杨柳湖上泊着的乌篷船，多少让人遥想对原生态水乡的印象；"金记"老字号铁铺的炉火、李氏香干作坊的热气，温暖了古镇已经冷却多年的商业情怀；街头的一杯泡姜盐芝麻豆子茶、一块煎南瓜饼，让我品出故乡的味道。古镇有很多传统工艺和手工艺加工，靖港人自己开秤店、酿白酒、卤香干、焙火焙鱼、做糯米甜酒，还制作纸伞、湘绣、木屐、风筝、布鞋等。以靖港八大碗、庙会小吃为代表的靖港美食特产继承了古镇饮食文化，以汉斯啤酒屋、当铺酒吧领头的都市休闲娱乐元素让宁静的小镇散发出热烈活泼的魅力。

第一次真正身处靖港古镇，我却油然生出一种似曾相识而又茫然的复杂情愫！代表政治的白色恐怖时期的湖南省委旧址，代表经济的宁乡会馆八元堂，代表文化的晚清青楼建筑宏泰坊，代表军事的李靖湾和曾国藩迎战太平军的古战场遗址，由不得我们不对这里的历史浩叹。曾经的政治、经济、文化、军事重镇，众多元素聚在一起，孰轻孰重！就像散落的珠宝，我们想弯腰去拾，却不知从何处着手？古镇留给我的印象有点凌乱，这让我有些微的失落，也是驱使我几天后再次光临的理由。

从长沙过来，古镇的推广语"大美靖港，快乐古镇"到处可见。大美确实俯拾皆是，快乐却难以言及？一位游客感慨：这么多景点，不知道什么原因，就是没有一个能让我扎扎实实看下去的。这位游客的感言可能代表了大多数游客的心声。这是游人的迷惑，也许正是靖港的迷惑。

站在宁乡会馆的临水戏台前，站在宏泰坊的雕花阁楼前，站在气势宏伟的古镇牌楼前，站在车水马龙的兴农堤上，第二次到靖港，我已经全然不是一个旅游者，而是一个想去解开一个心结的思考者。是什么能够真正唤醒那些封存的历史记忆？是什么能够一线穿珠，让人们寻找到这座古镇的灵魂？

我也无法知道，心想，也许是那中秋的明月，也许是那滚滚的江水，能够启迪我们的思想，让我们去探求一个完美的答案。

梦入千龙湖

如果你想遗落一些往事，就去千龙湖，因为那里可以让你宠辱皆忘；如果你想寻找一个梦想，就去千龙湖，因为那里可以让你激情似火！到千龙湖三次，我心中留下了这样的印象。

千龙湖拥有许多优美的古老传说，其实它的变迁就是这方水土上的一个现代版的传说。20 世纪 90 年代，这里还是一个乡村水库——长沙望城格塘水库，乡亲们日出而作，日落而息。生于斯长于斯的陈杏华先生，凭借努力和机遇成就了一番事业，积累了一笔财富，早已跳出了"农门"。但梦回故里，乡亲们辛苦劳作、汗洒黄泥的身影却萦绕在他心头。他毅然决定抛却都市的舒适，回千龙湖张帆引雨、筑巢引凤，将乡亲们带上小康的坦途。他用一千多万元治理千龙湖水利工程，又投巨资建造了千龙湖生态旅游度假村的雏形。短短几年时间，原来的乡野之地如今一跃成为湖南乡村休闲旅游的龙头企业和国家级湿地公园。

第一次到千龙湖，利用周末陪同新闻界的一位前辈在此休闲切磋牌艺，来去匆匆，虽来不及用心欣赏秀美水色，但前辈给我讲述的这个现代传奇创业故事却深深镌刻在我心中。

第二次到千龙湖，已是去年丹桂飘香的时节。湖南省专业报协会在这里举行一个有关市场经济环境下专业报如何应对竞争的论坛。

其实，湖南报业市场风雨沉浮之后，在夹缝中生存下来的专业报已属不易。如何抱团取暖，如何开拓思路，专业报的老总们在论坛上指点江山，激扬文字，虽有忧患，但丝毫没有流露出半点胆怯之意。有的老总大有擒龙伏虎之气概，给我们展示了传统纸媒与新型媒体有机结合的前景；有的老总思路缜密，而且事必躬亲，报纸业务被打理得风生水起。我们报社作为专业报协会副会长单位，在细分市场中找准定位，稳扎稳打，这几年也得到长足的发展，成绩可圈可点。论坛进行一天后，夜幕下的千龙湖，静谧祥和，但激情在我心中久久不能退却。

第三次到千龙湖，是应朋友之邀。没有应酬，没有公务，放下脑海中的一切凡尘俗念，投身于湖光水色之中，沐浴在暖暖的春阳之中。孩子们是闲不住的，他们刚下汽车，就从车厢内抽出早已备好的滑板，如几个追风少年，滑行在这个梦幻般的世外桃源的石板路上，成为这个度假区一道流动的风景线。滑到不想滑了，他们几个要么来个沙滩摩托比赛，要么去天网碰碰车碰出欢乐的火花，要么在球场上比个高低，要么在水上游乐项目上分个胜负，玩到夜深，他们才在大人的呼唤中回到各自的房间休憩。我想，也许少年的梦想从这里开始张开了翅膀。

第二天拂晓，我独自一人信步在千龙湖的堤岸上。"千龙与朝霞齐舞，湖水共长天一色"，此时的度假区外湖，犹如躺着的一位仙女，波涛轻轻拍打着湖岸的声音，像她呼吸的气息；朝阳笼罩着阔大的湖面，像为她披上了一层薄薄的轻纱，格外妩媚动人。水上飞机、游艇、游湖画舫静静地停着、泊着，怕惊了她的清梦。

一道柳堤把外湖中央两个岛屿和湖岸连接起来。放眼看去，千龙湖对岸的树林中掩映着一栋接着一栋的民居。面湖而居，在水一方，应该是一种非常幸福的生活。岛上会不会也有人家？带着这个疑问，我加快步伐，奔着岛上而去。

在第一个岛上，一座半圆形建筑屹立其中，十根金色的龙柱拱卫在前。这里是开展各种比赛的赛台。赛台下的水面上摆放着几只龙舟，好像在遥想或翘望千龙湖端午龙舟竞渡的火热场面。赛台后面有一处水面，是一个湖中湖，岸边柳叶如烟，几只白鹭停在浅水处，仿佛在交头接耳地闲聊，悠然之极。

再过一座石桥，便到了第二个岛上。一位老人见有人过来，迎了上来。老人姓彭，是度假区请过来照看岛上的苗木水果基地的。彭爹 74 岁了，他告诉我，这两个岛原来都是田地，一块叫作谭家洲，一块叫作李家洲，附近农民干活儿必须坐船过来，现在好了，被度假区收去后，农民变成拿工资的了。难怪有人赞叹，千龙湖也是千农富呀！

梦入千龙湖，心若在，梦就在！在千龙湖出世休养，却每时每刻、无处不在地给我一种蓬勃向上入世的力量！

（原文发表于 2009 年 3 月 27 日《湖南工人报》副刊）

情倾赤马湖

湖南多湖。看过很多湖，浏阳赤马湖还是给了我不一样的感觉。它的好处，在于四面环山，湖山相应。岳阳南湖秀美，不及它的野趣；常德柳叶湖阔大，不及它的蜿蜒；长沙石燕湖灵动，不及它的内敛；望城千龙湖有水的温柔，却少了山的厚重。而水如翡翠，树木葱郁，花草溢香，山路幽深，更是赤马湖的迷人之处。

人间四月天，正是踏青时！虽然"五一"前夕的工作正在紧锣密鼓地进行，单位领导还是决定利用星期六休息时间组织全体人员到赤马湖春游一次。正所谓，一张一弛，文武之道。从长沙出发，至长永高速公路经浏阳市生物制药园折入沙市镇，再经过一段山路，驱车一小时，我们来到赤马湖畔的天际·凤凰岛。

和我们驱车同行的还有天际·凤凰岛的营销中心负责人——一个倾情于赤马湖风景和文化的重庆汉子。他原是重庆一个县里的公务员，后下海创办一家旅游公司，2005 年来长沙发展，结缘赤马湖，被这里的山水人文所吸引，开始走上推介赤马湖的营销之路。一路上，这位负责人介绍说，年已 65 岁的天际·凤凰岛的掌门人顾立才是一个真正情倾赤马湖的有志之士呢。2003 年，事业有成的顾立在赤马湖湖心岛考察后，决定在这个山水胜景之处进行旅游休闲地产开发，几年下来，这个 500 亩的湖中之岛正发展成为长沙大型休闲度假基地、拓展训练基地、会议培训基地。

车到赤马湖龙头山，负责人向我们介绍，山上耸立的那座建筑就是当地有名的道教圣地——赤马殿。赤马湖、赤马镇因此而得名。

等到了天际·凤凰岛时，同事们看到眼前这有如天赐神镜般的碧绿水面时，早已耐不住与水亲近的想法了。大家或者两个一组，或者四个一群，登上脚踏船，尽情地融入这纯净的水世界。远离喧嚣，洗净尘埃，没有任何世俗的想法，没有绞尽脑汁的文字，没有日复一日的繁忙，唯一的希望就是寄情山水，独享这难得的天人合一的时光。我们变着花样在湖中戏水：要么来一场水仗，把胜利的欢呼声和败退的尖叫声传到远山那边；要么来一个脚踏船比赛，把自己弄得气喘吁吁、大汗淋漓；要么将几只鸭子船并在一起，组成一个联合的"鸭子舰队"。玩得累了，把船靠近对岸，在岸边打起了水漂。在山上采撷一把野花，玩一下充满野趣的游戏。平时难得沟通的同事加深了友情，发自内心的笑容如满山的花朵，自然绽放！

赤马湖的雨也下得那样情意绵绵。那缠绵的细雨，打在对面的越王寨的密林上，让山林散发出诱人的雾气，如越女翘首远方的离人；打在湖面上，那些涟漪一圈一圈铺开，如人的思念，绵绵不绝（在近水的阳台上看雨，仿若不是过客，而是归人）；打在山路上，路边的野草显得更加绿意葱茏、生机盎然、恣意招摇；打在对面山路口徐徐驶过来的一部越野车上，引擎盖上摆放一把打湿的野花，如手握鲜花凯旋的士兵。

这时，一阵喧哗从湖面传来，两只龙舟、四只竹筏划破水面，打破了赤马湖的宁静，几十个大学生顶着细雨在湖水中奏起了《青春圆舞曲》。湖的西面，长沙市水上运动训练基地的皮划艇运动健儿也在水面上开始了紧张的训练。青春的身影、青春的笑脸、青春的激情在大自然的舞台上尽情地展示。也许，爱情的花朵正在悄悄开放，青春正在压抑中慢慢释放。我仿佛受到感染，已顾不上雨水了，一头扎进这绵绵春雨中。一位专门负责去学校推销赤马湖的营销人员小杜告诉我，这批学生来自长沙理工大学。赤马湖很受大中院校的学生青睐，下星期还会有一千余名学生来游玩呢。

站在雨中的天际·凤凰岛的龙凤广场上眺望远方，有一种情愫顿生：大自然是如此包容兼爱，她不但给予人类千般妩媚、万种风情，而且带给人们许多快乐、感悟和启迪。激情在这里升腾，爱情在这里萌生，友情在这里淬炼，亲情在这里呵护。而人类应该回馈给大自然什么呢？也许，无论是开发者、营销者，还是旅游者，都爱在心中，情倾山水。保护这些不可再生和不可复制的自然资源，做到人与人、人与自然都和谐相处，是我们共同的责任！

（原文发表于2009年5月8日《湖南工人报》副刊）

泉热灰汤

如果有人要我预测长沙附近下一个投资热土的话，我会毫不犹豫地回答："灰汤。"

岁末的一次采访，让我深刻地感受到：灰汤温泉，魅力四射！在冬日暖阳的照射下，2010年中国长沙（灰汤）第二届温泉旅游节暨泉心泉意新年祈福会在灰汤盛装启动，提前拉开了这个小镇"十二五规划"中"城乡一体化"建设的大幕，预热了精品灰汤初长成。

泉热灰汤是有史可查的。因其泉沸若汤滚，汽腾如灰雾，故名灰汤。据《宁乡县志》载：灰汤温泉已有两千多年的历史。温泉有三坎，上沸、中温、下热，上可宰猪杀鸡，中可涤衣，下可沐浴，故有"温泉沸玉出灰汤"之说。晋代诗人薛暄曾游览胜地，留下了"水饮温泉分地脉，雨来云涌抑神功"的诗句。三国蜀相蒋琬曾多次到此游览饮马，故灰汤温泉又有"饮马泉"一说。

据1973年就在灰汤开始筹建高干疗养院的八旬老人周章扬回忆，当年他们赶到灰汤的时候，看到田野上冒出一股股白色的热气，很是壮观。

在计划经济时代，"职工疗养"让灰汤名动一时。职工要疗养，须报名、审批，有的甚至要开点后门才得以安排。当时湖南省职工疗养院的"将军楼"炙手可热，成为省内几个大型企业长期租用的地方。疗养院的兴起也带动了小镇的发展。第一根照明线从县城架设过来了，第一根电话线从韶山接过来了……泉热灰汤，小镇开始了现代文明的进程。

市场经济的大潮奔涌而至。这里真正成了资本逐鹿的热土。紫龙湾国际温泉大酒店、金太阳温泉山庄投资刚刚尘埃落定，投资 40 亿元的灰汤温泉华天城项目又破土动工。夜幕下的灰汤小镇，琉璃瓦下悬挂的灯饰打扮出夜晚的太平景象，使这个战场暂时归于沉静。湖南电力温泉山庄华灯初上，夜色迷离；湖南职工疗养院的那片静默的山地，也在等待着新一轮的开垦。只要天边露出一点晨曦，开发的战车立马就会开始驱动。

目前，层峦叠嶂的东鹜山敞开宽阔的怀抱，碧水如黛的乌江穿境而过，人工打造的紫龙湖开始蓄水，快捷通道——长、花、灰、韶、娄高速公路已经启动，温泉板块的房地产市场开始撬动，整装待发的灰汤正朝向"长沙的新客厅""中国休闲之都""世界养生中心"进发。

面对泉热灰汤，我们还需要一些"冷思考"。

比如说，文化底蕴的积累还需要一个长期的整理过程。湖南职工疗养院准备投资建设湖南省工运博物馆，可谓视野开阔。湖南工运本来就是中国工运的重要组成部分，打好工运史这张"文化牌"将为疗养院增色不少。

比如说，温泉资源的可持续利用也需要未雨绸缪。资源是灰汤科学持续发展的生命线！

给自身提出三个问题："我是谁？""我来自哪里？""我向何处去？"，将有利于找准自己的定位。温泉品牌是如此，灰汤小镇亦如此。

（原文发表于 2011 年 1 月 5 日《湖南工人报》）

泉润山林

"你见，或者不见我／我就在那里／不悲 不喜／你念，或者不念我／情就在那里／不来 不去／你爱，或者不爱我／爱就在那里／不增 不减／你跟，或者不跟我／我的手就在你手里／不舍 不弃／来我的怀里，或者让我住进你的心里／默然相爱 寂静欢喜。"每次到宁乡的湘电灰汤温泉山庄，我总会想起这首情诗。

山庄如一位尘外的女子，既巧于梳妆，温润如玉，又野性十足，活力张扬。山庄以"灰汤温泉"和"山林胜景"赢得"新潇湘八景"的美誉。不知道是温泉的阴柔之美孕育着山林的阳刚之气，还是山林的阳刚之气呵护着温泉的阴柔之美！

面对湘电温泉，唐代诗人白居易的诗句跳入我的脑际。"春寒赐浴华清池，温泉水滑洗凝脂"，当时只有贵妃才能享受的现在已经走进平常百姓家。灰汤温泉源远流长，因其泉沸如汤滚，汽腾如灰雾，故名灰汤。

铺就了两千余年历史底色的灰汤温泉，润泽了一大批温泉品牌，湘电温泉可谓熠熠生辉。

山庄的阴柔之美，大多浸泡在温泉之内。湘电灰汤温泉山庄第三代温泉一期工程已经竣工，第二期工程也已破土动工。它由一家法国建筑集团设计，依山造势，因水塑形，尽量保持原生形态。

灰汤温泉是我国三大高温复合温泉之一，泉水的热能主要源自地下5000米的燕山、沩山花岗岩岩基的岩浆余热，出水温度达92摄氏度，属于偏硅酸医疗药泉。与国内同类温泉相比，具有水温高、水质佳、医疗价值大等特点。

第三代温泉与第一代温泉相比，由室内到室外，由静泡到动浴，由健身到养生，有一种自然野趣，更有一种温馨情致。在这里，你可以在室内国标温泉游泳池一展泳姿，也可以到室外的八卦养生中药池、按摩池、牛奶润肤池体验不同的功效，洗却尘埃，沐浴心灵。

记忆的闸门一拉开，时光如汩汩热泉涌动。1975 年 10 月，这里曾建成了地热电站并发电。1984 年，一所在电站基础上建立的电力疗养院开工，两年后建成投入使用。1988 年，正式命名成立湖南电力职工温泉疗养院，电站归其所属。

山庄的阳刚之美，附贴在山林胜景之中，挥洒在运动场馆之中。进入大门，占地 300 余亩的山庄就像摆放在一个山坡上的巨大盆景。风格迥异的建筑物，高耸入云的水塔，石桥、别墅、鱼池、亭阁为之润色；精致典雅的室内装饰，四通八达的精巧长廊，花坛、绿地、山林、石径为之添彩；气势恢宏的温泉体育馆，环境优雅的高尔夫练习场，保龄球、篮球、乒乓球、网球等球馆应有尽有。

灰汤的温泉品牌就像气质各异的女子。有的前卫新潮，但太过豪华、浮躁，张扬得给人以疏离感，不及湘电温泉的典雅、文静，让人沉静；有的人文底蕴厚重，但太过朴实、羞怯，内敛得给人以拘谨感，不及湘电温泉的精致、大方，让人亲切。

漫步于山林中的缓跑路径，晨雾已经布设了一个巨大的舞台，鸟儿开始晨练。山庄的员工都已各就各位、各司其职了。前台迎宾小姐笑容可掬，正在迎来送往，服务员在忙着打扫去晨跑的客人的房间，花工们在浇灌花儿草儿，洗衣房的女工推着一车待洗的被单和衣服，温泉食府的厨师已经做出了自助早餐，扫地车上的工人师傅正在精神抖擞地清除路上的垃圾。绿化组的一位花工由衷地说，在山庄工作虽然工资不是很高，但在家门口打工，每天还身处这样好的环境，大家都很快乐。

对于山庄的园林建设，你不得不叹服设计者的良苦用心。林荫道上，一边是柳絮飘扬，一边是满坡藤蔓；围墙边上，每隔两到三米栽种一棵樟树，其就像守护着家园的哨兵；山林之中，护坡上绿草如茵，银杏、杜英等名贵树木点缀其中，山上保持原生态森林，枞树、青松等野生树木在自然生长，人工的精巧和自然的野趣在这里融合得浑然一体；最令人叫绝的是后山的那两口池塘，那是山庄的垂钓中心，两口池塘如山庄的眼睛，清澈明亮。

灰汤温泉已经把这个山庄滋润成一幅充满诗意和哲理的水墨画了。庄内园林风光，庄外田园风光，让人有梦回故里的幻觉。今年国庆前夕，阔别故乡14年、已经75岁高龄的姑妈从四川回湖南探亲。回老家汨罗之前，我陪她和家族里部分在外工作的成员到山庄小住了两天。晚上入住山庄的客房，被暗香与天籁之音包裹，让人彻底放松，酣然入睡；早晨推窗一看，围墙紧邻村庄，周接田畴，炊烟袅袅。老人家十分激动，感叹道：恍若身处生养自己的老屋！

泉润山林，这温泉与山林的奇妙组合竟会在这个山庄激荡出许多哲理，比如柔和刚、动和静、忙和闲。许多矛盾体在这个宁静的环境里和谐共存，天人合一，物我交融。季羡林大师说过，宁静，是一种典雅的气质、一种古朴的情怀，是一种生命的态度。也许，在喧嚣尘世中打拼累了，我就会投入山庄的怀抱，感受静默的力量。

（原文发表于2011年12月9日《湖南工人报》文艺版）

那些背影

周末回汨罗老家，母亲张家长李家短地和我唠嗑。我很理解老人家的心思，儿子不常回家，有母子沟通的机会绝不放过。我因为出差几天才回来，有些疲惫，坐在客厅沙发上一边听，一边昏昏欲睡。不管我是什么反应，母亲总是喋喋不休。当她聊起在乡下生活的80多岁的大伯母和姨外婆都患有癌症的时候，我一下子被震醒了。

在我的记忆深处，两位老人或风风火火或温柔贤惠，她们以母性的光辉赢得了晚辈们的尊敬。可命运在其人生最后的一段旅程中和她们开了一个玩笑。她们中年挑水种菜、清扫煮饭时的背影顿时呈现在我眼前。

周一我在办公室和湘西的一位大姐通电话。电话通了，那边显得很忙乱。

"大姐，很久没联系，还好不？"

"还行，每天打针，今天刚打完。"

"哦，什么病？严重吗？"

"一时半会儿还死不了，癌症，哈哈。"

熟悉的笑声中夹杂着些许无奈。在闲聊中，这位曾被誉为"苗乡腊梅"的女干部，把人生看得很通透。她的背影，曾经留在苗乡的产业调整的山坡上，曾经留在边城的山山水水的旅游开发区里，曾经留在湘西农民工热切盼望救助的眼神中。

一段时间后，大伯母和姨外婆相继离世。从那些背影里，我读出了人生无常的道理。也许，谁也主宰不了自己的命运。命运，无关好人坏人，无关富贵贫贱，无关长幼尊卑。两年前的一次经历又开始在我脑海中闪现。

两年前深秋的午后阳光，没有给人丝毫暖意。我陪同事送他妻子去湘雅医院看医生。同事妻子一年前得了子宫癌，经过化疗，大家以为病情稳定了，不想近日恶化。因当天下午2点半单位有一个重要活动，我们不能在医院稍作停留，只能把她送到医院门口，再由她的女儿陪同就医。

同事在单位能全身心投入工作得益于有一个贤内助，他妻子在下岗以后，几乎当了全职太太，把家里打理得井井有条。本来安宁的生活突然遭此变故，这对同事是一个打击。一年多的治疗其间，病情时好时坏，这个家庭总是经历着幸福与痛苦的"轮回"。

同事妻子在女儿的扶持下，步履沉重，一脸茫然。往日微笑待客、气质不凡的她，被病魔折磨得没有一丝生气。同事打开后座的车门，把她扶进车内坐稳。他们的女儿带了些许住院的必需品也坐进车内。一路上，我小心翼翼地开着车，大家都不说话。为了打破这个沉闷的气氛，我拧开了车载音响的按钮，不想飘出来的竟是腾格尔的《天堂》。"蓝蓝的天空，清清的湖水，绿绿的草原，这是我的家——哎耶。奔驰的骏马，洁白的羊群，还有你姑娘，这是我的家——哎耶。我爱你，我的家；我的家，我的天堂！我爱你，我的家，我的家，我的天堂！"我有些后悔拧开按钮，生怕这个家庭的成员触景生情，心绪不宁。幸亏路程不远，很快就到了医院门前。

车子停稳，同事把妻子扶下车，吩咐女儿：先挂号，再看医生，我忙完事后3点钟左右赶过来。他的妻子不置可否，在女儿的搀扶下，挪动着沉重的脚步向那座决定自己命运的建筑走去。她们把背影留给了丈夫和父亲！也许她们心里在责怪这个家庭的主心骨：有什么事情比家人的健康还重要？同事看着她们，有些不忍。当小车驶离家人的视线，同事已是满脸泪痕，他慨叹，曾满怀理想要改变世界的书生，却无力改变自己家庭和妻子的命运！

我希望湘西的那位大姐笑口常开，把"癌魔"驱除；我祈愿仙逝的大伯母和姨外婆在天堂里安好；我祝愿同事从妻子的背影中汲取前行的力量，走出人生的阴霾！那些背影，如跳动的火焰，勉励我们不畏艰难、珍爱生命！

窑岭十年

我在窑岭生活了十余年，很喜欢这里的氛围。长沙素有"三十塘二十一岭"之称，窑岭地处韶山路与人民路交汇地段。窑岭称谓源自哪里？一说是旧时多为起伏不平的岗地；还有一说则是昔日住户多以烧窑为业，故名。

窑岭之于我，如初见的钟情女子，一旦留下美好印象，便义无反顾去拥抱她。大一第一次来原长沙水电学院看高中同学，我在窑岭迷失了方向。初冬的夜色，有点昏暗的灯光，让人寒意顿生。都市人行色匆匆，没有人有太多时间搭理一个来自异地、问路的小伙子。在原湖南橡胶厂简陋的大门前，一位老人看到我焦虑的神情，过来用一口地道的长沙方言和我打招呼。得知我迷路了，他又主动当起向导，把我带到了目的地。我大学毕业被分配到湘潭的一家企业，在老家和工作单位往返的路途中，途经长沙总是要坐公交车穿越窑岭。从人民路到韶山路，一个左拐弯后，眼前呈现的一切还历历在目，让人感到亲切。后来到长沙工作，家人征求购买商品房的地段时，我毫不犹豫地选择了窑岭，在原来迷失方向的地方，一住就是十余年。

除了印象好，窑岭吸引我的还有便利的交通、就近的医疗机构、配套的教育资源、浓厚的文化气息。在我的意识中，窑岭就像长沙公交系统的中枢，东南西北没有到不了的，几乎不用换乘。如果不赶时间，我喜欢坐上公交车去寻找普通市民的各种脸谱，感悟人间冷暖。每天从清晨到深夜，车流声不大不小，从不间断，为附近居民的幸福生活伴奏；从家里却极少到湘雅附二只有几分钟的路程，当时选择窑岭，其中一个原因是儿子从小体弱多病，这里就医方便。家人却极少去湘雅附二，儿子从幼儿到少年，身体越来越结实。家人偶患风寒感冒之类的小病，人民路社区诊所"范爹"那里成为看病之处的首选。倒是老家汨罗的亲戚经常来湘雅附二就诊，妻子戏称住所为"汨罗接待处"。戏称归戏称，她接待起客人却很是热情、细心。我觉得这样蛮好，一方面为亲戚朋友们力所能及地提供一些方便，另一方面也可以和他们聚聚，拉拉家常，加深感情；窑岭附近除了有小学、初中、高中，还有很多培训机构供学生家长选择。在这里，儿子度过了一个相对比较丰富的童年和少年时光。从跆拳道到乒乓球、台球、篮球等球类，从写作到美术都进行了培训。由于担心安全问题，我常常跟在他的后面，看他一路或欢快或沉静的表情，观察他如何过马路，如何与人打交道。儿子那个独自在车水马龙中穿行的瘦小身影没有因为他长大而模糊，而是清晰地珍藏在我的记忆宝盒里；窑岭附近的文化气息很浓，湖南大剧院的大片，花鼓剧团和湘剧团的地方戏都是众所周知的。但令我最为满意的是湖南图书馆和袁家岭新华书店以及几处旧书摊，这里是书的世界，广阔而深邃。

生活在窑岭，闹中取静。闲暇时间，和家人在升斗小厨的二楼卡座聚餐，看窗外车流滚滚、人来人往，享受这份难得的安逸。在住所两个平方米的书斋里，静下心来读书写作，斗室修身，快意人生。春夏的傍晚，只要天气尚好，我和家人总爱融入人流，在街头散步。一路上，常德的米粉、德园的包点、台湾的快餐、甘长顺的面条、盛记的海鲜让居民流连其中，老字号抢滩窑岭，让这里底蕴深厚；忘不了的服饰、尚艺美发这些店铺是我常常光顾的地方，而鸿铭中心一条街则是时尚品牌的展示台。传统和现代，时尚和保守，在这里都有一席之地。窑岭十年，不一样的十年，它的气质诠释了一个生存法则：岁月静好，现实安稳。

也不知何时，惊觉一些邻居换了新的面孔，在电梯里碰到的都是充满活力的年轻人。一打听，原来这座商住楼已成为大学生的创业基地。很多住所或出租或出售，成为小微企业的办公场所。岁月轮回，也许到了告别窑岭的时期了！谨以此文致值得留恋的那些人、那些事！

窑湾拾遗

湘潭窑湾，从农耕文明大步走来，在工业文明中迷失方向，在现代文明中开始追忆和反思。

对窑湾的最初印象源自7年前湘钢工人摄影家、湘潭市摄影家协会主席熊汉泉先生赠送的一本黑白摄影系列作品集《窑湾——一条老街的记忆》。作家叶梦为之作序，称"窑湾系列黑白的照片，像一支悠远的曲子，一首长诗，一部叙事长篇小说。它所产生的效果远远超越了一般纪实摄影的影响"。在他的作品中，窑湾人平淡的生活，窑湾古老的民俗，窑湾砖木混合结构的建筑，仿若隔世。

金秋时节，在雨湖区总工会党组书记、副主席曾立勤的引导下，我与窑湾不期而遇。曾立勤，湘乡人氏，和晚清重臣曾国藩一脉相承，同属湘乡市潭市镇普安堂，其先人曾在新疆吐鲁番当过县令，后辞官返乡行医，筹设"恒德堂"。也许是出自这样的家世，大学中文系毕业的曾立勤对历史有极大的兴趣，对湘潭的人文更是如数家珍。车到"十八总"，他告诉我们，湘潭老城区"九总"到"十八总"，沿江排列，大致以码头来分隔，反映了当时湘潭水运和商贸的繁荣。紧挨"十八总"的就是窑湾。

穿街而过，从街头至街尾，每一步都能碰触到历史。据史料记载，窑湾古街于秦代立壶山港，建制于晋代公元313年，历经一千七百余年的沧桑巨变，已成为湘潭城区文化发源最早、文化底蕴最深厚的地方。难怪人们说，走进窑湾就走进了湘潭的历史深处。

如果说窑湾是一本历史大书的话，扉页一定非望衡亭莫属。相传望衡亭最初是东晋名将陶侃在此屯兵时所建，当时站在亭楼上远眺，可以望见南岳衡山，望衡亭便由此得名。后几毁几建，1932年现望衡亭建成，2011年被湖南省人民政府列为省级文物保护单位。

和许多亭台楼阁相比，望衡亭显得破旧和逼仄了点。从沿江西路侧门踏入，斑驳的红墙，字迹模糊的碑刻，三层花岗岩垒成的亭台被几棵老树环绕，亭柱上刻写着"望衡亭"三个大字，两边镌刻着一副对联"地维天柱此孤石，岳色江声萃一亭"，这些无疑会让人有一种沧桑感和悲壮感；国民革命军陆军中将王捷俊的墓碑依墙而立，日夜陪伴着这座建筑，加之没有多少游人，让人又生发一种人去楼空的抽离感和孤独感。登石阶，攀旋梯，待至矗立亭楼，凭栏四顾，湘江北去，波光潋滟，货轮穿梭其中；工厂林立，马达声声，十里钢城尽收眼底。徜徉其中，则有"游斯亭者，凭高远瞻万里孤怀，触感兴亡尘念俱寂，能不有江海无涯之慨乎"的浩叹！

从望衡亭下来，对面有座陶公山。经窑湾历史文化街区项目办公室一拐弯，从山上一个拱门进去，便可以看见两座墓冢，分别是东晋名将陶侃和明朝抗清名将何腾蛟的衣冠冢。陶侃，江西九江人，曾任湘州刺史，驻节湘潭。明朝覆灭后，何腾蛟在湘潭县城蒙难，后来灵柩被迁回祖籍，窑湾只留下了这座衣冠冢。站在墓前，那句"滚滚长江东逝水，浪花淘尽英雄"的诗句便突如而至。是呀，无论是何种风云人物，最终都会归于沉寂。所幸的是，这里已被列入市级文物保护单位，也成为唐兴街社区青少年教育基地，每年有不少人来此祭拜和瞻仰。

唐兴桥是市区通往窑湾老街的唯一通道，因毗邻唐兴寺而得名，是湘潭城区现存完好的最古老的石拱桥。该桥始建于清初，为单孔石拱桥，长十余米，由花岗岩石砌成，两边花岗石围栏柱头上立有狮、象、鹿、猴、兔等动物石雕。说起唐兴寺，曾立勤纠正道，当时名称应该是"大唐兴寺"。据史料记载，唐永徽六年（655年），著名书法家褚遂良因劝止唐高宗废王皇后欲立武则天为后而被贬潭州。一天，褚遂良登陶公山，见石塔寺寺宇宏伟，触景生情，于是奋笔题写下"大唐兴寺"四字，以暗示匡扶大唐之意。

关于窑湾的说不尽的传奇和故事，如史海中遗失的粒粒珍珠，让无数文化人有一种去寻觅它们的冲动。这里有一座碉堡形的建筑，那是为中国第一条公路潭宝公路修建的第一个汽车站旧址——潭宝（窑湾）汽车站；这里与一代伟人毛泽东也有渊源。毛泽东虽然没有成为窑湾宽裕粮行的伙计，但在后来求学长沙及考察湖南农民运动期间，多次来到粮行落脚；这里还是秋瑾的夫家，窑湾由义巷就有秋瑾故居的 3 间房屋，传说当时秋瑾悄悄将一张给夫婿的纸条留在女儿的衣服口袋后，将女儿留在望衡亭处的戏台便走上了革命道路；这里还有一幢占地三百多平方米、建于道光六年（1826 年）的古宅——李柳染堂。虽然像李柳染堂这样的古建筑在窑湾已不多见，但依稀可见的青石板和纵横交错的巷道还是能够让人感受到老街的余韵。

曾立勤指着隔水而望的杨梅洲介绍道，曾国藩曾在那里训练水师，还委派人在此设分厂造战船，并一直承袭沿用至今。湘军打败太平军后，广大官兵和大量财物也是从这里沿涓水上岸至双峰县荷叶镇，绵延数十公里，十分壮观。

窑湾，一条老街的记忆。对面是以湘钢为代表的工业文明，左侧是以步步高为代表的商业文明，各领风骚。而窑湾始终生活在自己的世界里，对周边不管不顾，遗世独立。那些木质结构的建筑开始损坏，显得残破和孤单；一些砖瓦结构的房屋夹杂其中，让这条老街更显得不伦不类。是风雨侵蚀了她的芳华？还是岁月催老了她的容颜？文化底蕴如此深厚的老街何以凋零至此？一些有志之士通过各种途径呼吁，引起了当地政府的关注。湘潭市委、市政府正着手将窑湾打造成历史文化街区，让千年老街重新焕发生机。

其实，我们都处在一条老街的一个拐角，一边可以回忆往事，一边可以追逐未来！

（原文发表于 2014 年 11 月 28 日《湖南工人报》文艺版）

碧泉潭探源

碧泉潭，一个极具诗意的名字，清澈中透着宁静。它如一位隐居的名士，让人生发去探访和拜谒的愿望。

久居都市，你一定会纠结于尘世的繁华和喧嚣，那就去碧泉潭放松一下自己的心情吧。金秋时节，应朋友之邀，三五友人从湘潭市区出发，驱车八十余里，前往湘潭县锦石乡碧泉村。一路上，惠风和畅，山路弯弯。其中一位罗姓友人告诉大家，经过多次调研和实地走访，他和他的团队深深地被这里的自然风光和文化底蕴所吸引，去年在此成立湖南碧泉潭生态资源开发有限公司，着手开发包括水资源、生态农业、旅游、养老庄园等项目。第一期水资源开发项目业已投资一千五百余万元，建成了一个瓶、桶装纯天然弱碱性水饮品生产基地。

置身于阔大的山野之中，呼吸一口久违的新鲜空气，你一定会为满山的花草清香和虫鸣鸟叫所陶醉。参观完朋友现代化的厂房和先进的水处理系统，我们已经迫不及待地要求去踏访千年名泉——碧泉潭。

沿着新铺的引水管道，择一条山间小径，翻越一个山坡，我们便可以俯瞰到这样一幅画面：满坡翠绿掩映之中，山腰下是一座精致的亭台，亭子下面则是一汪清泉，澄碧如染。想必这就是被誉为"中南第一名泉"的碧泉潭！待及站在山脚平地，凭栏驻足，碧泉潭全貌就一览无余。山林和亭台如果是布景的话，主角一定是眼底下那潭碧泉，潭西壁的岩石上的阴文行楷"碧泉潭"三个大字，和亭台上蓝底白字的"有本亭"上下呼应，点明了这曲大戏的主题。

碧泉潭静静地呈现在我们眼前：潭口呈半圆形，水面 10 米见方，周岸用红砂条石砌成。汩汩泉水从潭底的岩缝中喷涌而出，潭底的细沙不断被水流裹卷上来，有"涌沙成珠，状若倒雨"之势。湘潭市劳动模范、碧泉村村支书谭俊岳介绍道，碧泉潭水流量为每秒 0.3 立方米，常年不断，可灌溉锦石、射埠两乡镇大部分良田；且泉水四季恒温，水温保持在 20 摄氏度，略显碱性，水中含钙和其他微量元素，人饮用对身体有益。这里也因此吸引了客商的注意力，继成为湖南第二大娃娃鱼人工养殖基地后，又成为全省规模最大的瓶、桶装纯天然弱碱性水饮品生产基地。

让人更加暗暗称奇的一定是碧泉潭的文化底蕴。谁能料到，在这个僻静乡村、荒山野岭，竟然催生出中国理学的重要一支——湖湘学派。南宋绍兴元年（1131 年），碧泉潭如一块被开发者识中的风水宝地，身价从此无与伦比。这一年，它迎来了慧眼识珠的新主人——湖湘学派创始人，南宋理学家，大学士胡安国、胡宏父子。"买山固是为深幽，况有名泉泂可求。短梦正须依白石，澹情好与结清流。庭栽疏竹客驯鹤，月满前川寺补楼。十里乡邻渐相识，醉歌田舍即丹邱。"这一年，胡安国这位年近花甲的儒雅老者告别宦海沉浮，携妻将子，溯湘江、涓江而来。他在诗作中道出了落籍于此的原委。

因不满投降派当道，躲避战乱，胡安国父子带着深深的失望，离开权力中心、辞官不就，似乎想隐居山林、闭门休养。但其内心，时刻牵挂的是山河破碎、人民饥寒。也许，是碧泉潭深处的那股力量，让他们内心时刻涌动着救国救民的忧患意识！于是，他们在此筑庐讲学、教授生徒、研究学术，张栻、杨大异等一批批学子负笈而来，形成了"远邦朋至，近地风从"的繁荣景象。从此，经世致用的学风如汩汩清泉，从碧泉书院到岳麓书院，泽润湖湘千年，孕育出一代又一代济世安邦之才，理学经世派曾国藩、左宗棠等扬名晚清，"以经术为治术"的魏源、陶澍等通贯经史，毛泽东、彭德怀等无产阶级革命家更是继承和发扬了湖湘学派传统，形成了实事求是、理论联系实际的认识论和作风。

"登山四顾，乃洞庭之南，潇湘之西，望于衡山，百里而近，盖太古夷荒未辟之墟，而泉出于盘屈石山之下，凝然清光，微澜无波，潭潭而生。平岸成溪，放乎远郊，却步延目，溪虽清浅，而有长江万里之势焉。"这是胡宏所写的《有本亭记》里的文字。今天，我们站在碧泉潭边，凝望有本亭，还能够强烈感受到这里折射出的"人希探本"的性本论儒学光芒，仿佛倾听到八百八十余年前碧泉书院开坛布道者观念的碰撞和交响，咀嚼出什么是"打脱牙和血吞"，什么是"心忧天下，敢为人先"的湖湘基因。

（原文发表于 2014 年 9 月 19 日《湖南工人报》文艺版）

潇湘寻梦

有梦的地方

"曾经辉煌过 / 曾经失落过 / 浴火重生 / 张开了双翅 / 披上钢铁战衣 / 擎起出征的旗 / 翻过高山之巅 / 越过地平线 / 我助推'神舟' / 护驾'嫦娥' / 飞向天际 / 我是蓝天的儿子 / 到处都是我的影迹 / 我是光明的使者 / 有梦的地方 / 有凤来仪。"多年来,有这样一个编织梦想的工厂,有这样一个充满梦幻的品牌,一直让我为之魂牵梦萦,为之抒怀咏叹。它就是湖南华菱线缆股份有限公司(原湘潭电缆厂)。其生产的"金凤"电缆虽历经五十余年的风雨沧桑,依然翱翔在市场经济的长空中,演绎着现代版的"金凤朝阳"的新传说。

这里位于湘潭市建设南路 1 号,曾经是十里电工城的门户。走进工厂,我们不难发现,乳白的仿石瓷面贴成的大门,显得阔大而活泼;一栋栋现代化厂房,掩映在一片又一片绿色之中。徜徉其中,我们与其说是置身于一个现代化工厂里,毋宁说是流连在一个美丽的花园里。每每接待前来考察的领导和客商,湖南华菱线缆股份有限公司党委书记、总经理丁伟平把他们从车上迎下来,就开始"客串"起导游来。

"我们公司有两棵罗汉松,一棵是雄的,一棵是雌的,您能猜中不?"丁伟平指着正门口分列两边的罗汉松,向客人询问。随后他不厌其烦地介绍,除罗汉松外,还种植了一些名贵花木,如银杏、玉兰、铁树等,公司仅绿化这项资产评估就近亿元。就是在这样轻松愉悦的气氛中,客人们开始了商务考察之旅。

　　工厂分为两个区，外面是办公生活区，往里是生产区。厂区有一种对称美，用沥青铺就的金凤大道是整个厂区的中轴。道路两边，分列着罗汉松，后面则是冠尖如塔、大枝平展、小枝下垂的雪松。在人们必经之处，我们还能欣赏到用于造型的五针松。松树的枝干似人的手臂，树叶如人的手掌，压弯的树体恰似一位迎宾员正弯腰屈臂。它们都好像在迎接着客人们的到来呢！

　　在不远处，金凤大道两旁的喷泉池里各自盘踞着两组雕塑。一边是山羊雕塑，每只羊神态不同，或回首、或吃草、或嬉戏，栩栩如生；另一边是骏马雕塑，每匹马身姿各异，或奔腾、或饮水、或远眺，给人传递着一种进取的力量。喷泉池边小草如茵，花坛播绿。雕塑后面是制作精良的宣传橱窗，记录着"金凤"振翅飞翔的轨迹。每天上班或下班时间，程控喷泉就会运转，喷射的泉水、沁人的花香让工人们沐浴着大自然的灵气。他们在美丽的环境中或吸取正能量，投身一天忙碌的工作；或洗却一天的辛劳，轻松愉快地返回职工公寓或者各自的家庭。

　　打造资源节约型和环境友好型企业是华菱线缆的一个梦想。如今，这个梦想已触手可及，他们朝着生产和生活基地办公宾馆化、住宿公寓化、环境花园化、厂区现代化方向迈进。工会主席李国栋告诉我，近年来，为了让职工工作在一个花园式工厂，公司斥资近千万进行绿化，修建喷泉和鱼池，加强厂区道路建设、厂房美化和现场标准化建设。

　　在华菱线缆收购湘潭电缆厂前夕，我到过这个处于困境中的企业。空空荡荡的湘潭电缆厂主厂区，满地的梧桐落叶，无人打扫。宽敞平整的金凤大道，废弃的铁路专用线，虽然可以遥想昔日的兴旺景象，却怎么也掩饰不住弥漫着的无边的衰败氛围。2003年走马上任的丁伟平也深有同感，他为企业留下的深重"伤痛"和弥漫在这片土地上的荒凉、凄苦境界感到震惊和惋惜。也就在震惊和惋惜的同时，丁伟平用王安石的一首古诗《江上》表达苍凉中的乐观，"江北秋阴一半开，晚云含雨却低回。青山缭绕疑无路，忽见千帆隐映来。"打造一个科学和谐、充满活力的现代企业的梦想也由此产生并发酵。

伟大的创举源于伟大的梦想。在长株潭城市群"两型社会"实验区的热土上，华菱线缆用自己的方式诠释了"创新"的深刻内涵：目前，这个脱胎于传统大型国企——原湘潭电缆厂的"新型国企"，大道至简，"现代企业制度，民营企业机制"开始凸显张力，扁平化管理使公司机构精简、人员精干、效益提升，按效益分配的方式极大地调动了员工的积极性；品行天下，产品质量和品牌进一步得到提升，产、供、销健康良性发展，信息化推动工业化进程大大提速，具有自身特色的企业文化正在形成，树起了一面国有企业成功改制的大旗。

十年不到再来这里，梦想已经成真。徒步或者坐电瓶车进入生产区，沿着厂内主干道向远处延伸，我们会发现，工厂绿树成荫，玉兰和梧桐树昂首挺立，一栋栋厂房修葺一新，褐色的铝合金门窗镶嵌在蓝色的墙体里。厂区内，全国各地的货运车辆在这里不停地穿梭，你一定能够聆听到一个现代企业律动的声音。走在这条主干道上，当闻到制作电缆表皮的那淡淡的橡胶味，听到那马达不断运转的机器轰鸣声，看到工人师傅们挥汗如雨的身影，你就会领略到现代工业文明的魅力。

地处经一路的特缆分厂，环境优美。门前种植的一排排玉兰树，曾经留住了每年冬季飞往南方的候鸟。据了解，2011年11月下午5点的时候，大批的鸟就飞到这片树林中栖息，第二天早晨7点外出觅食，晚上再飞回来，鸟儿们来去都是黑压压的一片。这种现象引起了当地电视媒体的关注，被拍到电视新闻节目中播出。特缆分厂不仅是鸟类筑梦的好地方，也为人类实现飞天梦做出了不可磨灭的贡献。"神九"飞天，"金凤"相随。特缆分厂技术主办杨蓓在厂里工作了30年，2012年5月，她有幸到酒泉卫星发射基地协助对公司产品进行技术检查。她介绍说，"神九"发射太空所用的点火线、控制线、信号传输线以及数据线都是公司生产的"金凤"牌超高温控制电缆和特软控制电缆。2008年9月27日,翟志刚实现了航天员的第一次太空漫步。将翟志刚的各项生命体征传导到亿万国人欢呼声中的,正是华菱线缆的脐带电缆。神舟飞天、嫦娥奔月都闪耀着华菱金凤的丽影。"金凤"产品还进入轨道交通、海洋运输、风电电力、高压输电、新型核电等前沿应用领域。

有梦的地方,有凤来仪。在全球经济低迷、实体经济不振的当下,只有心怀梦想,在困难中寻找机会,才能找到驱动未来增长的力量。这也许就是这个美丽工厂给予我们的最大启示!

桃矿镜像

2008年暖冬的一个周末，我之所以主动请缨陪报社社长去桃矿，是因为我曾被桃矿深深地刺痛过。

五年前的一个冬夜，接近年关，我们一行三人一路寒风，一路颠簸，驱车前往桃矿。之前只听说这是一家"一五"期间立项的特大型企业，为国家做出过重大贡献。然而，由于矿产资源接近枯竭和市场经济大潮的洗刷，桃矿经营每况愈下，难以为继。接近矿区，车外的世界，已经难觅往日国有特大型企业的繁华踪迹，倒更像山坳里的一个颓败的村落。从那星星点点的灯火、冷冷清清的店铺里，我们甚至没有嗅到年关的任何气息。这一切，让人觉得这寒夜气入骨。

接待我们的是桃矿中学的一位老师。学校是整个矿区唯一正常运转的机构。这位老师接待的热情让我们依稀感受到昔日矿区职工的豪爽。问及矿区的破产，老师掩饰不住悲哀：为了生存，下岗的矿工不得不外出去寻求生计，一些退休退养的职工也投亲靠友，搬到别处生活，到处是人去楼空的现象。我们在这样的语境中匆匆离开，隐隐作痛的心里留下的是一个黑漆漆的影像。

应该说，在中国，桃矿具有国企的一种标本意义。5年后的今天，当我国改革开放30周年结出累累硕果的时候，桃矿似乎也传来了花开的信息。我急于了解，记忆中的桃矿有了怎样的镜像？

上午8时，从临湘县城出发，我们直奔桃矿。暖暖的冬阳，和着车内悠扬的红色经典的小提琴曲调，为我们的桃矿之行做了最好的铺垫。

刚刚接近矿区，一列装满矿石的火车缓缓驶入我们的眼帘。呦，曾经废弃多年的铁路又开始派上用场了。这曾是矿区的大动脉，曾源源不断地向外输送成千上万吨矿产品。如今，这一生命的大动脉动起来了，这是多么暖人的一个镜像，它像一个导游的标志，无声地传递着桃矿盛极而衰，而后由衰到盛的信号。

进入矿区，我的眼连同心头又是一亮：原来的桃矿办公大楼已被改造一新，现已成为桃矿街道办事处的驻地。街道办事处人大主任、工会主席侯次平，党委委员龙群听说我们要来，喜出望外，已等候多时。

党委委员龙群原是矿里的一个干部，现在他的身份已经由原来留守处的企业职工变为街道办事处的公务员了。谈及桃矿的过去，他仿佛打开了记忆的闸门，一种复杂的情感开始弥漫。

阳光从窗户探进房内。

龙群娓娓道来的是桃矿的衰兴：1956年4月成立的桃林铅锌矿，国家投资7000多万元，从成立到2003年破产终结，累计实现利税27亿元。作为共和国的长子和功臣，在桃矿破产终结前后，共和国没有忘记它，国家筹措2.2亿元妥善安置8000余名职工。2004年经省民政厅批准成立的桃矿街道办事处应运而生。办事处通过劳务输出、招商引资、拓宽就业渠道等措施，解决了近3000人的就业问题，提前退休和退养的达2000余人。此外，他们争取到国家投入5000多万元，改善桃矿基础设施和加强社区的美化与亮化。吸引了22家民营企业到矿区兴办实业，去年实现产值将近3亿元。一个新桃矿的蓝图，正在这个新老桃矿变化的见证者的话语中徐徐展开！

在主人的引导下，我们开始用镜头触摸桃矿。街头巷尾，到处是惬意的人，或劳作，或休闲，或娱乐。暖暖的阳光，一扫以往的阴霾。

这些镜像，像一支支悠远的曲子、一首首小诗，让人感受到宁静的力量。是的，这宁静的力量！

敬老院里那些坐在轮椅上的残疾老人，神态是那样安详，恍若沉浸在陶渊明笔下的世外桃源；那正在奔跑嬉戏的儿童，在社区游乐场无忧无虑地追逐着童年的趣味；还有鞋匠、菜贩、车夫，在他们忙碌的脸上，藏不住的分明是对幸福生活的向往。

闯进我们镜头的，还有那修葺一新的各公司的办公楼、幼儿园、社区服务中心、集贸市场。

而与生活区的宁静相对应的则是工业区的渐次火热。

炉火正旺，车间里工人们正在紧张地工作。货场上堆满了整装待发的产品，等待着装上汽车、火车。一个"湘北铁路货运中心"的招牌，又让我们遥想起那个火红的年代，这个山区的小站该是地球上多美的一道风景。沉寂多年的矿区又开始慢慢恢复往日的繁忙，历经磨砺、一度被社会视为包袱的矿山，刚刚缓过神来就又开始为国家做贡献了。

我们试图寻找过去大生产留下的踪迹。站在一个"江南大漠"的旅游景点中，我们被深深地折服了：这里原为桃矿尾沙处理场，由于经年累月，尾沙沉淀后已经达到4450万吨，形成了一个硕大的"江南大漠"，又称"银沙滩"，这个景点也许是历史上桃矿的光荣和繁华的最后见证！

桃矿的新镜像让我们惊喜，让我们的心情久久难以平静。在回来的路上，社长忍不住感叹，他脱口而出：历史是抽象的，同时也是具体的，历史在这里拐了一个弯。而我们的执政党、我们的共和国和这些勇于守望与担当的桃矿人正是这一历史的推动者！

社长说这话时，桃矿镜像紧随着跳跃的阳光再次在我们眼前历历呈现！

（原文发表于2008年12月5日《湖南工人报》副刊，获得湖南专业报2008年度新闻奖二等奖）

风水荆坪

它脖子上系着一条潕水，手挽几个朝代，像极了一位致仕的隐士，或者一位堪舆的风水大师，凭栏远眺，神态安详。今年 5 月份的一次偶遇，让我对怀化南郊荆坪古村有了第一印象。市区在鹤城区，县城在中方县，古村把纷繁的现代商业和工业留给了身边的近邻，遗世独立，宁静致远。

12 月中旬，在完成年度最后一次重要差事后，我随我们团队再度驱车来到荆坪古村。

和中方县旅游局局长闲聊，他告诉我，古村曾经准备定位为"华夏第一风水古村"，后因一些原因又改为"天下第一福地"。由于古村作为招商项目已经签约，如何定位，还有待于开发商的最后决断。虽然我对风水知之甚少，但我感觉，风起潕阳，水映荆坪，定位从环境的角度入手，这里也许拥有得天独厚的条件。

车到荆坪渡口，扑面而来的就是一座古朴的宗祠，上面书写着"潘氏祠"三个大字。白墙黛瓦，峙江而立。一副对联颇具气势。上联是：乾坤北合花开鸟语人丁旺。下联是：日月东升水绕山环气势雄。横批是：荆坪形胜。从这副对联可以看出，荆坪形胜，胜在清风绿水。宗祠右边是一座关圣殿，左边是一座五通神庙，里面供奉着各种菩萨，千百年来，佛光普照，保佑着这个生生不息的家族。推开潘氏祠斑驳厚重的大门，仿佛打开尘封了几个世纪的记忆之门。戏台、天井、厢房、立柱、浮雕、殿堂，完好得令人惊叹，氤氲中透出浓浓的沧桑，陈列着一个家族的兴衰史。在这个宗祠里，祭祀祖先、饮茶听戏、族亲议事，远离京城和州府的钩心斗角与尘世喧嚣，一定有一种说不出的安逸。不过，千百年的风雨飘摇中，古村也有困扰，比如匪患，比如洪水。在它的外侧墙壁离地面 5 米高的地方，一块水文碑青石上镌刻着 15 个字："嘉庆陆年端阳后三日洪水涨至此记。"导游小谢告诉我们，荆坪潘氏的始祖贞周公，官封武略将军，并袭父爵光禄大夫，北宋神宗熙宁七年（公元 1074 年），被谪镇守溆州，故而自山东临朐县竹搭桥迁来中方，见潕水河边十里沃土长满荆条，故将此地取名荆坪。他令家将亲兵开垦了这片土地，建立了村庄，立了宗祠，从而延续至今，已有 930 年的历史。贞周公当时决定定居于此，一定是被这里的风水吸引。

从宗祠至古驿道边，矗立着 7 棵古树，按北斗七星状排列，可以说是荆坪古村的镇村之宝。村民们根据树的形状和特色，冠以不同的名字。两棵树枝叶相连的谓之"夫妻树"，寓意白头偕老；树龄愈千岁的谓之"拜树干娘"，希望为孩子驱邪避灾；树上长树的谓之"亲情树"，教化乡民善待亲情。中方古驿道一路蜿蜒，平平仄仄，如一曲古典音乐，携带着当年传递八百里加急文书的马蹄声，随风穿村而过，直奔 30 公里外的芷江。

如果说"风水荆坪"需要一个灵魂人物来支撑的话，这个灵魂人物非潘仕权不可。他的气质和我对古村的第一印象极为相似，而且他也应该是当时一位知名的风水大师。他当过乾隆皇帝的启蒙老师，懂音律、会占卜、掌礼乐。古村老人们回忆，他精通五行八卦，有关这位传奇人物的此类故事如散落的珍珠，在古村随处可见痕迹。如整个荆坪院落建筑被设计成八卦图形，大弄小巷，纵横交错，外人进入院中，如入迷宫，稍不留心就会迷路。在他生命的最后二十多年里，他远离繁华，返回故里，整理族谱，修葺祠堂，倡建义塾，翻新古井，敦化民风，返璞归真。可以说，他是"风水荆坪"的总设计师。在他的会客厅外，一副对联"随处体认天理，出门如见大宾"，令人对这位大儒的气度和胸襟肃然起敬！

　　说起荆坪的人文环境，不能不说那口唐代古井。井呈圆形，有一座亭子能遮蔽风雨。千百年来，提水的井绳已在井口边深深勒下36道半印痕，代表一年365天的烙印。我们还未到古井旁，这里已是热闹非凡。十几个青年男女正围绕古井写生，他们是安江农校大一环境设计专业的学生，这里的环境看来吸引了青年学子们的眼球。等我们临近古井，早有几位村妇等在那里，她们把系好长绳的木桶递给我们，邀请我们到古井打水品尝，打水一次，收费一元。我边干活儿，边和她们聊起来。问及她们的收入来源，她们说每年的无公害蔬菜就能卖个好价钱，还有一些农产品也能卖给游客，收入一年比一年好呢。看我们对农产品有兴趣，她们把我们带到家里，把自家做的香干、种的蔬菜水果、晒的南瓜子一一推荐。在古井旁，我们不仅是忠实的购买者，而且是热情的导购者。一有旅游团队过来，我们就推荐这些农产品，忙得不亦乐乎。在这群农妇中，有一个67岁的聋哑老人，据导游介绍，她就是潘仕权先生的第32代嫡孙女。她虽然聋哑，但对古井情有独钟，天天为它打扫，年年为它淘洗。在她的手语指引下，游客们纷纷涌入她家院落里参观。她收藏在仓库里的柚子受到大家的青睐，几乎被抢购一空。

　　风水荆坪，顺风顺水。愿开发者能够尊重千百年的历史，保护好这里的自然和人文环境，许以这个古村更加美好的未来！

　　　　　　　　　　　（原文发表于2010年12月17日《湖南工人报》副刊）

大道明山

在我的潜意识里，总有一种想从沉重的生活中跳脱出去的念头。于是，工作之余，我喜欢到处游玩、进行体育锻炼，或者看书写作，使自己得到身心俱轻的感觉。这样给我带来的实实在在的好处是，一方面可以消除烦恼忧愁，一切从头再来；一方面面对纷扰世事，能保持冷静，淡然处之。登上怀化芷江明山后，这种潜意识变得更加清晰，甚至深入骨髓。

一个深秋时节，我到了怀化芷江县城北郊10余公里的明山。从山脚放眼望去，明山山体蜿蜒曲折，峰起峦回，宛如仙境一般。山体上刻着"道法自然"4个遒劲大字，勾勒出了这座山和山上"明山观"的魂魄。

无限风光在顶峰，但需要徒步沿一条古道拾阶而上，经莲花庵、遇仙桥、头天门、马鬃岭，抵达二天门，始能登极真武殿。一路上，危岩陡崖，奇峰怪石，让人惊叹大自然的鬼斧神工。遇仙桥是一座拱桥，因为传说曾有人在此遇到仙人而得名。桥下溪水淙淙，清澈流鸣。过了遇仙桥，曲径通幽，直上云天，到达头天门。让人暗暗称奇的一定是马鬃岭，山形像一匹腾空烈马，昂头扬鬃，对天长啸。在二天门远眺，芷江风光尽收眼底。明山连绵起伏，潕水河一路奔腾。

从二天门再上200余米，就抵达山顶。在明山观，道士们按照他们自己的方式生活，就连守门的年长道姑，也给人一种淡定的印象，那种洞明世事的眼神让人慨叹。他们自得其乐地超然于世，祈禳、存思、养性，日复一日地进行着精神修炼，也不会强求信众们去做任何捐助之事。不过，每逢农历三月初三，远近数十县的善男信女会成群结队，一步一拜前来"朝山"，盛况空前。在这里，我们可以细细体味"道法自然"的真谛：道家的精神气质是一种自然的生活，尊道贵德，道就是一种自然力量的运化。这时，我好像沐浴于知性的光辉下，感觉自己与其说是站在明山的山顶，毋宁说是站在思想的巅峰。

据《芷江县治》记载："旧闻宋神宗熙宁中，封此山之神为顺应侯"。明山独有的神韵也吸引了一批又一批文人雅士。著名的当数清代诗人李春登的《明山叠翠》："笙啸高楼翠霭横，望中仙掌对峥嵘。展之黛色疑飞动，隐隐藏匆属画成。破暝忽来双白鹤，冲天唯听一华鲸。公余几欲乘风起，直上天门美玉生。"这首诗就是对明山最生动的描绘。明山偏居一隅，大道至简，它是不会和其他名山去争名的。数百年来，明山默默庇护和养育着侗乡百姓。

人生是漫长的，当我们撩开窗帘，看到夜色下许多追逐的脚步，便会感觉到自己灵魂深处的一种羁绊。人为什么沉重？就是因为我们过分追求那些虚假的"身外之物"，反而遗忘了自己真实的生命。茶余饭后，静下心来，思考一下生命的真正意义显得很有必要。老子曰："天之道，利而不害；圣人之道，为而不争。"即使世界日益庸俗，而神圣的运行法则依然。明山也许能给我们以启示。

其实每个人都会面对三种矛盾。一是人与天的矛盾，也就是人与自然的矛盾；二是人与人的矛盾；三是人自己的身和心、精神和物质的矛盾。如何解决，古人为我们指出三种方法：一是天人合一，遵循自然运行的规律，做到人与自然的和谐；二是人我合一，遵循和而不同的规律，做到人与人的和谐；三是内外兼修，遵循自我身心内外和谐的规律，做到内心和外表的和谐、精神生活和物质生活的和谐。

生态空港

"灾难中人们的笑脸／是一列开往未来的航班／挺起不屈的脊梁／汇集无数的爱心／有一种温暖直抵心灵／屏着呼吸／竖立耳垂／倾听树梢上第一枝桃花花开的声音／工厂、城市、商场、公路的每次律动／都是一趟开往春天的航班。"2009年立春，虽然汶川地震和世界金融危机的阴霾未散，但我从长沙黄花国际机场候机楼里人们自然流露的信心和底气中捕捉到诗歌的灵感。

不知道是一股什么力量，吸引我不断前去探访这个快速"长"大的机场。湖南机场集团负责人曾告诉我，黄花机场 T2 航站楼是湖南迄今最大的钢结构桁架结构单体公共建筑，创造了历时两年的全国在建机场最快施工速度。黄花机场航站楼整体建筑面积扩大至 24.6 万平方米，仅次于北京首都、上海虹桥、上海浦东、广州白云等机场，排名全国第五，机场占地面积由原来的 3300 亩扩大至 7000 多亩，整整"长"大了一倍。

徜徉在 T2 航站楼的每一处，你不得不由衷赞叹：这里不仅是现代化和国际化的空港，也不仅是人流、物流、资金流、信息流汇聚的"门户"，更是资源节约型、环境友好型的"两型"样本。生态空港，无处不在！

从机场高速收费站驱车过来，T2 航站楼建筑群如一幅视野开阔、大气磅礴、汇集多种湖南元素的"湘绣"，吸引着人们的目光。长达 600 多米的 T2 航站楼屋面为大跨度钢桁架结构。屋面托在像"树"一样的八组"V 型"钢柱上。八组钢柱分别将主楼分成三条波浪形屋面，寓意湖南的

"三湘";四条巨大而透明的屋面如同四条光带,寓意湖南的"四水"。出发大厅设置四扇巨大的双层自动门,自动门前设置长达 200 米的遮阳挡雨风帆,寓意湘江的"千帆竞渡"。

当经过航站楼的广场前,你一定会留意一块巨大的石头地标。这块重达 130 多吨、高 4 米、长 10 米的巨石上,一边刻写着湘籍艺术大师黄永玉先生的手迹"长沙黄花国际机场",一边是湖南机场的"金鹏"标徽。说起这块石头地标,湖南机场还流传着这样一个故事。

2011 年 5 月 21 日凌晨,天色灰蒙,看上去要下大雨了。从外地请来的吊车把石头运载到位,8 点 58 分举行的地标安装仪式即将开始。这时,本来灰蒙蒙、乌云滚滚的天气突然放晴,太阳出了云层。阳光照在石头上,发散着一道道光芒。石头好像也在微笑。

谁说石头就没有生命,没有灵性呢?

汽车要经过一个半立交环岛式的交通系统才能抵达 T2 航站楼,一条路到停车场,两条路可达出发层和到达层。黄花机场路侧交通系统原来的设计较为复杂,而且高架桥把新航站楼挡住了,影响视觉。机场组织技术人员在原设计方案的基础上经过反复论证提出多套优化方案,又经过比选,采用了半立交环岛式设计方案,并且施工组织中科学安排,采取以久代临、修建绕线道路的方案,这两条措施的实施不但优化了交通流程、增强了美感度,并且大大节约了土地资源及建筑材料资源,同时节约工程投资约 2 亿元。在半立交环岛式道路上驰骋,你一定会有一种人车一体、人在画中的错觉。

待到把车辆停妥,你会发现,停车场内,绿草如茵,修竹夹道。停车场和主楼之间有一条"护城河",水波荡漾,花木葳蕤,几座钢木混合结构的便桥把停车场和主楼连为一体。如果没有回过神来,你一定以为到了苏州的一座精致园林。

跨过桥,茶楼、咖啡屋、书屋、鲜花屋和餐厅迎面而来。地下两层商业步行街的湖南味特别浓。老字号餐饮"火宫殿"和"玉楼东"夺人眼球，售卖"湘绣""瓷器"等地方特色产品的"湖南印象"商店颇负盛名；遇到短暂延误的旅客还可以到肯德基餐厅享用美味快餐；如果时间充足，你可以到书店阅读几本时尚读物，也可以去休闲屋做做足疗。

T2 航站楼由前端主楼、中间连廊、空侧三个半岛式候机厅等部分组成。建筑高度 39.9 米，主楼长 672 米，纵深宽 168 米。地下两层是商业步行街，上面三层为出发层、到达层和夹层。设计使用年限达 100 年。T2 航站楼的材料隔热、环保，灯光采用节能灯，这些都是新航站楼的特色。

T2 航站楼的候机座位布置有整整齐齐一排排的，也有设计成三五个座位围在一起的，并布设绿化，环境优美，有利于旅客开会、谈业务。屋顶四条"光带"采用高空采光，大气舒爽。在出发大厅四角设置圆形绿化岛，天井都是园林式的，流水和鸟鸣相映成趣。T2 航站楼南北向布设，清晨，阳光从停机坪方向射进航站楼，"旭日东升"的感觉一定与你不期而至。

航站楼的人性化设计还体现在许多细节上。比如安检通道至登机桥步行距离不超过 300 米；设置大量的自动步道、自动扶梯、垂直电梯；公共洗手间开辟母婴洗手间，内置独立洗手面盆，并安装专用婴儿打理台；男洗手间增加小便池，小便池上方设置了宽 20 厘米的平台，可放置行李。

生态空港，不仅是一群建筑物，而且已经成为一大生态景观，移步换景，每一处都显得那样和谐美丽。看来，一切事物的生存状态，都与环境保持着环环相扣的关系。

（原文发表于2012年5月2日《湖南工人报》生活版）

蓄势凤滩

我到过很多地方，见过很多人物，或朝拜或瞻仰。能留存记忆深处的不多，让我"午夜梦回"的一定有沅陵的凤滩。

三过凤滩，每次站在有着"世界第一空腹重力拱坝"称号的水库大坝上，一种情怀顿生：凤滩不只是一个地理名称，不只是一首豪放诗歌，不只是一幅山水画，它更是一部哲学大书。

凤滩位于沅水支流西水下游，沅陵、古丈、永顺三县交接处。它原是一个水急滩险、暗礁密布、壁立千仞的峡谷。沈从文笔下曾这样描述：凤滩、茨滩不为凶，下面还有绕鸡笼；绕鸡笼也容易下，青浪滩浪如屋大。著名诗人、毛泽东的老师袁吉六先生的一首五言古诗《过凤滩》现在镌刻在大坝的一侧，更是引人吟哦。"险哉百八滩，凤滩长且陡。尚隔九重山，已闻滩声吼。"凶险的凤滩如今已是高峡平湖，成为总装机容量为 81.5 万千瓦的水力发电厂；昔日的荒凉河谷，已经变身为省级花园式单位、国家 AAA 级景区、全国工业旅游示范点。

要去凤滩，一定要蓄足劲、鼓足气。过去交通险阻，现在也只有水陆两条路。陆路有沅陵至凤滩的县级公路，水路从芙蓉镇坐快艇，途经库区水道到凤滩。不论水路还是陆路，都需要一个小时路程。谈起凤滩的往事，电厂的人仿佛历历在目。

凤滩水电厂的前任厂长周传和讲了这样一个故事：1983 年 7 月底，当时年仅 20 岁的周传和以优异的成绩从武汉水利电力学院毕业。他坐火车在老家澧县稍作停顿后，怀着对未来的无限憧憬，踏上了去凤滩水电厂工作的路途。从老家坐汽车到吉首再到沅陵县城，已经是 7 月 31 日晚上了。而凤滩水电厂离沅陵县城还有 45 公里，当时每天只有两趟班车，都没赶上，没办法，他只好在县城歇息一晚，8 月 1 日才赶到厂里报到。"由于交通极不方便，推迟了一天报到，还少了半个月工资呢。"周传和开玩笑地谈起了当时进厂的情形。凤滩水电厂工会主席陈建文也深有同感：当时毕业后从老家湘阴到长沙经官庄，辗转到了沅陵，一路山路崎岖，当时甚至有打退堂鼓的打算。没有一定的胆识和隐忍，很难在凤滩立足。

自然资源是凤滩蓄势待发的理由。汽车在沅凤公路一路驶去，我们犹如闯入一个世外桃源：植被完好的大山、水面静谧的酉水、民风淳朴的山寨，远离了城市的喧嚣，空气新鲜得让人如同身处一个硕大的"氧吧"。同行的朋友告诉我，这条路就是一个旅游带，库区上游有猛洞河国家风景名胜区、土司都城芙蓉镇、小溪国家级自然保护区、中南第一奇峡坐龙峡、红石林国家地质公园、高望界国家级自然保护区，下游有借母溪国家级自然保护区、承传中华民族五千年文化的二酉山古藏书处、龙兴讲寺等。凤滩水力发电厂这个国家 AAA 级景区、全国工业旅游示范点则处在这条旅游带的中段。

如果一路的风景还只是一个故事的前言的话，待到整个凤滩映入你的眼帘，你的心门就会被轰然打开，会被故事的高潮牵引。这不正是中国几千年文人雅士所描摹、所吟咏的写意水墨长卷吗？连绵的峰峦，接天的树木，氤氲的山雾，淙淙的河流，远水横披，青山一抹，说不尽的灵秀与奇异、清丽与幽静。栖凤湖修建于 20 世纪 70 年代，是凤滩水库的主体。栖凤湖未经人工雕饰，它碧波潋滟，晶莹如镜。山环湖、湖映山，湖光山色秀丽无比，令人陶醉。乘舟游览，只见湖中小岛人家，隐约其中，犹如仙境。

在这里，你不会拒绝把尘世的宠辱卸落下来，放飞心灵。

　　但这里又不止这些。当你的目光触及山水之间那高耸宏大的弧形坝体（坝顶弧长 488 米）时，有一种感觉就会顺势而至：传统与现代，自然与人工，含蓄与奔放，在这里穿越时空，风云际会。从外面看，它隔断大河，横跨两岸，与两边山峦融为一体。那弧形的泄洪槽因为年复一年水流的冲刷，已经有些印痕，略显沧桑。丰水季节，落差 112 米的泄洪场面蔚为壮观；深入坝腹，几台涡轮发电机组正在运转，作为大湘西中心电源点，投产发电 33 年来，已累计发电 710 余亿千瓦时，为大湘西乃至湖南的现代文明提供源源动力；2002 年开始实施的扩机工程利用现有的大坝和库容资源，在山体内安装两台 20 万千瓦发电机组，为世人呈现了"洞中洞，洞洞相连，洞中有洞，别开洞天"的奇观。

　　深处其中，我叹服于现代发电设备的全自动化水平和工业文明的神奇，感叹于 40 余年前那些人们用原始的工具拦河截流、用一砖一石浇筑大坝的壮举。

　　凤滩水电厂建厂初期，正处在"文革"那个特殊的年代。按照上级"先生产，后生活"的要求，面对每月一次露天电影的枯燥文化生活、粮油定量供应的匮乏物资供应、数次火灾洪灾失去亲人的痛楚、简单落后的生产设备等重重困难，电厂人在黄秧坪基地，穿草鞋，住毡房，用不屈的脊梁，肩负起发电生产、建设家园的重担。无数拓荒者和建设者以特有的政治觉悟和顽强意志，扎根山区，在大山深处的单调与寂寞中，把青春年华融进了凤滩这块热土。

　　在这里，我倾听到一种交汇与碰撞的声音，那是湘西少数民族要求融入现代文明喊出来的声音，那是几代"凤电人"蓄势谋变喊出来的声音。正是这些声音的汇聚，成为我们改革开放的精神动力。

　　在这里，凤滩的和声交汇在奔腾的泄洪闸里，现代的文明包裹在原始的森林里，凤滩的未来储蓄在变革的大势中。

（原文发表于 2012 年 3 月 9 日《湖南工人报》文艺版）

侗乡空港

　　两年前的 10 月 18 日，我陪同湖南机场管理集团党委委员、工会主席曾洁玲一行四人飞抵芷江机场，了解他们劳动竞赛所取得的经验。此前，对于芷江机场，我是"只闻其名不见其形"。在机场分公司总经理龙跃的娓娓道来中，第一次近距离面对，芷江机场似一首立体的史诗，波澜壮阔。

　　始建于 1936 年的怀化芷江机场，因为抗战时陈纳德将军"飞虎队"的进驻而名扬世界。八年硝烟，把这座有着"远东第二大机场"称誉的基地缭绕得有些悲壮。也许，每个人一踏进这里，便会情不自禁地做一次历史的回望，把镜头推拉到 1938 年冬到 1945 年 10 月。苏联空军、美国空军、中国空军、中美空军混合大队等空军部队进驻这里，从这里起飞的战机，似一把把刺向苍穹的利剑，袭击日军的兵站、机场、码头、后勤运输线，甚至参与了轰炸日本本土的远程作战，使侵华日军发出了失败的哀叹。1945 年，在抗日战争的最后一场会战——湘西会战（也称"芷江攻略战"）中，中国空军在巍巍雪峰山的几百里长空痛击来犯日军。

　　那天虽然气温骤降，绵绵细雨捎来寒露过后的第一丝冷峭，但徜徉在机场的如茵草地上，从战争的喧嚣中走出来，我们领略到的是另外一种境界——创业者迸发的激情。龙跃告诉我们，2003 年，他毅然从政府机关走出来，带领一班人开始在硝烟远去的芷江长空圆一个复航的梦，两年后，一条新航线开通。

芷江机场承载了一段厚重的历史，底蕴十足。它的发展走向受到人们的关注。2011年深秋的一个周末，我走进芷江机场，再次踏上这片半个多世纪前曾被铁血和烈火浸润的侗乡土地。

在机场分公司党委书记袁勇的引导下，小车悄无声息地驶进机场大门。面积1800亩的芷江机场，宁静而开阔，1670平方米的候机楼精巧而别致。站在机场的指挥台上远望，群峦起伏，明山如黛，潕水河静静流淌。一条长2000米、宽45米的跑道向远处延伸。航务部空中管制班组的班长林斌正在认真值班。他从中国民航飞行学院交通运输专业毕业，2006年参加工作。虽然在外地的待遇可能会高出一倍，但他不为所动，一直坚守岗位。每天记录有关数据，提出特勤处置预案，直接和飞机驾驶员沟通，保证航班安全运行。

在候机楼里，当时一趟航班即将离港，呈现在我们眼前的是一幅最生动的劳动画面：所有工作人员仿佛进入临战状态。一切都是那么有条不紊、一丝不苟，一切都是那么井井有条、安宁和谐。安检运输部副部长杨艳从北京民航学院毕业后来到这里，她有8年运输和1年安检工作经验。她告诉我们，班组员工分飞虎队和翱威队两队开展竞赛，每天都会开一个列队班前会，交代工作安排，注意仪容仪表；下班后有一个小结会，对工作上一些不到位的地方进行纠正、提醒，分享一些工作经验。现在班组就像一个家，大家相互帮助，一起进步，服务质量不断提高。今年班组员工拾到3台笔记本电脑，全部交还旅客，受到旅客的交口称赞。怀化红十字会医院因为针灸、推拿而闻名，一些外国朋友慕名前来求医，每年都有100多位国外旅客在机场出入。班组员工考虑到他们行动不方便，通过和医院协调，帮这些外国客人提前办理登机手续，提供各种便利。

袁勇原是湖南机场集团的一位管理干部。因为芷江机场的改建、扩建，他被安排到芷江县挂职担任副县长。去年12月30日，挂职期满，他被任命为芷江机场党委书记。如何促进芷江和平文化与湖南机场金鹏文化的融合，成为他到任后的一个重要课题。谈及机场的企业文化建设，袁勇胸有成竹。机场已经建立了一个企业文化信息平台，不定期发布有关安全、廉政、党务司务公开、管理等方面的内容，民主管理取得实效。在班组建设上，推行班组长竞聘，打破长期工和聘任工的身份界限，通过报名、内部审核、演讲、民主测评等程序，择优选拔。

在芷江机场的草坪上盘桓，与其说这里是一个现代化空港，毋宁说是芷江这座"受降名城"的一个重要纪念地之一。机场东面是飞虎队纪念馆，馆前是一座航空塔台，它曾见证当年中美空军混合联队 100 余架战鹰搏击长空的雄姿；机场南端不远处是蜚声中外的受降纪念坊，它直指苍天，警示着人们和平是如此来之不易；让我感触最深的是静静卧在机场草地上的石碾，它是最为质朴、最为永恒的历史纪念物，记录了 12 万名劳工血泪交织的创造壮举。

碾子精神是芷江机场企业精神的内核，是金鹏在侗乡长空腾飞的驱动器。我轻轻抚摸着有些冰凉、有些沧桑的石碾，不禁心旷神怡，它挺立于现代社会中，广植于湖南机场人心底。它以壁立的姿势，告诫人们，什么应该铭记。它负载着太多理想，当岁月更替，洗尽铅华，我们还能从它的身影中读出些什么，比如梦想，比如豪情，比如力量。但似乎不止如此，它更是留给后来者的一块丰碑、一部史书。

怀化市政府日前与湖南省机场管理集团签订了合作框架协议，准备加快芷江机场的改、扩建步伐。我想，为了让金鹏在侗乡飞得更高、更远，机场建设者们也许能够从石碾中吸取更多养分。

（原文发表于 2011 年 11 月 2 日《湖南工人报》）

纯真小溪

如果能够穿越，我愿意成为小溪的一处山峦，或者一棵树木，甚至是一根小草。因为那是一个纯真的世界，不带任何的尘俗之气。

没有文人留下的诗句，没有画家留下的墨韵，没有名士们遥远的行迹和背影，小溪，似乎和人文底蕴无关。但第一次到小溪，它的植物基因，它的原始河谷，它的民风民俗，令人目不暇接、叹为观止。我臣服于造化的神奇，让人类繁华褪尽后，还有这样的纯真之地可以皈依。

小溪，一个平常而又陌生的名字，但已跻身"国宝级"，是湖南国家级自然保护区之一，位于湘西永顺县的小溪乡。它是幸存的免遭第四纪冰川侵袭的常绿原始次生林，也是全球重点保护的 200 个生态圈之一。想去小溪，也不是很容易的事。一条路是从王村溯流而下 40 公里，到达小溪乡政府及保护区管理处。另一条路是捷径，从凤滩电站码头乘坐快艇不到 20 分钟即可到达。不过要进入核心景区，两条线路都还需要半个小时车程。

在凤滩水电厂的朋友老张的陪同下，我们踏上了小溪之旅。

老张看上去厚道而精练，曾在电厂保卫部门工作二十余年。因为一些被砍伐的木材在辖区转运，他们要与小溪保护区的林区派出所联合打击贩卖木材的行为，所以经常去那里调查取证，对小溪有特殊的感情。他笑称，小溪能够保护得这么好，也有他的一份功劳。"在联合执法中，确实震慑了一些滥砍滥伐的违法人员。只要案子了结，大家心情痛快，林区的朋友们总是留住我喝酒，不醉不归。"老张对那几年的工作经历很是留恋，如同怀念一段纯真岁月。

上午 9 点，我们乘坐快艇，在碧绿的酉水里劈波斩浪。平时只有在画里才看得见的风景来不及细细揣摩，就被远远地抛在脑后了。很快，我们到达目的地。从码头拾级而上，可以看见山体上镌刻着"小溪国家级自然保护区"几个大字。因为交通闭塞，加之自然保护区并不等同于风景旅游区，所以游人稀少，显得冷清。我们一头钻进事先联系好的面包车，向保护区的纵深地带——小溪村进发。

这几年经常到湘西出差，司机纯正的当地口音并没影响我们之间的交流。他告诉我们，小溪最高的地方叫羊峰山，有 1400 多米高，最低处鲤鱼坪的明溪的高度也有 160 多米，高低相差 1200 多米，所以到处是溪流。这也许是小溪得名的原因。15 公里路程，需要半个小时。一条仅能供两辆小面包车会车的窄窄的森林公路，让人暗暗担心转弯处会冷不丁地出现另外一辆车。司机安慰我们，不打紧的，整个保护区里只有几辆面包车，对路况熟着呢。

上午 10 点，面包车在小溪村的一家旅馆门前停下来。跨进土家门楼，经过一座木桥，一个庄园式的旅店便呈现在我们眼前。老板姓黄，原来在县城教育印刷厂工作，后来辞去工作，回来经营这个旅店。房屋建筑都是土家风情，简单而整洁，不过自然环境令人叫绝。一片竹林，遮天蔽日。竹林下面，一条小溪流水潺潺，让游客流连忘返。而最绝的是在几根粗大的竹子间拴上一张尼龙绳吊床，可以让身体躺进去，听蝉鸣鸟叫，清风徐来，说不尽的清凉，远途的疲倦顿消，估计连神仙也会羡慕了。就在这时，长沙的好友打来电话，直问去哪了，还说长沙已经连续三天高温，而且事情多，还怄气，等等。心想要去安慰已经显得多余，更不能拿自己的惬意去刺激人家了。电话一挂，开始享受这盛夏宁静的片刻。

稍事休息，午饭时间尚早，我们决定先游览自然保护区。

路是小径，沿着一条小溪流无限伸展，绵延数十公里。路和溪的两边，有道不尽的风情。把目光放远，到处是林海奇峰，它们或坐或卧，或隐或露。如果你领略了山的险峻苍劲，感觉有点累了，可以下到河谷，倾听流泉的幽静清逸。掬一把水，擦一把脸，便觉得远离了功名利禄，洗涤了人世烦忧。在路边，我们能够观赏到数种国家级保护珍稀濒危植物，比如珙桐、银杏。一些名贵植物如列队的士兵，那贴着的标签好像部队的番号，吸引着游人驻足察看。

小溪人文积淀不多，但并不是说它没有故事，老张就给我们讲了一个和路有关的故事。

改革开放之初，当地政府投资修建一条简陋的砂石路通往乡政府，时间不长，因山体滑坡交通一度受阻。州里的一位林业局老领导，为了防止保护区遭人偷盗猎，力阻道路修复。因为他知道，如果交通方便了，少数人为了追求眼前的经济效益，乱砍滥伐、贩卖木材的现象将会给保护区带来一场无法想象的灾难。他不断打报告，写建议，力陈保护和开发的利弊。在这位老领导的坚持下，这条砂石路多年没被修复。后来，因为小溪自然保护区的定位，要配套修建防火道，那条砂石路始成如今的水泥路。一个林业老兵的纯真，让"国宝级"的小溪完好无损。

小溪愈深入，愈惊险，愈神奇。有时小径突然消失，只有无数根水泥石墩布设在湍急的溪流上，你要使出过梅花桩的功夫才能到达更远处；有时是一座索桥，晃晃悠悠，要保持很好的平衡才能做到有惊无险。走着走着，突然看到一挂瀑布凌空而来，像一位清纯村姑飘逸的长发，也像她飞扬的裙角。

让我暗暗称奇的除了风景，还有小溪人家。在路上，可以间或看见一两栋土家木楼。我们碰到了一个有智力障碍的女孩，她无忧无虑地行走在山间小道上，呼吸着这里新鲜的空气，不时好奇地朝着游人"呵呵"笑，我们不知是同情她还是嫉妒她，或者兼而有之。在一棵古树下，一位土家老人把她种植的一些水果和农作物摆在路边，等待游客们选购。白色的头巾，白色的粗布上衣，她神态自若，如千年的小溪，宁静而安详。老人一边纳着鞋底，一边回应游客的问询。我想，岁月悠悠，这是属于她们的纯真年代！

有人说，小溪是植物基因的宝库；有人说，小溪是一个天然的氧吧。而我深切地感觉到，小溪是一个纯真脱俗的世外桃源、人间仙境。在小溪，开发和保护是一对孪生兄弟，就像人类和自然的关系一样。学者和游人希望保留这个原生态圈，而当地却想得到开发，走出贫困！我们期望能够很好地协调这个矛盾，做到"天人合一"最好！

（原文发表于 2012 年 9 月 30 日《湖南工人报》文艺版，同年获得湖南省民族团结进步行动组委会"湘泉锦绣·潇湘"征文比赛三等奖。）

梦失夜沱江

近日，网友"不灭城"在我的一篇文章后留言："梦里是美的，把梦做成现实，或许会连梦都没有了。"这种感觉似乎有过。留言拨弄起了我记忆中的一根琴弦。细细品咂，7月下旬到凤凰古城，在雨中夜游沱江的一些残片开始在我脑中聚集。十年之间，我两过沱江，但对沱江的印象竟有天壤之别。十年以前初识凤凰古城后，那句"梦回故里"的宣传语曾无数次打动我的心灵，让我魂牵梦绕。然而，十年以后真正再次走进却发现，梦里沱江的风光不再。正如网友所言，把梦做成现实，绮梦也会渐渐遗失。

十年前，应在湘西吉首就职的大学同窗的邀约，我第一次踏上这片神奇的山水。在凤凰古城，许多景点在我眼前掠过，沱江给我的印象最为深刻。它如一位清丽的女子，罗带飞扬，穿城而过，让我的目光深情、迷离。连绵起伏的山峦守护着，氤氲缭绕的薄雾装扮着，飞檐翘角的吊脚楼依傍着，该是怎样的一种超凡脱俗呀！就连那在江中摇荡的一叶小舟，似乎也格外营造出一种氛围，让人感觉远离了尘世的纷繁和喧嚣，想在唐诗宋词里的那种意境里稍作停留。

在古城东门沿江而下至沈从文墓地，我似乎在一条到处充盈着文字精灵的文化长廊里徜徉。那小径上的一块块石板，像一个个气韵空灵的音符在浅吟低唱。漫步江边，我不敢把脚步放得太重，生怕破坏了那种和谐静谧的意境，担心惊动了长眠于此的文学大师的清梦。我贪婪地呼吸着这里的空气，好像空气里饱含着沈从文先生"不折不从，亦慈亦让"的品质，抑或"星斗其文，赤子其人"的文学养分。十年前我在这里瞻仰时发现，虽然墓地简陋，但风景怡人，背靠南华山，面临沱江水，餐霞饮景，岩泽气通，宛如人间仙境。当时我琢磨，大师生前把墓地定在故里的缘由，一方面可能是文人们落叶归根的情结，一方面可能是大师淡泊名利的气质。后来听说，著名画家黄永玉及夫人为纪念表叔沈从文，在墓地设立五尺高碑，碑文是"一个士兵不是战死沙场，便是回到故乡"。这句碑文也许更精确地诠释了我琢磨的问题。

此后，沱江曾无数次走进我的梦里，亦真亦幻。此后，凤凰古城的开发力度不断加大，"天下凤凰"的美誉闻名天下。虽然我多次到湘西出差，因种种原因，一直没有再走进去，直到今年7月的一天。

从吉首通往凤凰的路坑坑洼洼，游客们开车都是低速行驶。即使一路小心翼翼，但我们的汽车还是爆了胎。联系修理店、换胎，花了不少时间，抵达凤凰古城时已经是晚上8点了。

夜色中的凤凰古城霓虹闪烁，车流如织。朋友为我预订的宾馆临江而立，建筑别致精巧，是来古城旅游的绝好旅居之地。宾馆女老板一边办理入住手续，一边喋喋不休：如果不是朋友的面子，住宿不会按协议价。不然，每间的房价翻几番都有人排队要呢。

旅店爆满，由此可见古城旅游的热度！在宾馆附近的酒楼叫上几个菜，喝几杯啤酒，我们一边品尝苗家美味，一边欣赏沱江夜色。

晚餐完毕，我们开始在江边散步。沱江如一个巨大的露天舞台，被灯光笼罩，江面流金淌银，五彩缤纷。两岸人声鼎沸，摩肩接踵。然而天公不作美，一阵电闪雷鸣之后，一场暴雨不期而至，把游客们淋得透湿，大家纷纷赶回各自的住所。糟糕的是，暴雨袭击导致一条输电线路短路，我们的住所已经漆黑一团。

与其在黑暗中煎熬，不如在雨中夜游沱江。时间已经接近晚上10点，估计一时半刻无法通电，我穿上塑料拖鞋，撑起雨伞，想去捡拾梦里沱江的一些印象。和宾馆服务员交流，他告诉我，宾馆出门往左大概两公里不到就是沈从文墓地，这里原来都是菜地，现在为了旅游发展，都开发成为旅店、酒店、酒吧了。

好大的一场暴雨呀！雨水打在江面上，密密匝匝，像是在这个绚烂的舞台上增添了一道天然的帘幕。雨水从临街的店铺沿青石板铺成的阶梯倾泻而下，像无数道瀑布，注入沱江。在雨水的伴奏中，酒吧的音响划过江面，古城每晚狂欢的时刻到来了。数不清的酒吧成为沱江这个巨大的露天舞台的"主角"，同台竞技。那里制造的一拨又一拨的声浪击打着游客的耳膜，一道又一道的光影扰乱着游客的视线。几家断电的酒吧自己发电，电机的轰鸣声也夹杂其中。置身于沱江炫目的夜色中，在这样一个大合唱中，和谐静谧的沱江印象似乎已难觅踪迹。

走在沿江的街道上，积水已没过脚背，有一股凉意。但排水道的一些废弃物也混杂其中，异味刺鼻。酒店、酒吧外面堆放的啤酒瓶、塑料袋随处可见，一些垃圾随着雨水巨大的冲刷力，成为江面上的漂浮物。劲歌热舞，喝酒划拳，人们沉浸在灯红酒绿之中，全然没有顾及沱江的忧愁。脂粉气太重、承载太大都会让沱江这位清丽女子失血、苍老。我不知道，硬生生地把一条不施粉黛的沱江打扮成为桨声灯影里的秦淮河，安放在沱江边的文学大师的灵魂是否安宁？反正，我的梦已遗失在沱江这个雨夜了。

晚上 12 点回到住所，电路仍然没有恢复。老板解释，可能要等雨停下来，电力部门才能抢修。是夜，我辗转反侧，难以入眠。心想，"天下凤凰"，凤凰是"天下人"的，现在每天都有成千上万的"天下人"聚集古城，这里的供电、供水、排水、环保、交通必须配套，为"天下人"服务好。与此同时，沱江作为凤凰古城的母亲河，也应该由"天下人"尤其是旅游开发者去呵护，让她保持原有的风韵！发展必须是可持续的，"没有买卖，就没有杀戮"，警惕过度商业化造成生态环境的不可持续。

（原文发表于 2011 年 9 月 16 日《湖南工人报》副刊）

从"百草园"到"养生谷"

—— 长沙国家生物产业基地工业旅游面面观

暮春时节，我驱车前往 30 余公里外的浏阳北乡洞阳，打探省级工业旅游示范点 —— 长沙国家生物产业基地工业旅游的境况。由长永高速一路向东，花木扶疏，绿野平畴。宋代王安石"一水护田将绿绕，两山排闼送青来"诗句里的意境顿时被复制粘贴过来。

初识生物医药园，是在五年前的一个秋夜，我送一位朋友回老家浏阳北盛时途经于此。打开车窗，夜幕下的园区，霓虹闪烁，清风徐来，幽香阵阵。每条街道上都有几家现代化厂房，既整齐划一，错落有致，又风格迥异，各具特色。工厂里挑灯苦干的忙碌身影，掩映在无边夜色中的那一坡一坡绿化带里，让人有说不尽的静谧与安详。没有"母城"依托的乡村医药园，少了喧嚣，多了清幽；少了混杂，多了纯美。朋友告诉我，原在家务农的父母，现在都在家门口打起工来。

当我 5 年后再次走进时，园区刚刚获批成立国家级经济技术开发区。从创建到现在，已经四易其名。但每次易名的背后，都是园区的一次嬗变、一次重新出发。

站在园区管委会办公大楼前环视整个工业新城，你不得不感慨：昔日的荒山野岭，如今已是工厂林立的热土。但又不仅仅是工业热土！它是一幅水彩画，园中有林，林中有厂，绿色是其主色调；它是一首哲理诗，城市的和乡村的，现代的和传统的，中国的和世界的在这里融会贯通，创新、发展、共赢是其内核。

管委会社会发展局局长郑海军谈及园区工业旅游如数家珍：这里的生物医药占了湖南的半壁江山，自 2008 年开始，前来投资洽谈的客商和周边的群众对众多现代化医药企业工业流程产生极大兴趣，有了解和体验的强烈需求。园区顺势而为，开始探索工业旅游的发展之路。2009 年，园区申报省级工业旅游示范点成功。目前，正在申报全国工业旅游 4A 级景区。

极具特色的工业园区，可以说是现代中药的"百草园"。在园区工厂，中药超微饮片的研制、中药标准化提取的产业化、特色中药的投产都需要源源不断的药材供应，而在我省有着丰富资源的银杏叶及系列产品、葛根及系列产品，这些产品的中药开发占全国产值的 30% 以上。在医药科技文化馆的动植物标本区，来自浏阳乃至湖南的动植物药材标本有 300 余种。

"科普游"是园区工业旅游的一大亮点。投资 4000 多万元的医药科技文化馆坐落在康平路上，整栋建筑按太极八卦原理设计，2011 年 5 月开馆，是中南地区目前最大规模的专业医药馆。解说员介绍，一年来，这里已成为中小学生的科普基地。在这里，中华医药文化千年传承通过声光电技术在水幕上流转；在这里，你可以带上耳机聆听虚拟的孙思邈、李时珍谈养生；在这里，你可以在球状 3D 展示仪上了解马王堆千年古尸不腐之谜；在这里，你可以聆听医药专家的见解，感受浓郁的医药文化氛围；在这里，你可以观看蜡像场景，了解灿烂的医药历史，感受悬壶济世的中华医药精神。

"企业游"是园区工业旅游的最大特点。园区还开辟了一批企业的参观、体验游，游客可在盐津铺子、嗑得响、康师傅等几家休闲食品生产企业，观看食品制作流程。如果说园区发展的初始阶段是药材加工和生物医药技术孵化的"百草园"的话，那么其壮大期间则是生物医药产业聚集的"养生谷",更注重养生文化的培育,把一个绿色、环保、生态、宜居的园区推向更远的未来。在这个"养生谷"中,可在益康生物品尝虫草炖汤的美味;可在守护神、绿之韵体验养生的愉悦。郑海军介绍,汉元公司的五星级中药材种植休闲农庄已初具规模。400 余亩农庄集中药材种植、观赏及休闲于一体,种植金银花、人参、田七等不同中药材,保证季季有花,游客可观赏、可采摘,还可亲自做成药膳。在仙寿山旁,一个占地 300 余亩的仿古建筑群正呼之欲出,第一期工程就是药膳城"陶然溪"项目的打造。该项目以中国医药文化为核心设计理念,建成后将是一条融合养生保健、产品交易、旅游、文化展示、休闲购物等功能的复合型医药文化街区,旨在打造中南地区独具医药文化特色的"奥特莱斯"。

"文化游"将是未来园区工业旅游的热点。说起浏阳与中华医药的渊源,"药王"孙思邈是一个无法绕开的人物。据史料考证,孙思邈曾在浏阳洞阳居住、采药、行医 20 多年,并在这里留下了许多美丽传说,其中孙思邈为东海龙王治病疗伤,感化恶龙使其善出,解救黎民于水火,是流传最广的神话。在县城的孙思邈公园的青石牌坊、药王雕像、千金方碑以及古升冲观、洗药井、洗药桥等景点还在唤起人们对"药王"的无尽缅怀。1500 余年后,当我们打开时光的宝盒时,那些故事仍流传得那么有声有色。经过千年的积蓄,古老的故事和现代的传奇终于在时空转换间找到一个接口。文化的品质在潜移默化中已经高标成一种浏阳精神。药王庙工程建设指挥部指挥长王兴煌是园区创始人之一,退休后投身药王庙项目重建工作。65 岁的老人激情依旧,他告诉我们,灵圣寺始建于唐,兴于清,20 世纪中期被破坏,重建药王庙的目的是祭祀药王先祖、传承医药文化,进而丰富园区医药文化内涵。

在园区医药科技创业大楼旁边,有一座幸福泉公园。这里溪水淙淙,3 匹铜铸的骏马昂首扬鬃,公园的立体浮雕再现了王震将军非凡的革命生涯,浮雕背面镌刻着王震当年领导的浏北一支队的战斗事迹和 200 多名死难烈士名录。说起幸福泉公园，便不由得引出一段王震与民生药店的故事。王震的祖父是一位医生，在当地颇有声名，开办了一家民生药店。1929年，王震聚集北盛、洞阳一带穷苦百姓数百人组成了浏北一支队，当时就是将民生药店作为游击队的据点。在民生药店遗迹的泉水旁建起了幸福泉公园，寓意幸福不忘挖井人。

园区专门招商引资成立了湖南九州旅游开发有限公司。"80后"总经理陈浩介绍，2009年开始接待游客，每年可接待游客3万多人。原来在长沙一家证券公司从事管理工作的陈浩非常看好园区工业旅游。这里已经成为浏阳南线红色旅游、东线大围山生态旅游、北线周洛风景旅游的第一站和终点站。"五一"假期一过，园区决策层就如何融入浏阳周边的旅游线路，加强园区工业旅游的景点建设和统筹、突出旅游服务、开展特色活动、营造园区文化做出了明确要求，园区工业旅游升温指日可待。

从"百草园"到"养生谷"，这是理念的突破，也是思路的转变。工业园区立足特色开发工业旅游，谁说这不是一条通向和谐、科学、可持续发展的康庄大道呢？

品赏马路口

早春二月，一脚踏进安化云台山下的重镇——马路口，我即被这里不染纤尘的春色所吸引。

春天里的山区小镇，没有半点都市的雾霾，你可以尽情地呼吸夹杂着泥土味道和茶香的空气；没有恢宏的建筑阻挡你的视线，你可以远眺那些雾绕云遮的群峦；没有喧嚣的市声，你可以静下心来，坐在临街一处不打眼的茶室里，品茗话人生。

上一次到马路口，是两年前采访安化县政府试点黑茶产业保险的实施情况。原以为这里不过是一个平常小镇，不料一不小心，便品读到一段几百年前有关茶马古道的历史。

马路口也称"马辔市"。安化黑茶于16世纪末后逐渐兴盛，每到收茶时节，经由"马辔市"上来贩茶的马队络绎不绝，贩茶马帮所需的马缰绳和马嚼子的数量非常大，因此此类辔件占据了大半条街，曾有诗云"十里洋场茶马道，除却马辔不是商"，"马辔市"因此得名。马道的入口——马路口也因此一叫就是几百年。

再次到这里，听说今年76岁的省劳模、茶叶科技示范户龚寿松住在马路镇八角村，我们慕名前去探访。

老人身体还硬朗得很，就是耳背，难以交流。现在打理茶厂的是儿媳妇邓超芝和去年农大毕业的孙子龚意成。

下午4点到达目的地。女主人邓超芝看天色尚早，提议一起去趟云台山。沿着弯弯曲曲的山路，草木嫩绿，春风沉醉。还来不及欣赏沿途风景，汽车已停驻在山顶一片茶园的春色里。放眼望去，久负盛名的云台山的大叶茶带来满坡新翠，更奇特的是，茶树长在奇石之中。"山崖水畔，不种自生"，云台山的大叶茶就是那么"任性"。邓超芝告诉我们，这里出奇石，地球上85%的冰渍岩在安化境内。

也许，正是因为有特别的地理和土质，云台山大叶茶品牌才能经受风雨，穿越古今，连接中外。谁能料想，来自荒村野岭的大叶茶经过加工能够登上大雅之堂成为"贡茶"？能够成为"茶马互市"的等价物，与一个国家的政治、经济、文化、军事、外交都结下不解之缘？

站在云台山之巅，在一处观景平台上远眺，远处绵延的雪峰山脉，山脚下宁静的村庄，像一帧帧美丽的田园画，让我们眼前一亮。我以为，任何人、事，能够经得起时间的摩挲，便有一种静默的力量，譬如云台山大叶茶，譬如马路口小镇，譬如省劳模龚寿松和他的后人。

从山上返回，夜色渐浓，春寒料峭。晚餐后，在微醺的茶香中，一场与三代茶人的对话就此徐徐展开。

这个家族与"三"字有缘。透过三十余年的尘世烟云，我们从一个茶农传承的"三字经"里，品赏到的是一种执着坚守的劳模精神。

三代人：龚寿松读过三年私塾，儿媳邓超芝只读到小学三年级，孙子龚意成毕业于湖南农大。

三个字："缘"，指茶缘人生；"原"，指云台山大叶茶原种；"园"，指有机茶园。

"三不"家规：不准用外地买来的黑毛茶原料加工生产黑茶，不准为那些不用安化原料加工黑茶的人搞代加工，不准买卖半成品。

"我把安化茶叶的名声，看得比自己的命都重要。"龚意成介绍道，这是爷爷龚寿松常挂在嘴边的一句话，也深深地影响了母亲邓超芝和自己。"我们家族结缘茶叶，三代人都称得上茶缘人生。"20世纪80年代初，龚寿松牵头创建软耕密植茶园。《安化县茶叶志》中记载：1984 年 9 月，省农业厅在东坪召开茶叶现场会并参观了县茶场、唐浮乡五一茶厂、马路口镇八角塘村及科技示范户龚寿松的丰产茶园及品种实验区。后来，从种植到加工、从建设基地到筹资办厂、从上门拜师学艺到请专家实地指导、从茶叶普通加工到打造品牌，再到后来拥有千亩茶园，没有坚守的信念是做不到的。

谈及茶园，龚意成对我们讲述了他爷爷小时候带他去巡山的故事："第一次上青云观，山路上有间小木屋，木屋前有一片池塘，漫山遍野的野草野茶，仿佛闯进了一个世外桃源！"龚意成的叙述充满诗情画意。他告诉我们，20 世纪 60 年代中期，40 名上山下乡的知识青年被安排到海拔 860 米的青云观开辟茶山。他们靠一把锄头、一副扁担，砌成 3800 多级石阶，连通了往返的山路，开发出 200 亩茶园。因为这些石阶都是用马运上来的，人称"马蹄石"。20 世纪 70 年代中后期，知识青年陆续返城，青云观茶园逐渐闲置，濒临荒废。1982 年，龚寿松把目光瞄准了这片土地，开始承包青云观茶园并让它重新焕发生机。

夜深了，女主人把我们安排在自家旅馆内休息。"县里在推动茶旅一体化，欢迎大家多来乡下做客！"邓超芝服务周到，举手投足间带着一股豪爽劲儿。这位 10 年前还在淘沙、卖菜的农妇，现在已经具有很强的经营意识了。"小生意里蕴含着大道理，品质好才能做长久，做茶是这道理，做旅店也是这道理。这是我当时做小生意得出的经验。"邓超芝快人快语，却时刻袒露着她的真诚和厚道，"不早了，好好休息，明天带你们上古楼坡茶园。"

品尝了一晚上的云台崖黑茶，回味在舌根处的那股甘甜感，这时竟觉得有点醉意。蒙眬中我做了一个梦：自己已置身于一片茶园中，正在采摘茶树上的一片片嫩芽！

沅陵的底蕴

走进沅陵，你不得不被其底蕴所折服。

沅陵的底蕴在于它的故事悠长，信手碰触就能撩起2000多年的湘西辰州历史。

当秦始皇在全国"焚书坑儒"，把一个王朝的脸面撕扯得伤痕累累的时候，京城儒生伏胜却千里迢迢，保护好五车书简，将这些古籍藏于酉水河边的一个山洞内，成就了"学富五车，书通二酉"的千古传奇。相传历代皇朝在此收藏国家经典秘籍，明朝两位进士先后在这里创办书院，成就一批才俊从这里出发走向全国；清朝京师大学堂原来一位总监督、时任湖南督学使者在山洞口题写"古藏书处"，引得一批名士又从各地马不停蹄前来朝拜。谁曾想到，身处南蛮之地的二酉山，竟然成为文人心中的一块圣地。被称为"教授村"的二酉寨，耕读文化浓郁，一个村子走出去100多个教授，为当地老百姓津津乐道。

东汉建武二十五年（公元49年），五溪蛮相单程率众起事，将军马援奉命领兵征讨，驻军沅陵壶头山。有关马援的很多故事也在民间流传。在沅陵的餐桌边，朋友指着一种野菜告诉我，这种蔬菜就和马援有关。相传马援带兵前来湘西，由于水土不服，兵士大多身患痢疾，在当地百姓的指点下，到山上采摘野菜服用，士兵们服用后见效，但口感极苦，当时人们把这种野菜取名为"马援苦"，后来慢慢取其谐音"麻秧苦"。

沅陵的底蕴在于它的文化厚重，龙兴讲寺、龙舟广场、宗教街被沅水一线穿珠，勾勒了湘西辰州文化的绚丽多姿。

一个春雨绵绵的午后，我邀朋友同游沅陵县城。第一站就是全国重点文物保护单位——龙兴讲寺。始建于唐贞观二年（628年）的龙兴讲寺，嵌虎溪山麓，俯沅酉二水，融历代建筑风格于一体，依山就水，气势不凡。踏在寺内的青石板上，我们一头栽进历史。殿阁轩榭、对称布局，这是一个纵深五进的大型古建筑群。滴滴答答的雨水打在红墙青瓦、砖雕石刻、抬梁飞檐上面，仿佛唤醒了一段又一段文化的记忆。虎溪学院先哲王阳明讲授"良知良能"之学的身影依稀可见，他的"杖藜一过虎溪头，何处僧房问惠休"的吟咏轻轻飘过。龙兴讲寺颇具大唐遗风，如今成为辰州文化一个最耀眼的符号。管理人员介绍，龙兴讲寺主要由文物部门管理，是世界上现存的最古老的佛学院，馆藏文物13000余件，主要有元代古尸、迄今出土年代最早的元代商品包装广告和国内仅存的实物孤品"元代叁拾文纸币"等。

如果说在龙兴讲寺徜徉给人庭院深深的深邃感，那么站在沅陵的龙舟广场眺望，则是一种浩渺情怀。一个县城能够有这么大气、这么具有文化基因的临江广场，在湖南乃至全国也不多见。沅陵的龙舟情节自古有之，相传是纪念苗族始祖盘瓠。2300余年前，屈原流放沅陵时观看了龙舟竞渡，留下了"驾飞龙兮北征，邅吾道兮洞庭"等诗句；1926年5月，贺龙在沅陵举办龙舟大赛一鼓将士北伐斗志；2002年10月，沅陵被中国龙舟协会授予"中国传统龙舟之乡"称号；2006年，沅陵龙舟文化被列入省级"非物质文化遗产"。其实，端午龙舟赛的前身是古辰州的"双帆祭祀船"，它和傩神像、傩神庙、跳傩图等构成了典型的傩文化。一场春雨把偌大的广场冲洗得格外干净，背对古老的龙兴讲寺，面朝沅水和酉水两江汇流处，远山如黛，碧水清流，辰州三塔之一的凤鸣塔在江对面夺人眼目。这时，你一定会开始古今对接，时空神游。深深地吸一口新鲜的空气，你会对"沅陵，一座会呼吸的城市"这句广告语有发自内心的认同。待到夜色降临，霓虹闪烁，江对面的激光灯光便从远处扫射过来，沅陵的龙舟广场已经成为一个全民健身、全民娱乐的大舞台，有散步的、跳舞的、对歌的。江边上那条名为"在水一方"的游轮的"山歌宴"也会盛情推出，沅水号子的沧桑，辰州小调的情趣，湘西山歌的火辣，辰河高腔的豪爽，在这场视听盛宴上都会一一呈现。只要你身处其中，你一定会被这幸福和欢乐的情绪所包裹、感染。

临江大道文昌码头附近的宗教街经过百年风雨的洗礼，已经物是人非。在这条宽不足4米、长不到1000米的古巷里，天主教天主堂、基督教永生堂、伊斯兰教清真寺、佛教白圆寺、道教道场等五大宗教共处一巷。由于年久失修，这里的很多建筑都有些破落，但基本构架犹在，多少让人遥想当时沅陵的社会开放和经济文化的繁荣。朋友告诉我，现在一些年轻人把婚礼放在教堂里举行，可以过一把西式婚礼的瘾呢。

沅陵的底蕴在于它的山水奇异。清朝总督林则徐"一县好山留客住，五溪秋水为君清"的诗句豪放，让人浩叹；沈从文先生"沅陵，美得让人心痛"的文字婉约，惹人怜爱。

且不说国家级自然保护区借母溪的原始和神秘，省级森林公园夸父山的丹霞景观；且不说全国工业旅游示范点凤滩水电站的神奇和壮阔，省级工业旅游示范点五强溪水电站的雄浑和惊险。单单到县城南岸的凤凰山森林公园一转悠，我们就可以领略到"一眼一画图"的意境。凤凰山因相传有凤凰飞翔而得名，海拔不高，仅200余米。驱车上到山顶不到十分钟，我们可以轻松登临山巅。站在望江楼上环视沅陵，整个县城三面环水，一面临山，好一幅县城版的"山水洲城"图！沅水静静流淌，仿佛在叙述着辰州千年的故事，香炉山的凤鸣塔耸立云中，犹似一支巨笔在书写沅陵的传奇。张学良将军曾被幽禁于此达20个月之久，题写了"万里碧空孤影远，故人行程路漫漫，少年渐渐鬓发老，唯有春风今又还"的诗句，抒发的是壮志难酬的悲情。放眼远处，河涨洲的龙吟塔隐隐约约，但因为下雨，鹿鸣山的鹿鸣塔难寻踪影，多少让人有点遗憾。不过把视线收回，古色古香的凤凰寺雄踞山上，万木葱茏，香烟缭绕，我们可以美美地享受一下身处"黔中郡第一胜景"的韵味。

沅陵的奇异山水给予建设者们以底气。凤滩水电厂掌门人对凤滩水电厂这块"全国工业旅游示范点"金字招牌的发展信心满满。如何融入武陵山区扶贫的区域发展，如何融入酉水文化，做足文章，把这个风景奇特的美丽工厂打造成为沅陵旅游的一个集散地，成为上任一年的掌门人案头的一个崭新课题。

以悠久的历史为底料，以文化的五彩斑斓为底色，以奇异山水为底子，以十足信心为底气，沅陵底蕴，顺势而为，也许会许湖南旅游一个新的未来。

（原文发表于 2012 年 4 月 20 日《湖南工人报》文艺版）

梅山遗韵

不知道是这座园林成就了一片密林，还是这片密林滋养了一座园林。在湖南益阳安化县仙溪镇富溪村，谁能料到，群山深处散发出浓郁的文化气韵。我始料未及的还有朋友突然的一个邀约，让我与荆楚文化的分支——梅山文化不期而遇。

岁末年初的一个周末傍晚，三五友人从长沙过益阳驱车前往此行目的地——安化县梅山文化生态园。下高速、穿国道、沿资水向西，夜色渐浓，山路弯弯。由于对车况不熟，一路忐忑，而对于梅山文化，我略有耳闻，陌生而充满神秘，忐忑之余，更多的还是向往。

小车经过一扇石门后一个左拐弯，在一座阔大的牌楼前停妥。穿越牌楼，我被眼前的景象惊呆了：一条蜿蜒的青石板小街，小街右边是险峻的山崖，左边是一排依水而建的仿古民宅。几盏灯笼透出来的亮光，略显昏黄，安详而静谧。从现代都市一下身处到乡野古宅，让人"不知魏晋"。古典牌楼、青石板小街、古梅山建筑、灯笼，和着夜色、山风、虫鸣和同伴们的笑声，共同编织了一张梦幻般的网。这张网过滤了都市的喧嚣、俗世的繁杂、内心的郁闷。我知道，从此刻开始，梅山文化的气息已经在我们周边弥漫。

舌尖上的美味恍若隔世。食堂设在一栋吊脚楼里，一楼大厅有一个火炉，炭火正旺，火炉上边悬挂着几排腊肉，大厅左侧是厨房，老式的柴火灶台简朴洁净，让在乡村长大的我陡生几分亲近感；二楼大厅是一个开放式餐厅，还有几个包间。晚餐十分丰富，火熏的腊肉、自制的豆腐、喂养的土鸡土鸭、溪涧里的小鱼，加上工人们酿制的米酒和制作的擂茶，让人胃口大开。大家对火炉上熏烤、餐桌上切成大片的腊肉记忆深刻。据《宋史·梅山峒蛮传》记载：梅山先民有"食则燎肉"的食俗，即吃烟熏火烤肉。因腌制和熏烤一般在腊月，故名"腊肉"。

女主人张青娥有着典型的"女汉子"韵致，饭后邀请我们一道品尝安化黑茶。围炉而坐，大家天南海北，谈古论今。张青娥先后荣获"全国三八红旗手""湖南省劳动模范""益阳市十大杰出创业女性"称号。她告诉我们，从职业高中毕业后，她和丈夫姚志斌割过芦苇、跑过运输、做过工程，积累了一定财富，2007年在湖南大学陈飞虎教授的指导下，创办了梅山文化生态园。如今，梅山文化正在这曾经的荒村野坡上重新绽放。

目前，该园已成为美国路易斯安那州立大学、中南大学、湖南大学等20多所高校在校学生的实习基地、省五星级休闲农业庄园、中国散文诗创作基地，梅山剪纸也成功列入湖南省非物质文化教育遗产。一部宏大的民族生活史诗在女主人的娓娓道来声中被一页一页地翻开。酒香和茶香交织，自然与人文融合，让我们融化在梅山文化所营造的氛围里。

等到被安排到木质结构的瑶族吊脚楼式接待房里休息时，我却睡意全无。推开房门，有一个临水阳台，凭栏而立，夜色更浓，树荫照水。对面的远山隐约，如梦似幻，天籁之音可以让人心旷神怡，清新空气可以让人润肺涤心。只有在这样的环境、这样的时刻才可以揽古思今、钩沉岁月。

打开手机搜索"梅山文化"，有海量信息：上古时候，梅山峒区域是蚩尤部族的世居地；秦汉时，大将梅鋗因助汉高祖灭秦有功，故封侯，人们把他所据之地称为"梅山"；宋代以前，以苗、瑶族人和其他土著居民为主，形成了以渔猎文化为核心，并带有浓厚的巫傩文化色彩的原始土著文化；宋神宗熙宁五年（1072年），置新化、安化两县后，成为汉、苗、瑶、土家等民族杂居之地，这里曾是以猎户为主的高山村落。至此，以远古狩猎文化为韵脚,以古老巫术文化为韵律,共同创作了梅山文化这首"民歌"。

被鸡鸣狗吠声唤醒,第二天用完早餐,导游小陈陪我们开始了一场文化之旅。

首站是休闲游览区。站在一个观水平台上,导游小陈告诉我们,整个休闲区的景观按照"四部曲"园林设计方案实施。这种园林景观除苏州有一家外,也就只能在梅山文化生态园能够观赏到。

"一部曲"是指远处的日月亭,寓意是"日月争辉";"二部曲"是指稍近的风雨桥和桥上的风水塔,寓意是"永保平安";"三部曲"是指吊脚楼建筑与水影,寓意是"上下呼应";"四部曲"是指最近的五层结构的景牌楼,寓意是"步步高升"。"最难得的是,从日月亭到景牌楼,景观给人层次感,一层一层增高。"小陈补充道。

文化体验区是园区的"重头戏"。如果说农家小院、油榨坊、古戏台、烽火台、古井、水车、雕塑都是"布景"的话,那么犁耙、酒旗、箬笠、蓑衣、篱门、草垛、粗木甚至石材等都是"道具","主角"则是梅山文化艺术博物馆,我们犹如置身于远离都市的古梅山生活区。

顺着园区的溪流,随处可见的是大大小小的水车。水车咿咿呀呀运转,也把游人的思绪拉回到那个农耕时代。古戏台是先民们节庆活动的重要场所,当地节日风俗如赶年、迎春、煨年饭、煮年庚、元宵、端午、社日、六月六等民俗都通过戏剧形式再现。在一处山脚下有一个原古井遗址,现建了一座古井亭台,亭台两边木柱上书有一副对联:涌涌灵泉滋地脉,溶溶圣水聚天光。在古井亭台后面的山林里,矗立着古梅山人的教神——倒立行走的张五郎的雕塑。这位传说中狩猎的能手、开山修路的巧匠、抗击外侵的英雄深受古梅山人的拥戴,现在附近居民和不少游人还慕名前来其雕塑前祭拜。

再往右走,就是最吸引人的梅山文化艺术博物馆。四合院式的博物馆由大大小小、形状不一的石头砌成,步入大门,院子中间是一个几乎与院子等大的方方正正的水池，水面平亮如镜。该馆不仅陈列了历代梅山峒民们所创作的文化艺术珍品，其中包括古梅山绘画、雕塑、日用工艺及建筑艺术等，还展示了梅山巫术文化，即梅山地区各民族图腾及百家姓图腾、巫术用品、梅山众神像、巫术建筑符号、占卜用品、傩戏面具等。

产业发展区将是梅山文化生态园着墨最多的地方。狩猎场、黑茶生产基地、蚩尤祖庙都正在实施或规划之中。站在夕照亭上，放眼远眺，层峦起伏，巍峨多姿，豪气顿生。旧韵新颜，我们相信，梅山文化生态园区，一定会拥有一个美好的未来！

（原文发表于 2015 年 3 月 6 日《湖南工人报》文艺版）

检索芷江

"湖北芷江"，同事"说说"里的这个概念吸引了我的眼球，点进去想看个究竟。原来是 2014 年 8 月 15 日，央视硬把湖南芷江弄成湖北的了。同事如是评论：在这纪念意义非凡、历史意义深刻的日子，整个画面都是"湖北芷江"，这是干啥呢？作为国家级的媒体，咋犯这低级错误呢，敢情当年 8 月 15 日，日本投降了两次？这让历史情何以堪？把湖南怀化芷江又置于何地啊？央视的错误和同事的评论再次把我的思绪推向湘西南边陲，开始检索记忆中的芷江印象。

芷江以"受降城"闻名于世。1945 年 8 月 21 日，侵华日军总司令冈村宁次派遣副总参谋长今井武夫一行飞到芷江，和当时国民政府要员举行无条件投降的受降会谈，日方交出了在华兵力部署图，接受了载有关于各战区日军投降详细规定的备忘录，宣告了侵华日军的最后失败，留下了"一纸降书出芷江"的佳话。"芷江，便如同千秋不磨的纸镇一方，重重地压在血与火书写的胜利的史册上。"

于是，当代著名散文家李元洛先生的芷江行是为了"去重温，不，去补读抗日战争最后一页当日辉煌今天已逐渐发黄的历史"；著名诗人公刘则在这里发出"云沉沉，野茫茫，斜风吹雨人愁肠，泪涌眶，闻道车抵芷江坊"的喟叹。每次到芷江，受降纪念坊和受降旧址都是我必去的地方。受降纪念坊巍然耸立，额联"震古烁今"让人生发出一种豪情壮志，横联"布昭神武"和"武德长昭"相互映衬，竖联"克敌受降威加万里，名城览胜地重千秋""得道胜强权百万敌军齐解甲，受降行大典千秋战史纪名城"镌写的是一个民族永不屈服、生生不息的布告。受降旧址呈"品"字形，居中为受降堂，左栋为何应钦的办公室及会议室，右栋为中国陆军总司令部。受降堂于1985年按照原貌修复而成，这间被当时海外记者誉为"浓缩了一部历史"的小屋，把无数游人的视线拉回到70年前的那个画面。每次临窗而立，我总有疑问：历史何以如此厚待芷江，让这个偏僻小城，曾经的湘西锁钥，兵家必争之地，如今成为一座世界级的和平之城？

让我们去芷江县飞虎队纪念馆做一次深度"撞击"吧！始建于1936年的怀化芷江机场，因为抗战时陈纳德将军飞虎队的进驻而名扬世界。八年硝烟，把这座有着盟军"远东第二大机场"称誉的基地缭绕得有些悲壮。1938年冬到1945年10月，苏联空军、美国空军、中国空军、中美空军混合大队等空军部队进驻这里，从这里起飞的战机，似一把把刺向苍穹的利剑，袭击日军的兵站、机场、码头、后勤运输线，甚至参与了轰炸日本本土的远程作战，使侵华日军发出了失败的哀叹。1945年，在抗日战争的最后一场会战——湘西会战（也称"芷江攻略战"）中，中国空军在巍巍雪峰山的几百里长空痛击来犯日军，直接将日本侵略者逼上了投降席。

芷江以人文独特穿越古今。2300多年前，一路流放、一路行吟的屈子就发出"沅有芷兮澧有兰"的咏叹；清代诗人李春登的《明山叠翠》用"展之黛色疑飞动，隐隐藏勿属画成"描绘了芷江的风景；近100年前，当时年仅17岁的现代学者、世界著名作家沈从文在此第一次为人书丹立碑。走进芷江，你一定会迷恋于侗乡风情。静静的㵲水河穿城而过，少数民族风格的吊脚楼倒映其中，倘徉在㵲水河边，清风徐来，一边呼吸一口新鲜的空气，把在都市里的污秽之气吐出来，一边欣赏着极具民族特色的鼓楼等建筑，有一种说不出的惬意。河边有一些休闲运动场所，我和朋友们乘兴打一场乒乓球或桌球，喝点啤酒，生活节奏顿时在这里慢下来。

㵲水河上的龙津风雨桥是芷江最闪亮的名片。此桥于明代万历十九年

（公元 1591 年）建成，几经圮毁，屡加修复，历经四百余年，史称"三楚西南第一桥"。有若长龙凌空，横卧潕水之上，系侗族艺术之瑰宝。芷江自古有"滇黔孔道，全楚咽喉"之称，而龙津桥则是咽喉中的关键。抗日战争期间，为阻止美苏援军进驻芷江，日机多次低空轰炸龙津桥，投弹百余枚，可大桥丝毫未损。迈步龙津桥，店铺林立，各色各样的侗乡小商品任你挑选。桥头一户人家养的一只狗，和来来往往的大人小孩都很熟悉，总是在人们"大黄、大黄"的呼唤声中摇头摆尾地去送他们一程，成为风雨桥上人们安居乐业的一种见证。

穿行龙津风雨桥往左，有一座以石雕艺术著称的妈祖庙，又名"天后宫"。据清同治八年（1869 年）《芷江县志》载，"乾隆十三年（1748 年）福建客民所建"，距今 260 多年。芷江妈祖庙前身为福建商会会馆，内建有戏台、天后神宫、五通菩萨、财神殿、武圣殿、观音堂等。同行的芷江朋友沈松林告诉我，天后宫门坊青石浮雕共有 95 幅，龙凤狮鱼、竹木花草、人神仙鬼，形象逼真，其中最为著名的是"洛阳桥"和"武汉三镇"两幅浮雕。福建商人长期在芷江经营，难得回一趟故乡，为表达思乡之情，他们在栏杆上按顺序雕刻着石榴、莲花、南瓜、象、狮子，取谐音"流连难相思"之意。着意的细腻和雕刻的神工交相辉映，让妈祖庙充满着人性的光辉。

芷江还以自然景观引人注目。怀化芷江县城北郊 10 多公里的明山。山体上刻着"道法自然"四个遒劲大字，勾勒出这座山和山上"明山观"的魂魄。明山观洞明世事的年长道姑的眼神，可以让人静下心来，思考一下生命的真正意义；三道坑原始次森林景区位于芷江县五郎溪乡境内，距县城四十余公里，景区地势险峻，重峦叠嶂。百米高瀑布、飞龙瀑布、虎啸瀑布，似在画中；横生桥、情人岩、夫妻树、万缕根，美不胜收。人纯朴、水清澈、山秀美，这里已经成为户外爱好者的最爱。

检索芷江，为整理，为浏览，为了不被忘却。

（原文发表于 2014 年 8 月 22 日《湖南工人报》文艺版）

悠游酒仙湖

原以为中国的奇山异水尽在天涯海角或者西南塞北，不想暮春时节一次攸县酒埠江之旅，让我改变了这一看法。好风景其实不用去远方，悠游于酒埠江旅游区的核心景区——酒仙湖，竟然让人有一种久违的、魂牵梦绕的感觉。

酒埠江历史悠久。据《攸县志》载，酒埠江地处攸水上游，系上下船只停泊之埠，江岸曾开设酒铺，因而得名酒铺江，后改为酒埠江；还有一种说法与神仙吕洞宾醉酒的传说有关。

相传很久以前，神仙吕洞宾，腰佩青锋剑，背挂酒葫芦，脚踏祥云，来到酒埠江上空。他放眼一望，只见青山秀水，鸟语花香，真似一个仙境。他看着看着，心里乐滋滋的，便降下云头，坐在江边，打开酒葫芦，饮起酒来。不知不觉，他便醉倒在柳树下，剩酒渗入江中，江水变成了酒。后来人们在这里开设酒铺，酒埠江的人工湖也因此被后人命名为"酒仙湖"。

在酒仙湖码头候船处，负责检票的是一位 50 多岁的大姐。她告诉我们，1958 年 7 月，她的父亲和一万多攸、醴人聚在这里，苦战了三年，手挖肩挑，筑起了两座拦河大坝，终于让水库关闸蓄水。

下午 4 点登上游轮后，酒仙湖以一幅泼墨山水画形态，呈现在我们眼前：蓝天白云之下，湖光山色尽收眼底。层峦叠嶂，远山如黛，清风徐来，碧波荡漾，这是怎样的一种惬意呢！若是这时候猛一回头，你一定会被震撼。在阳光的照耀下，波光粼粼，湖面上仿佛下起了一场珍珠雨，"大珠小珠落玉盘"的意境顿时被一把剪切过来。

攸县好友热情且厚道，临时为我们客串起导游：昔日酒仙湖底是两个村庄，为了修建水库，村民不得不移民他处。整个湖区集水面积为 610 平方公里，平均水深 37 米，深水航道达 24 公里，灌溉着两县几十万亩农田，这里已经成为攸县人民的重要饮水水源。"有一年 5 月，一场全球走钢丝大赛在这两个山头之间举行，来自中国、瑞士、俄罗斯的 7 名高手展开对决，吸引了很多海内外游客。"他手指前方的两处山峦向我们介绍。

随着游轮的靠近，位于双子坳半岛的攸女仙境越来越清晰了。在临岸不远的湖面上，一尊高 10 余米的攸女雕塑恬静地屹立着，典雅优美，端庄祥和；与之相呼应的建筑则是半岛顶部的双子塔，造型精巧，超凡脱俗。

攸女仙境环境幽雅，由"四园一寨一塔"组成，集生态、民俗、观光、体验于一体。"四园"即攸女园、豆腐文化园、怡醇园和民俗文化园；"一寨"即攸女寨；"一塔"即双子塔。游轮靠岸，走进攸女园，我们仿若走进了一个神话世界，一不小心便碰触到一个典故或者一段传说。"鸾山苞谷神农栽，酒江大河禹王开，我唱山歌名气大，师傅就是刘三妹……"一首鸾山歌谣传唱的是攸女和上古时期治水英雄大禹的爱情故事；双子塔折射出的则是"寒婆育子""双子报恩"的当地民间传说故事的人性光辉。

怡醇园和豆腐文化园可以还原攸县东乡米酒的酿造和古老的豆腐制作工艺全过程，因游客稀少，我们没能亲眼见证。不过一边品尝着沿途摊贩的攸县香干、腊焙品，一边享受着清凉湖风的吹拂，一边还饱览着岛上幽深的绿色，同伴都直呼不虚此行！民俗文化园原汁原味的地方特色节目表演无缘欣赏，但布景还在。湖面上的水车静静地伫立在那里，仿佛在娓娓讲述着一个关于攸县水文化进化的千年故事。

天光向晚，我们的旅游大巴趁着暮色行进在环湖公路上。我迷醉在酒仙湖黄昏的胜景中！山环绕着水，水依偎着山，公路似一条玉带，蜿蜒地穿插在山水之间。它们相互依存，任意组合，共同搭设了一座巨大的舞台。当然，落日余晖、茂林修竹、渔舟塔影都是这个舞台上的点缀，不可或缺。

晚餐在山坳里的一处农家乐进行。农家自酿的米酒、水库盛产的银鱼、山林放养的家禽、无公害的蔬菜打开了我们的味蕾，让我们真正体会到做一回"酒仙"的感觉。我们披着夜色行走在山岭上，仿佛闯进一个久远的梦境：硕大的苍穹布满了星星，像一幅深蓝的天幕。这时候，一切都是静止的，山已藏起了它的威严，水已隐匿了它的温婉，人已忘却了世间的烦忧。只有晚风是流动的，一阵风掠过，提醒我们那只是一个短暂的梦境，当踏上大巴时，一下子把大家又拉回到现实中。

凌晨5点，我在"合唱"声中醒来。"主唱"是山庄里的那只大公鸡，第一声嗓音开场后，便没有停息的任何迹象。在它的带动下，狗吠声、鸟鸣声此起彼伏，好像在催促着我，起床了，起床了，好戏要开锣了！

打开山庄的一扇侧门，我融入酒仙湖的晨光。天边晨曦初露，如缓缓撩开的幕布，一枚嫩嫩的太阳在大自然这些"编导们"的叮嘱下准备报幕了，可能是准备不足，刚露面又钻进晨雾中去了。太阳再次探出头来，整个酒仙湖顿时被唤醒了。如烟的山峦、明净的湖面、翠绿的山林、开始忙碌的农人鱼贯而入，进入我的眼帘。公鸡、狗和鸟的"合唱"仍在紧张地排练，这时候，加入一些路面上摩托车或水面上渔船的马达声，声、光、色在此时趋于一种和谐美！我感叹，我只是一个匆匆过客，如果时间充足，我愿意成为这场"大戏"最忠实的看客，甚至想象自己能够化身其中，哪怕是一个小小的配角也可。

移步至一处名为"幸福农家"的码头，我看到了湖面上的一只木排。几十根木头用钢丝绑牢，木头下面用漂浮在水面上的油桶固定，就形成了一个相对稳定的作业平台。在木排的前方，主人已经布好了一张渔网，正静候一场丰收。拾级而下，在木排上，我凝视着那张渔网，站定，如一尊雕塑。千百年来，先民们正是用这些简单的工具，维持着生命的进化并孕育着新的梦想和希望!

据史料称,酒埠江上的怡潭湾、樟树潭、龙家湾、石壁湖等地原来是鱼群出没的地方,每年桃花汛期,乡民都会到江里打鱼,随便一网下去,必有所获,绝不空网。明末清初名士陈五聚在此聚而讲学,在《怡潭晚步》中留下了"岚横远岸迷僧寺,风起寒汀罢钓船"的诗句,传诵至今。如今,怡潭湾已沉没在酒仙湖中,但诗中的流韵依然,遗风尚在,渔民们对劳动的崇尚、对幸福生活的追求从未间断。

从对岸再次打量攸女雕塑和双子塔,它们犹如酒仙湖上两个巨大的惊叹号,不啻为酒仙湖整个景区的点睛之笔,勾勒着这个景区的仙风道骨,也续写着这方水土的新传奇!借用伟人的诗句"攸女应无恙,当惊世界殊",我想,高峡平湖,旅游驱动,酒仙湖将会出落得愈加美丽动人!

太浮山沉思

"去临澧太浮山采风不？"清明节后，供职毛泽东文学管理处的同窗好友发来微信留言，让我有点纠结。

我对临澧几乎没有印象。20年前，已近而立之年的我，刚从一家国企跳槽到报社。那年春天，单位在澧县开了一个报纸发行工作会议。其间，安排大家去石门夹山寺采风。记得车队从澧县县城驶出十多公里后，途经大片油菜花地，恍若花海。有人说，这里已是临澧了。

太浮山，我更是第一次听到，不过这名字竟让我浮想联翩，欲罢不能。

好友多次邀请我参加一些文学采风活动，因种种原因一直没有成行。想着这次疫情还没完全过去，行程会不会遇到不便，譬如要求戴口罩、测体温等防护，会不会接触病毒感染者要被隔离等，加之担心天气，着实感动左右为难。

到了知天命之年，感受过很多人世悲欢，经历了一些浮浮沉沉，认同"明天和意外不知道哪个先来"，考虑事情就会少了些冲动和浮躁，多了些冷静与沉着。不过骨子里涌动的那种不安分，还是让我踏上从长沙开往临澧的城际列车。

与参加"作家走临澧"采风活动的文友们会合后，临澧，如一本人文大书，就在我们的集体浏览下，徐徐打开了它的扉页和正文，慢慢浸润着我们的心灵。

梳理一下临澧文化的脉络，我们发现：2200余年前，一代辞赋家宋玉被楚襄王放逐到云梦泽——今临澧境内。这是临澧文脉的起点！一抔黄土，一座孤冢，宋玉的传说引来无数文人墨客一趟又一趟虔诚的拜谒。谁能料想，壤联澧水的这块土地上，宋玉辞赋电光石火，影响了临澧的一代又一代文学人，点亮了中国几个朝代的文学天空。唐代诗人李群玉，晚清诗人黄道让，开国元勋林伯渠，红色文学巨匠丁玲，当代著名诗人于沙、未央等群星闪耀，都是从这里出发，与临澧文化一脉相承。

我们用一天时间走访了宋玉陵、林伯渠故居、丁玲故居和青山工程群英渡槽等人文胜地后，第二天一早大家就驱车直奔临澧福地——太浮山。

网名为"刚子哥哥"的临澧县作协副主席戴志刚，是这次采风活动的发起人，2017 年始，在临澧县太浮山风景名胜区管理处任职。他边开车边为大家普及有关太浮山的一些常识：太浮山是省级风景名胜区，也是国家 AAA 级旅游景区。太浮山云海非常壮观，遗憾的是因天气原因，今天大家没法看到了。

"在管理处工作近 3 年，或驱车或徒步上太浮山 200 余次，每上一次，都有不同的感受，有时用格律诗词记录当时的感怀，后整理出 50 多首。""刚子哥哥"身形高大，心思缜密，情商极高。

待及一行人登上太浮山顶，独立于金顶大庙旁，那种"浴乎沂，风乎舞雩，咏而归"如沐春风的感觉油然而生。"自汉代中叶至民国时期，太浮山佛道两教兴盛。汉代道教祖师爷浮邱子在此修行得道，这是太浮山得名的一种说法。""刚子哥哥"义不容辞地揽起导游解说的"活儿"。

此时，太阳刚探出头来。

金顶大庙肃穆端庄、梵音袅袅，从寺院台阶上走过来一位佛家弟子，步履沉稳，让人感觉禅意如一道霞光，将我们笼罩其中，似乎在提醒着我们这些凡夫俗子：施主，休得心浮气躁！

"太浮山海拔 600 余米，山顶为扇形，有 99 岭，33 岔。沿逆时针方向，山下分别是临澧、石门、桃源、鼎城四县，素有'鸡鸣四县'之说。""刚子哥哥"的介绍把我们从禅意中拉回到现实里。

凭栏俯瞰，大自然如同一座硕大无朋的 3D 影院：高山、古寺、奇峰、秀水、竹海、幽谷、民居、田野等扑面而来，立体感夺人眼球，让人震撼！而这部影片凸显的主题分明是：山河无恙，人民安泰。

我沉醉于天然影院的舞美、光影和声音中。霞光，如佛光普照，让人遐思。这时，临澧、石门、桃源、鼎城四个"主角"开始登场。

临澧，古称"安福"，它腰带上系着一条道水，像极了一位文人，背倚苍茫的湘西大山，东望阔大的洞庭湖平原，也许是在吟诗作赋，构思传世之作；也许是在潜心钻研，思考治世良策。

石门则像大山深处的一位侠客，总让人生出一些神秘感。20 年前踏访过那座夹山寺的印象已经模糊，而一代枭雄李自成归隐此处的传说却留下深刻烙印。历史的谜团，王朝的盛衰，任由后人去揭开和评说。

桃源，延续着人们心目中的隐士形象，放眼望去，《桃花源记》里的那片世外乐园依稀可见，"土地平旷，屋舍俨然，有良田、美池、桑竹之属。阡陌交通，鸡犬相闻"。我多次路过桃花源景区，却无缘一睹芳容，心想，不去碰触也好，让那份美隐藏在内心深处吧。

鼎城区即过去的常德县，一篇《常德赋》，写尽了武陵风流。"食我之稻，美之乐之，湖广粮仓，半在鼎城"，鼎城，如一位武士，昔日的粮仓，如今的经济技术开发区，都不失为扛鼎之臣（城）。

我庆幸没有遇上太浮山的云海，因为避免了只能欣赏一种虚幻的景致，而让我真真切切领略到了山的博大、岭的崎岖、岔的曲美、大地的丰腴和人文的厚重！

临澧和太浮山的人文是别处无法移植的：我们可以聆听宋玉《九辩》中"萧瑟兮，草木摇落而变衰"的吟哦；我们可以感悟李群玉"风回日暮吹芳芷，月落山深哭杜鹃"的咏叹；我们可以领略黄道让"远眺须臾高处立，道源一线天自流"的意境；我们可以体会林伯渠"莫为六朝空叹息，行看原上草重生"的坚韧；我们也可以触摸丁玲被誉为"昨日文小姐，今日武将军"的风骨……

谁又能料想，文人辈出的这块安澜之地，自古以来却一直是兵家必争之地：刘邦和项羽曾在此对阵，留下汉王庙和饮马池遗迹；朱元璋追杀陈友谅到太浮山黑沙溪，至今还有古战场遗存；湘鄂西苏区太浮山武装斗争纪念碑巍峨挺立，记录的是大革命时期贺龙元帅领导建立革命根据地的一段历史；在抗日战争时那场举世闻名的常德会战中，太浮山也曾是外围战场。

我有些诧异于大自然给予这方土地的"馈赠"：既已孕育着平原的温婉与柔情，又何以根植山脉的豪放与雄浑？置身于太浮山上这样的情境里，只要沉下心来，你一定会感悟很多人生哲理，关于刚与柔、盛与衰、浮与沉、得与失、虚与实乃至生与死。

山水深处的温良 —— 走读新宁

老同事、作家林家品在他的小说《老街的生命》开篇这样描述过新宁："湘西南边陲的夫夷江，从广西资源县流出，过了新宁县城二十里，江畔有一条老街，名曰白沙街。"小说展现的淳朴民风、开口必称"你老人家"的礼性、美丽的自然风光，与先人抗战的悲壮故事形成强烈的对比，让我有一种想走进新宁的强烈冲动。

2023年清明刚过，供职湖南广电的文友范诚发来邀约："有一个文艺采风活动月底在新宁举办，有时间参加否？"考虑时间主要在周末，加之对新宁的向往，我没有丝毫犹豫地接受了邀请。

抵达新宁县城时，天色向晚。晚餐后，团队成员提出探访夜色下的崀山。我知道，大家迫不及待地想了解这方山水深处的秘密。不到二十分钟车程，我们已身处在崀山国家级风景区内的小镇上。

没有网络宣推的那种火爆——越夜越"崀"，一切如乡野般宁静。温凉的风拂过我的脸颊，无边的夜幕笼罩着偌大的山林。虽咫尺之间，我们却无法一睹崀山的雄姿。"范大哥"范诚，这位敦厚的新宁汉子，也是对湘西南人文地理知识如数家珍的媒体人和作家，被我们誉为"行走的百科全书"。"范大哥"临时客串起向导：新宁有神山秀水，神山是崀山，相传舜帝南巡，路过新宁，见有一方壮美山水，便赐一"崀"字，意为"山之良者"。他将我们引入一处河滩，介绍道："我们脚下的这条河流便是秀水夫夷江。舜帝流连崀山，将'明德'撒播夫夷江畔，霸蛮的血性和不断被唤醒的理性相互融合。"

"范大哥"指着对岸一处隐隐约约的峰峦告诉我们，那是景区一处知名景点——将军石。自古新宁就是兵家重地，这里将星闪耀。"楚勇"的创始人、"湘军第一将"江忠源，出任过两广、直隶和云贵总督的刘长佑，三任两江总督兼南洋通商大臣、湘军最后统帅刘坤一都是新宁的传奇人物。在"范大哥"的娓娓讲述中，那块巨石犹如指挥千军万马的古代将军，骁勇善战，英姿飒爽。

一路走读新宁，聆听着流淌的夫夷江水，仰望着神奇的丹霞地貌，沉浸式体验《爱在崀山》大型文旅演出，我恍若时空穿越者，陷入了沉思：地处偏远的新宁，何以能受到大自然如此的恩宠，既拥有山的血性和粗犷，又怀抱水的温柔和浪漫？崀山和夫夷江，就如演出中的主人公梅郎和清影，山环绕着水，水依附着山，一个身披红色的斗篷，一个飘着绿色的衣裙，相守相依，像极了人世间最美好的爱情。

丹霞、流云、碧水、青山，让明代山水诗人陈永�留下了"夫夷胜景天成就，摄杖归来入梦频"的诗句，让现代著名诗人艾青发出了"桂林山水甲天下，崀山山水赛桂林"的喟叹！

第二天上午举行的野茶节开幕式给人眼睛一亮的感觉：政商人士的致辞、讲话和推荐中，都饱含着对新宁野茶产业发展的期盼和祝愿；15个重点项目现场签约、"湖南红茶核心产区"匾牌落户新宁，无不预示着茶产业即将在这块土地上崛起与复兴。

在整个野茶节的活动中，文化的力量始终贯穿其中。

中国作协名誉副主席谭谈受邀在发展论坛上开坛布道。这位温良的长者、智者，用朴素的文字、通俗的语言，说起了喝茶，"茶能治病何需药，水可生香不用花"，说出作为曾经的一个痛风病患者的体会。他的讲话，给人以无穷启迪。

石光明先生作词的《茶香老山界》被编导成歌舞节目，搬上开幕式舞台，引来掌声阵阵。"古道连湘桂，九溪十八拐，紫花坪里飞野鸡，舜皇宫里翻雾海，密林捧出野茶来"这句歌词把新宁人的野性和礼性艺术地呈现在我们眼前。

能引爆我们兴奋点的一定是这里的山水。离开活动现场，我们直奔崀山的辣椒峰景区。微风细雨中，一座形似倒立辣椒的峰峦在视线里若隐若现，法国"蜘蛛人"阿兰·罗伯特2002年曾成功徒手攀上这座高峰。景区有辣椒峰、骆驼峰、蜡烛峰、林家寨、龙口朝阳等景点，奇峰陡崖与深谷幽林错落有致，丹霞峰峦与田园风光相得益彰，人与自然和谐共处，"中国国画的天然摹本"的评价绝不为过。遗憾的是行程安排较紧，我们只能走马观花，不能流连更多的风景。

但身处景区徽式建筑风格的刘氏宗祠前，我还是被这方山水和人文所折服。青砖黑瓦，飞檐翘角，与满坡翠绿相呼应。谁能料想：在风雨飘摇的晚清，在独一无二的山水间，在湘西南新宁的上空，会将星璀璨，有的能成为当朝的"柱石之臣"？

清光绪七年（1881年），湘军宿将刘坤一遭到弹劾开缺回籍。这一年，由他出资修建的宗祠竣工。从两江总督兼南洋通商大臣的高位上回到偏远乡土，刘坤一也许会站在宗祠那块"根深叶茂"匾牌前，回首着这跌宕起伏的人生：一介儒生，从新宁出发，参与地方乡勇，在变化莫测的时代大潮的裹挟下，累立战功，继而成为湘军的统帅。如今，却回到梦开始的地方，在老家新宁赋闲。

刘坤一蛰伏九年，除了组织撰写县志、主修族谱和修建宗祠外，他思考得更多的应该是何以扭转清朝江河日下的局面，聚集复出的力量。

光绪十六年（公元1890年），刘坤一复任两江总督兼南洋通商大臣，光绪十七年（公元1891年）又受命帮办海军军务，光绪二十年（公元1894年）中日甲午海战中被授予钦差大臣职衔，节制关内外各军对日作战。晚年，他推动办洋务、倡导"东南互保"、主张育才兴学、整顿变通朝政。

离开新宁前往洞口高铁站返程，梁瑞郴老师一篇关于新宁野茶业发展的散文《舜皇古道》，再次被大家谈及并在朋友圈转发。文末写道："余思忖，但凡我们于资本追逐利润最大化时，还保留那一份古道热肠，就会给情怀让出一条道路。你所创造的利润有温度，有大爱。这条古道，就会变得越来越宽广。"这是对处于大变局中的新宁开发者和建设者的温馨提示与温暖叮嘱。

一个"夷"字，多少带有古时中原正统文化的一些傲慢和偏见。150余年前，在湖湘文化的涵养下，一介新宁儒生刘坤一，以其蛮性和忠勇苦苦支撑着晚清将倾的大厦。如今，骨子里充满坚韧和温良的新宁人，一定会开创新的安宁，收获新的希望！

（原文发表于 2023 年 6 月 10 日新湖南客户端）

麓山笔谈

不惑者说

即将不惑，自己有话要说。

不惑，语出《论语·为政》中的"四十而不惑"。以后用"不惑"作40岁的代称，也指遇事能明辨不疑。

有人提出，"男人四十一枝花"，而我更认为"男人四十"是刚刚翻开人生这部哲学书籍的扉页，去了一些稚嫩，添了几分稳重；去了一些轻狂，添了几分从容；去了一些率性，添了几分执着；去了一些表现，添了几分洞悉。这部书里包含着青春的哲学、智慧的哲学、心灵的哲学。

在这个年龄段，我喜欢问自己几个这样的问题：从哪里来？现在在哪里？到哪里去？把这几个问题回答好了，基本可以保持不惑。

比如说贫富。父辈不是家财万贯，我也非钻营之人，所以要成为富翁的可能性不大，也就不需要为钱多钱少所累，能够维持生计，略有积余就行。在长沙谋生，有时身无分文，也不会太急，总觉得一个人即使失去所有财产，也不是面临世界末日。因为毕竟自己还长着一个不太笨的脑袋，办法总比困难多。四十岁的人，不必去比职务的高低、工资的多少、房子的大小、车子的好坏，刻意去追求也不见得追得到。四十岁如我辈者，读了点书，写了点文章，对精神的贫富有些讲究。这也许暗合了古人的话：君子忧道不忧贫。

比如说得失。有得必有所失。本来采编业务见长，后蒙领导错爱，安排我从事经营，收入虽然高些，但业务工作就不会有太多起色。为了工作的方便，私车公用，有人会不理解，觉得吃亏了。但我觉得很值，因为跑的地方多，就会见多识广。

比如说祸福。同事出了车祸，我安慰她：大难不死，必有后福。儿子骨折了，虽有皮肉之苦，但他看到了亲人的爱心，知道了凡事不要莽撞，也未尝就是祸事。

比如说苦乐。街头的拐角处一对幸福的乞丐夫妇，衣着褴褛，但是面带微笑，相依相随，不离不弃，在乞讨的日子里也能发现快乐，这与亿万富豪虽坐拥富贵也有痛苦一样，都是一枚硬币的两面。

比如说恩仇。前段时间，老家来人，称村里募集资金修路。我积极参与，从那条路上一路走出来，反哺也好，感恩也好，能够造福桑梓、表示游子的一份心意就好。一些仇怨，就让我们相忘于江湖吧。

面对生死、孝悌、爱恨、聚散、盛衰、尊卑，生理可以迷惑，而心灵不惑。

贝多芬说，生活这样美好，活它一千辈子吧！我把它认定为青春的哲学。

海子说，从明天起，做一个幸福的人。我把它认定为心灵的哲学。

孔子说，君子有九思：视思明，听思聪，色思温，貌思恭，言思忠，事思敬，疑思问，忿思难，见得思义。我把它认定为智慧的哲学。

（原文发表于 2009 年 3 月 6 日《湖南工人报》副刊）

不仅仅是赛车

我对动画片没有多少感觉，觉得除了热闹之外，似乎深度不够，有点小儿科。但儿子对此情有独钟，拗不过他的要求，带他去看了一场由约翰·拉塞特导演的迪士尼重振动画雄风之作——《赛车总动员》，不想却改变了我对动画片甚至人、事的一些看法。

《赛车总动员》的故事发生在一个超乎想象的汽车世界中，"闪电"麦昆是一个速度飞快的赛车新手。他已经成功赢得年度最年轻的冠军赛车手。麦昆急切盼望能在一年一度的波士顿杯汽车大赛中脱颖而出，成为车坛新偶像。不料他在参赛途中意外迷路，闯入一个名叫水箱温泉的小镇，展开一段超乎想象的意外旅程……迷路的麦昆一路横冲直撞，水箱温泉小镇的创始人雕像也被麦昆拖拽着，移动了相当长的距离，麦昆将小镇原本就不平整的公路破坏得一塌糊涂。

小镇上的警察，在麦昆夜里开车的时候，就已经吹响了警笛，并将麦昆扭送到当地的法庭。小镇的法官宣判：将麦昆赶出小镇。麦昆对此求之不得。但是温泉小镇的一个女律师保时捷萨丽，却坚持要麦昆修好马路才能离开。

一开始，麦昆加足马力挂着修路机很快在不到一个小时的时间内把马路修了个遍。"拖车"马特高兴地在刚修好的马路上狂奔，却震得自己像筛糠一样。

老爷车哈德逊要求麦昆再次修路，并和他约定比赛决输赢。如果麦昆赢了，就让他远走高飞，如果麦昆输了，继续老老实实地修路。骄傲自满的麦昆，怎么也想不到在非赛场的土地上，竟然会输给一辆老爷车。

麦昆修路的质量大幅提高。把路修好的麦昆在一个偶然的机会发现哈德逊原来是 1951 年至 1953 年连续三年的"活塞杯汽车赛"冠军,其还有 1 座"终身冠军成就奖"奖杯。作为一个赛车界的新进后生,麦昆对哈德逊产生由衷的敬意。终于,他得到了哈德逊的亲自指点,哈德逊将自己的独门绝技传授给他。而且在一天晚上,"拖车"马特向麦昆展示了自己的独门倒车绝技。麦昆在那里加满了油,换上了白色边界的轮胎,焕然一新地赶到活塞杯比赛目的地。

在比赛中,麦昆还不失时机地展示了自己的倒车绝技,并且顽强地从草皮上返回主车道。最后一圈的时候,赛车王被甩到一边,摔得满身是伤。已经具备优良品质的麦昆,推着老赛车王,跑完了最后一圈。而另一辆不顾其他赛车手的赛车,虽然第一个冲过终点线,却遭到了观众的唾弃。

麦昆的表现得到了恐龙石、公司经纪人的垂青,也赢得了大家的掌声和欢呼声。他还得到了萨丽的爱情。

这应该只是一个很陈旧的故事,但影片把人类的一些理念放到这样一个汽车世界中,却不能不让人震撼。

每个人都有自己的梦想,麦昆的头脑,只关注两件事,一个是夺冠,还有就是随之而来的一切。这是无可厚非的,而他为了实现自己的梦想,破坏了小镇的宁静,以及小镇通向外界的马路。令人欣慰的是,他破坏了,但他又重新修了一条更好的路。

老爷车哈德逊的一句话也耐人寻味:比赛就是为了一个杯子吗?

麦昆读懂了这句话的含义,虽然没有拿到第一名,但他得到了更多的回报,比如朋友、爱情、谦虚、友爱、团队的力量。他得到了所有人的尊重。

我告诉儿子,片子讲的不仅仅是赛车,而是培养合作精神、重视朋友、淡泊名利。生活并不只有争夺比赛的冠军,还有更多值得去追求的东西。我不知道儿子看懂了没有,但我希望他在成长的历程中慢慢体味,希望他成为一个具有优良品质的人!

闯市场还是挤官场?

　　成千上万的研究生、海归派、本科生参加"国考",期望能够挤入"官场",现在就连一些企业负责人、劳模、优秀工人也能"荣幸"地跻身这个阶层。看来,几千年的"学而优则仕"的传统正在发扬光大为"商而优则仕""工而优则仕"。即使进入信息社会,在市场经济大潮的冲刷下,人们对"官瘾"总是那样藕断丝连。

　　中国改革开放三十多年,我们曾经欣喜地看到,神州大地曾于1984年、1988年、1992年出现了三次"经商热"。蓬蓬勃勃的商潮,以锐不可当的势态,在市场经济海洋中掀起惊涛骇浪。正是一批批敢于闯市场的时代弄潮儿,书写了中国改革开放的盛世华章。记得当时上大学的时候,一则消息让我记忆犹新:一位曾在笔者老家汨罗市连任两届主管工业的副市长,不挤官场挤市场,主动申请停薪留职,"下海"到深圳市创办了一家电子仪器实业公司,并担任公司总经理。这位副市长的举动,受到了当时舆论的普遍赞扬。蹲惯了"衙门"的机关干部,真格告别铁饭碗,放下"官架子"到市场中跑生意、闯江湖,没有一定的智慧和胆量,行吗?

　　资深传媒人士郭宇宽感慨道,眼下中国各个阶层普遍缺乏对自己身份的自觉,尤其不知道对自己的职业而言,体面意味着什么。在错位的价值观系统中追求成功,气场怪怪的。知识分子从穿着到说话、举止,都在向商人看齐,商人常常削尖脑袋模仿官员,官员则散淡不拘小节,很像知识分子,都乱了。

　　商人为什么削尖脑袋模仿官员？形式上是模仿，内心是膜拜。在市场经济的运行过程中，政府对资源的配置拥有越来越大的权利。资源就是利益，就是利润。而商人的趋利性是天生的。市场经济的本质就是资源的配置，正是因为官员对资源配置具有决定大权，才出现了越来越多的国人去挤官场的怪象。

　　和谐社会的构建，离不开各行各业的建设者。和谐，其实就是一种平衡，需要一个度的把握。人才的使用，职业的选择，也是如此。各行各业都需要优秀人才，尤其是经济领域。笔者以为，如果把优秀人才都吸引到"官场"，人才"瓶颈"势必影响其他行业的发展；如果社会重新形成了"官本位"观念，势必影响中国改革开放的未来进程。我们现在不奢求那些机关干部们"弃官下海"，但也不想看到千军万马挤"官场"的现象，媒体也无须为挤官场去营造气氛。

　　在市场经济中要解决挤官场的问题，须从政府职能转型上着手，打造服务型政府。官员们的权力运行只有处于一种公平、公正、透明的环境中，才能使政府真正服务于社会。前段时间到杭州，我们发现，这里的民营经济非常活跃。在大街上行走，我们不难找出原因，在杭州城里的黄金码头上，到处都是政府商务服务中心、金融服务中心、中介服务中心。一个服务型社会，成就了一个健康的杭州。

　　闯市场还是挤官场？西谚有云："让凯撒的归凯撒，上帝的归上帝。"这句话也许能够给我们以启示。我觉得，各司其职，各行其道，市场的归市场，官场的归官场，相互补充，和谐共存，平衡发展，这样，有中国特色的社会主义市场经济才能更好地成长和发展。

　　　　　　　　　　　　（原文发表于 2011 年 6 月 22 日《湖南工人报》）

从"快女"的江湖说起

7月15日22点30分, 2011《快乐女声》全国总决赛首场12进11比赛首次上星, 通过娱乐巨无霸——湖南卫视, 借助网络联盟——各大门户网站, 呈现在全国观众眼前。超万平方米的绚丽舞台, 三千粉丝的疯狂呐喊, 扣人心弦的赛制, 观念冲突的三方评委, 话锋老辣的主持搭档, 个性迥异的参赛选手, 将一场选秀比赛演绎成为刀光剑影、危机四伏、快意江湖的传奇大片。

上周末, "快乐女声"全国12强装扮成公主正式入住"快女城堡", 在接下来的72天里, 她们将在其中进行封闭式训练、生活和考试。本周周四的小考最后一名喻佳丽被推到总决赛第一场的PK台上。站在高高的PK台上, 她就像一位等待时机的"武林新秀", 伺机突出"危城", 闯荡江湖。第一轮由其他11位选手按序号演唱, 决定权在三位专业评委小柯、伍洲彤、海泉的手中。李斯丹妮、段林希、苏妙玲、刘忻四名"高手"凭借着独门绝技率先获得评委全票, 率先晋级。随后, 洪辰、付梦妮、王艺洁也被宣布晋级11强。面对金银玲、陆翊、DL组合、杨洋几名待定选手, 身处逆境的喻佳丽经过长时间的观察, 她把目光锁定在"没有把握住第一轮表现机会"的金银玲身上, 她知道, "江湖"是残酷的, 自己要重出"江湖", 必须从薄弱环节发现突破口。

在第一轮比赛中, 最大的亮点和赢家当数段林希。这位来自云南小镇的酒吧歌手, 一把吉他、一副黑边眼镜、一头短发。这位选手对名利似乎看得很淡，别人来闯江湖是为父母的愿望、为实现人生的梦想、为最后的一搏，而段林希的目标是进入成都唱区 50 强，以便使小酒吧的生意红火起来。当段林希演唱完《难道》后，海泉显然被感动了，表示自己听得心都麻了，最后忍不住要和单纯女孩来个隔空拥抱。而之前送吉他给段林希的李承鹏更毫不避嫌地直呼等段林希成为冠军后，再送一把吉他给她。段林希的传奇似乎告诉尚未"出道"的年轻人，名利不是你想追求就能得到的，对名利的欲望越强，越是不能入那些"江湖大亨"的"法眼"，用一句电影中的潜台词来说就是：我会给你，但你不能要！

事实证明，喻佳丽的选择是对的。走下 PK 台，回到自己舞台的她凭借一首《曾经的背叛》成功脱险，以无可争议的优势把武功厉害而唱功较弱、有点慌乱的功夫女生金银玲送上终极 PK 台。第二轮演唱在陆翊、DL 组合、杨洋和重出江湖的喻佳丽之间进行，这一轮按人气指数的高低决定出场顺序。DL 组合在第一轮后备受压力，第二轮演唱便以豁出去的态度表演了一曲《贵妃醉酒》。也许是评委最后还是觉得"快女"的舞台上需要这种新鲜的表演方式，在第二轮宣布晋级名额时，DL 赫然在列，倍受争议的结果让你感叹"江湖"的水不知有多深！

在车轮 PK 中，有"传统美女"之称的杨洋悬念不断，抢人眼球。先是和陆翊"交手"，由微博红人组成的微博评审团裁定，杨洋稍胜一筹。后与喻佳丽"打擂"，引起"江湖"的一段轩然大波。代表权威力量的专业评委受到代表网络微力量的微博评审团的"挑战"，评委小柯盛赞杨洋功底深厚，而喻佳丽"用力过度"，但以李承鹏为首的微博评审团并不买账。他们认为，"快女"比赛，不是中央音乐学院考试，不是青歌赛，而是要考虑大众的感受，能够打动心灵即可。因为裁定权在微博评审团，答案可以预见，七位微博红人意见惊人一致，喻佳丽胜出。在湖南卫视主导的这个"快女江湖"上，传统的权威看来已经难以一语定天下，新的权威正在"啸聚武林"。

杨洋第二次和陆翊"交手"后，她们接受其他晋级的 9 位姐妹的评判，一人将被送上终极 PK 台。这些"武林新宠"面对或潜在对手或闺中密友或同城姐妹，难以抉择。最后杨洋以一票的微弱差距被送到终极 PK 台上。虽然是看似简单的投票，心态却很复杂，也许，这就是"江湖"。我们不能简单地评判每个人的善恶，因为人性本来就不简单，就连单纯如段林希，也让人看出她的偏好，她把这票投给了和她兴趣相投、年龄相仿但唱功一般的陆翊。

终极 PK 在金银玲和杨洋之间进行。在不同年龄、不同职业、不同阶层的千人评审团的投票中，金银玲不敌杨洋，惜别"江湖"。

在这场听觉和视觉盛宴中，作为局外人，我对杨洋高看一眼。在几次 PK 中，她始终微笑以对，宠辱不惊，发自内心地祝福对手。最后背水一战中，看到 PK 对手金银玲离别舞台，杨洋已是梨花带雨、满面泪痕了。这是一个内心和外表同样美丽的歌手，我把她当成这个"江湖"的"侠女"，值得敬仰。

把娱乐场的舞台推拉至人生舞台，我们每个人不也是处在各种各样的"江湖"之中吗？"快女"的"江湖"，表面上是主持人、三方评委、选手、粉丝的"江湖"，其实是一些组织的"江湖"、一些精英的"江湖"、游戏制定者的"江湖"。前面是主持、评委、选手、粉丝的明争，后面是组织或利益体的暗斗。而人生的"江湖"呢，不也是由官场、职场等名利场组成的吗？内外兼修，永不言弃，也许是我们闯荡"江湖"立于不败之地的不二法门。

"快乐女声"的主题曲《武装》很好地诠释了我们身处"江湖"的境况。"燃烧着心中不灭的光，让所有远方为我发烫。天真的路上偶尔很慌，别怕梦弄脏，向前冲就是希望！天真的路上偶尔很慌，大声地歌唱，梦想已全副武装，翻山越海路很长，梦的方向叫作闯。从来没有回头望，就算我被遗忘，也要唱到最后一场！"

也许，离开"快女"舞台后，等待她们的是一个更大的"江湖"！谁能最后"笑傲江湖"，还将拭目以待！

（原文发表于 2011 年 7 月 20 日《湖南工人报》娱乐版）

"大姐大"的尴尬

湖南卫视《快乐女声》6进5尘埃落定，2011年"快女"5强诞生。一路走来，选手们各展身姿，都收获了各自的粉丝。每个人都有在这个"江湖"打拼的权利，我们不能根据自己的好恶，插手人家的竞争权利。在游戏规则之内，任何人都可以力挺自己喜欢的选手。作为观众之一，本来只想作壁上观，但这场比赛下来，有些话我似乎不得不说。

刘忻在"快女"舞台上的霸气似乎和她的人气一样攀升。这个夏天，这位"快女"中的"老大"似乎有一股魔力在支撑着她，让她在芸芸众生中发散着夺目的光芒。我对她印象本来较好，但她仿佛能主宰世界和其他选手命运的那种神态让人不爽。心态决定成败！6进5虽然没有被淘汰，但也让刘忻品尝了失利的"苦酒"。与洪辰PK后，看到同为长沙唱区且不被看好的选手杨洋率先晋级，"忻爷"脸色就开始有些怪异，几轮下来成绩均不理想。当李斯丹妮在刘忻和段林希之间选择终极PK对手，要送其晋级时，这位在宣传片中警告5强"冠军是我的"的"大姐大"终于情绪失控，似乎不愿接受这份"顺水人情"。好朋友李斯丹妮的终极PK演唱和最终离场，也让这位"大姐大"失态甚至不顾颜面。

其实，想当"快女大姐大"的想法无可厚非。但也要扪心自问，自身能力和心理素质如何？在帮衬和盘算着别人的时候，要掂量一下自己的分量。虽然是人气王，但在这个竞争的舞台上，靠谁都靠不住。如果不重新调整自己的心态，任性而为，结果实在难以预测。

祝愿"忻爷"一路走好！

电影《山楂树之恋》的标本意义

　　2010 年的秋天，裹挟着如潮的议论，《山楂树之恋》登陆星城长沙各大电影院。在深秋的一个夜晚，我走进湖南大剧院，想品味一段"史上最干净的爱情"。从人们走出影院后濡湿的眼角中，我分明感觉，对纯真爱情的渴望还植根在许许多多人最柔软的地方。也许，从这个夜晚起，他们心中都珍藏着作为纯真爱情图腾的那棵山楂树，随风摇曳。

　　"我们再也不愿意去经历这样的一段历史，但愿这样的爱情故事已经绝版。"著名作家王蒙慨叹。是的，上个世纪的爱情故事可以绝版，但要留下这样一棵"山楂树"，为这个时代找到一个纯爱的标本。

　　我素来对被炒得沸沸扬扬的东西不感兴趣。想看《山楂树之恋》这部电影纯属偶然。一次开车下班，打开电台，陈楚生一首充满忧郁的《山楂花》飘进我的耳膜。"走过了这一片青草坡 / 有棵树在那儿等着 / 它守着你和我的村落 / 站立成一个传说 / 山楂树开满了花 / 落在你羞涩脸颊 / 山楂树开满了花 / 我等你一句回答 / 可是我先走了 / 纵然太不舍 / 别哭我亲爱的 / 你要好好的 / 在时间的尽头 / 你定会看见我 / 唱着歌在等你微笑着 / 就算我最后碎成粉末 / 也有你为我而活 / 只要我还能被你记得 / 我就是不朽的 / 山楂树开满了花 / 像你在对我说话 / 山楂树开满了花 / 指引你带我回家。"旋律悠扬动听，歌词凄美纯洁，打动了我的心扉。电台主持人介绍，这是电影《山楂树之恋》的宣传曲。一首歌让我产生了想看一部电影的冲动，一首情歌让我想见证一段未知的爱情。

回家在网上搜索片名，网友褒贬不一，早已打响了一场网上辩论的拉锯战。正方大多认为，在市场经济这个物质世界中，需要包括纯真爱情在内的精神追求，因为这是人类生存的精神支柱之一，是滋养人类繁荣的氧气。反方则认为，这仅是大牌导演们和制片人为了商业价值打出的一张纯真牌，制造的一个噱头，因为包括他们自己在内的这个世界已不纯洁，充斥着物欲和肉欲。

故事情节是这样的：漂亮的城里姑娘静秋是某市八中的高中生，父亲是地主后代，家庭成分不好，"文革"时受到打击。静秋一直很自卑。为了响应当时毛主席提出的"开门办学"的号召，静秋和学校一群师生去西村坪体验生活，编写教材。在西村坪，她认识了军区司令员的儿子、勘探队员"老三"。"老三"喜欢静秋，心甘情愿为静秋做任何事，给了静秋前所未有的鼓励。地下恋情被静秋妈妈撞见后，为了不影响静秋的前途，"老三"答应静秋妈妈很长一段时间不见自己心爱的人。他等着静秋毕业，等着静秋工作，等着静秋转正，信守着诺言。等到静秋所有的心愿都成了真，"老三"却得白血病去世了。

毋庸讳言，故事情节极其简单，唯其简单，才能还爱情以纯真本色。没有商业大片重金砸下去刻意制造的画面，留给我们的是唯美的故事场景与这段爱情呼应，震撼心灵。年轻演员的稚嫩，在我看来不是缺点，刚好诠释了这段爱情的纯度。在故事感人的细节和对白中，我们可以体会到很多关于爱情的真谛。

爱情是心灵感应。"认识你，真好！""你活着，我就不会死；但是如果你——死了，我就——真正地——死了。"从一见如故到生死相依，从青涩牵手到深情相偎，他们用眼神传递着真情，用心灵感应着彼此的浓爱。静秋探望完病中的"老三"后，两人隔河惜别，难分难舍，并用手比画着拥抱的姿势。电影结尾，因重病将离世的"老三"等着见静秋最后一面。穿着"老三"为她买的布料做成的红衣服的静秋泪流满面地在病床前不停地说："我是静秋,我是静秋,你不是说我一喊你就出现了吗？"弥留之际的"老三",流下了最后一滴泪。没有彼此的心灵感应,爱情很难产生共鸣。

爱情是精神信仰。"我不能等你一年零一个月了,我也不能等你到二十五岁了,但我会等你一辈子……"爱情也许需要物质基础。因为爱情不是慈善、不是施舍、不是索取。在那个贫穷的时代,送块糖、送支钢笔、送件衣服、送塑料编制的饰物,价值可能远不及现在"美眉"们需要的名车、豪宅、珠宝、时装,但可以为爱情之树添枝加叶,增加营养。

爱情是责任担当。"我要你好好活着,为我们两个人活着,帮我活着,我会通过你的眼睛看这个世界,通过你的心感受这个世界。我要你结婚,生孩子,我们两个人就活在孩子身上,孩子又有孩子,我们就永远都不会死。生命就是这样一代一代延续下去的。"爱情需要灵与肉的完美结合,而不仅仅是身体的占有。对于生死,对于爱情,对于那不甚了解的性爱,"老三"有着自己的标准。他始终克制住了自己的情感,知道自己时日不多,他选择了成全,放弃与静秋灵和肉的结合。因为在那个保守的年代,他对于静秋最深的爱就是希望她能够幸福,能够保持着纯洁。

也许,现在已是个物质和速配的时代。财富与精神的博弈,灵与肉的取舍,让爱情迷失了方向。也许,那棵开着红花的山楂树,已经淹没在三峡库区里。但愿作为电影的《山楂树之恋》,哪怕沧海桑田,它也能像一棵代表纯真爱情标本的"山楂树",能永远挺立,如永不沉没的泰坦尼克号,在水中也会盛开美丽的纯爱之花！

（原文发表于 2010 年 10 月 20 日《湖南工人报》娱乐版）

活出自己——感悟 2013

这一年终于要归于平静。这一年，我没有参与朋友们的平安夜、狂欢夜的聚会。零点后，当喧嚣和繁华褪尽，生活还是要回归原有的轨道。恍若听到 2014 年的马蹄声，心中不由得慨叹：天涯草木新，相逢又一年。岁末年初，回望 2013 年，也无风雨也无晴。一路平和，甚好！

在这样一个平和的气氛中，我想用文字代替短信和微信祝福身边或远处的家人、朋友、同事、同学。说点什么呢？刚好读到傅佩荣教授的《哲学与人生》中"活出自己"里的一段，特摘录如下，和大家共勉：人生总是会面临各种遭遇，会有得意、失意，即使面对不义时，都要坦然接受，更重要的是，人活在世界上，要把关注的重点，由外在转向内在，因为人生终究会结束。真正的生命不是走向死亡的生命，而是走向善的生命。

"活出自己"，这与我和朋友闲聊时总结自己 2013 年的"做好自己"有些近似，但境界无法相提并论。

关于工作。去年 10 月履职新的岗位后，因为分管的是原来熟悉的工作，加之碰到了好的机遇，一路下来，无惊无险。面对一些质疑和批评，我一方面照单接受，一方面扪心自问：如何更加努力做好自己？在一份剖析材料中，我找到了一些问题：和一线交流少了，关心少了，激情也少了；到基层尤其深入企业少了，朋友少了，感情也开始淡了。是呀，在这个城市的这个单位打拼了 14 年，经历了单位的兴衰荣辱和人员的更替，我深刻认识到：文化单位的生命力离不开团队的打造。如果我自以为是，抬高自己，贬低下属，团队的积极性如何发挥？如果不主动交流，用心关怀，团队的成长如何保证？如果不深入基层，闭门造车，创新的灵感从何而来？一路平和后面其实也存在一些隐忧。

关于生活。用一句歌词概括：结识新朋友，不忘老朋友。朋友要"过得旧"，也要相互欣赏。这一年，朋友们在各自的岗位上都顺风顺水，做文化的出书畅销，做企业的稳中求进，做项目的风生水起，做公务员的恪尽职守，都值得为之喝彩。和球友们每个星期几次的气排球和乒乓球是不可缺少的运动，在运动中交流了感情，锻炼了身体，获得了身心愉悦；这一年，参加了省直党校为期两个月的学习班，认识了一批新朋友。大学毕业20年后，有幸重温学生时代的美好感觉，只是觉得两个月太短，学习期满回到单位时还真难以适应。环顾四周，同学们的身影依稀还在眼前，不过经常性的聚会让这种美好的感觉持续升温。这一年，把儿子转学到汨罗老家就读，一方面让他知道自己的根在哪里，一方面和他奶奶相互有个照应。周末没有事情，我就会回到小城，看望母亲和儿子，与兄弟姐妹相聚。百善孝为先，工作在都市，周末生活在小城，孝悌忠信都能够有所顾及，这种方式也别有一番风味！

关于学习。这一年，学习因为一些事情有所放松。精神上的修炼比锻炼身体更加需要持之以恒。本来今年读书主攻的方向是哲学，但《资本论》放在办公室半年也没按阅读计划执行，幸好通过两个月的党校学习系统地补上了一课。第一本散文集原计划今年出版，但愿明年能够实现心愿。这本书选录的文章都是从大自然中感悟到的一些心得。庄子说：天地与我并生，而万物与我为一。如果通过精神修炼到此境界，自然不会计较俗世的得失与成败。

苏格拉底在临终时安慰朋友们："你们所埋葬的只是我的躯体，今后你们当一如往昔，按照你们所知最善的方式去生活。"余波荡漾，令人深思。

更新自我——感悟 2015

这是一段纠结的岁月，这是一种犹豫的坚守，这是一次负重的航程，2015 年打马而过，瞬息即逝。这一年，雾霾深重；这一年，事端频发；这一年，暗流汹涌；这一年，不变的是一切都在巨变。岁末年初，回望绝尘而去的那匹岁月之马，怅然若失之余，更多的是欣慰。

12 月 31 日，为了冲刺年度经营任务，上午 9 时，我从长沙出发，至灰汤再转战湘潭。在雾霾中穿行，一路绿灯，一路收获。下午 5 时许，分管工作尘埃落定：完成既定目标。在纸媒经营出现断崖式下落，当前经济持续下行的背景下，能够拿到这样的成绩单，一种获得感油然而生，用老祖宗的话来说，就是"于我心有戚戚焉！"

这几天，一直想写段文字来怀念过去的一年。如何界定这一个不可复制的年份，从琐琐碎碎的事情中寻找自我修炼的脉络，成了我新年伊始必做的功课。

我想到了一个关于鹰的故事：

鹰是世界上寿命最长的鸟类，它一生的年龄可达 70 岁。它在 40 岁时必须做出困难却重要的决定。因为这时，它的喙变得又长又弯，几乎碰到胸脯；它的爪子开始老化，无法有效地捕捉猎物；它的羽毛长得又浓又厚，翅膀变得十分沉重，使得飞翔十分吃力。此时的鹰只有两种选择：要么等死，要么经过一个十分痛苦的更新过程——150 天漫长的蜕变。它必须很努力地飞到山顶，在悬崖上筑巢，并停留在那里，不能飞翔。鹰首先用它的喙击打岩石，直到其完全脱落，然后静静地等待新的喙长出来。鹰会用新长出的喙把爪子上老化的趾甲一根一根拔掉，鲜血一滴一滴洒落。当新的趾甲长出来后，鹰便用新的趾甲把身上的羽毛一根一根拔掉。5个月以后，新的羽毛长出来了，鹰重新开始飞翔，重新再度过30年的岁月！

我们每个人都会成为那只面临选择的"鹰"：要么等死，要么更新！

已过不惑，身体开始走下坡路。如果不去持续加强锻炼，我们的各种器官就会老化；媒体变革剧烈，原来有限的知识跟不上时代的步伐。如果不及时充电，面对新任务会感到无能为力；更可怕的是观念的固化。如果不思进取，看摊守成，等待着我们的未来可以料想。身体如鹰的喙，需要我们不断磨炼；知识如鹰的爪，需要我们不断充电；观念如鹰的羽毛，需要我们不断更新。

2015年，我和我的家庭共同经历了一场艰难的重生。从10月中旬起，儿子先后两次手术历时44天。11月25日，在湘雅附一一间病房内，家人为生病的儿子提前四天过了一个特别的18岁生日。在第二次手术前一天过生日，目的是让儿子放松心情，祈祷手术成功，从此告别病痛。妻子当晚在QQ留言上写下了简单的三个字"重生日"。

儿子生病期间，我正在毛泽东文学院学习，单位也在开展"全省职工智跑大赛"的招商工作，当时工作、学习、生活需要兼顾，身心极度疲惫，这是一次大考验，也是最大的一次自我更新。10月30日，儿子第一次手术完成后不久，为了完成自己负责的招商工作，我把照顾儿子的事情全部委托给妻子及亲友，跑单位、搞协调，终于较为顺利地完成任务。11月7日深夜1点，在将报纸送到参赛队员入住的宾馆后，我绕道到大赛开幕式现场，想看看招商单位在现场的布展情况。一到现场我就发现其中一个单位名称出现重大错误，当即和广告公司负责人联系，当晚及时解决了问题。当返回住所时，已经凌晨4点钟了。第二天一早，我又赶往大赛现场，直到活动圆满收官。

我以为，更新自我的过程，离不开身心修炼。阅读写作，文明其精神；

以球会友，野蛮其体魄。2015年，我坚持阅读名家作品，建立自己写作的微信公众号，积极参加了省直工会组织的气排球、乒乓球比赛，每周保证两次运动，结识了一批志同道合、志趣相投的朋友。

学习上不断清零，不断更新，不让知识老化。2015年，在继续利用周末时间完成在职研究生学习的同时，于10月参加了毛泽东文学院为期20天的中青年作家研讨班学习。在"毛院"学习时碰到了几件"趣事"：毕业多年的大学同学成了老师；原来在企业听我新闻讲座的学生成了同学。大家有疑问：你是省级报刊的副社长，又有新闻副高职称，还来读什么书？我想，唐浩明先生在中青年作家研讨班开班仪式上鼓励大家的话"百战归来再读书"，可能是最好的解释吧。

2015年是我思维方式逐步成熟的一年。作为工会报刊媒体人，亦师亦友的前辈告诫我：要注重"三性"，即党性、理性、血性；面对纷繁的世间万物，要透过现象看本质，探本溯源，回答好"三个问题"，即"我是谁""我来自哪里""我到哪里去"；分析和理解问题，采用"三观"的方法：即宏观、中观、微观，避免以偏概全，尤其是不要钻死胡同。这"三个三"是套组合拳，使用得好可以解决工作上很多问题。

2015年，我积极参加社会活动，深入基层工会和企业，写了一批较有影响力的通讯报道。2015年，我成为湖南省慈善总会和湖南省作协的会员。慈善和写作，都是向善向美的社会工作，值得为之奉献自己的微薄之力。

著名经济学家许小年教授在柏林访学期间谈到读书问题时指出：当今世界瞬息万变，资讯信息珠沙混杂，置身于其中，很容易不知何去何从，迷惑彷徨。各位利用好在德求学的宝贵时光，拔身出流俗言行，潜心入经典著作，练成思想上的分析能力，铸就心灵中的"定海神针"。有了这份积累，以后出来任事，自然会展现出与众不同的定力和智慧，任尔世间东西南北风，都能为自己打造一片安身立命的稳固基地。我把这段话作为我的2015年的结语，也把它作为新一年的序曲。

精神盘点

岁末年初，我们忙着总结各自一年的工作成绩，但我觉得，更需要盘点的是人的精神层面的东西。

从2008年的第一场雪开始，今年注定成为这个时代很不平凡的一年。百年难遇的雨雪冰冻天气冻结了整个南中国，四川汶川8.0级大地震震痛了中国人的神经，奶粉里的三聚氰胺侵害了无数婴儿的健康，美国的次贷危机蔓延全球让无数工人失去了职业。天灾人祸带给一个民族深重的灾难，而北京奥运、"神七"问天又带给中华民族无比的自豪感。悲喜之间，触发的是对爱与责任的呼唤。

一个民族是如此，一个国家是如此，具体到我们每个人又何尝不是如此呢？乐极生悲，否极泰来。悲与喜的转化之间，考量的是人性的回归或匮乏。只有伤害，才会割裂人们信任的纽带。小布什在伊拉克遭受"鞋弹"，陈水扁面临牢狱之灾，都是因为受到伤害的人们情感上的不认可或法律的不容忍。

我们都生活在人群当中，如何处理与上级、同事、朋友、亲戚、家人、恋人的关系，是一门需要感悟的艺术。处理好了，我们才能快乐工作、快乐生活，否则，我们的内心就需要救赎。有人说，生活的悲剧不在于人群里没有爱，而在于自诩相爱的人却彼此伤害。由于伤害，上下级政令不畅，同事反目成仇，亲戚朋友远离，恋人形同陌路。

只有爱与责任才是处理好这些关系的不二法门。一个领导，只有顾及员工最基本的生存权和单位的持续发展，才会得到职工的拥戴，否则，座位就会岌岌乎殆哉；一个职员，如果只顾及自己的利益，淡漠整体的利益甚至侵犯别人的利益，和谐相处就只是空谈；一个恋爱中的人，如果只是想着占有，而不顾及对方的未来，天长地久就纯属妄想。

电视剧《潜伏》中的一句台词——"有一种失败叫作占领，有一种胜利叫作撤退"，也许能够给官场、职场和情场的人们以启示。

静心生慧——读谷良《静心》

　　长沙近两个月的高温已经远远突破了 62 年来连续高温 23 天的纪录。从清晨到傍晚，明晃晃的太阳似乎在向这片土地炫耀着它的威权，大多数人开始躁动不安，不知道这样的日子何时是一个尽头。也许，更可怕的是，即使躲进凉爽的空调房内，有些人的精神心田已经干枯、开裂。自认为有度、淡定的我，也似乎容不下一张平静的书桌，很久没有用文字进行精神的耕耘了！直到癸巳年夏天的一个周末，和湖南广电旗下《芒果画报》《金鹰报》和《法制周报》掌门人谷良兄的面对面，才让我有一种久旱逢甘霖的感觉。

　　按约好的时间，在盛夏的午后，我叩响了谷良兄办公室的门扉。几年未见，他风采依然，干练而稳重，温和而机智。谈及他的博客，他的两报一刊以及他策划的系列活动，他很谦逊：纸媒竞争很激烈，不得不想一些办法，算是搭建了一个构架，做了一些尝试，在市场上有了一定影响。现在两报一刊都有执行总编辑，自己的主要精力是把方向、搞协调、参加活动。工作之余，写作、聚会和踢足球就是生活的重要组成部分。得知我在分管报社经营工作，他告诉我，这是一个很有挑战、很有成就感的工作，但什么事情都要看淡些，懂得放下，不可偏执。临走前，他送了我一本他新近出版的新书《静心》，并在扉页上工整地写下四个字：静心生慧。

　　利用休息的两天时间，我把《静心》里六十多篇文章浏览了一遍，其中大多是在他办的《芒果画报》上作卷首语用的。我为谷良兄文章中的才气和哲理叹服的同时，也为其报人风骨和智慧人生所打动。

新书的开篇之作《让价值观的光芒照亮人心》先声夺人，才情迸发。面对所谓"世界末日"，他如此表述："我相信，人类真正的末日一定不是来自任何外在的力量，而是来自我们的贪婪、嗔恨和愚痴。只有当我们失去灵魂的信仰和理想，失去心灵的方向和目标，失去道德的标准和尺寸，我们才走向了永无退路的世界末日。""让价值观的光芒照亮人心"也成了《静心》全书最好的注脚。

新书对"幸福"和"快乐"也诠释得如此独特，充满思辨的光芒。"其实，幸福就在我们的指端。""真正的幸福感不是回忆，也不是希望。幸福就是此时此刻此念的现在进行时。"而"快乐"呢，他认为："成功真的那么重要吗？如果我们没有底线、原则和理性，如果我们失去健康、平安和快乐，我们要成功干什么？所以，快乐便是最大的成功。"

多年来，经过岁月的打磨和洗礼，谷良兄的报人风骨跃然纸上。在《敬畏工作是一件神圣的事》一文中，他感慨道："从事传媒工作已经十多年，我最大的快乐便是和身居一线的记者编辑们探讨业务问题，现在报社每月一次的采编研讨会，就是真正难得的思想大激荡。这些年，我在电视和纸媒培养了一批批优秀的深度报道记者。最让我欣慰的便是他们身上流淌着的永不变质的新闻理想和绝对纯粹的职业精神。"

和谷良兄的这次面对面，给我印象最深的莫过于他对世事的洞明和对社会的担当。毕业于中南大学、早年怀"书生报国"之志，致力于西方哲学研究的谷良兄，在经过多年新闻实践后，目睹人间万象与现实况味，渐慕中国传统文化，坚信儒释道是拯救中国乃至世界人心之根本。他以"慈悲与智慧"作为做人行事的支点，以"重塑与输出中国价值观"为己任，携各界力量共同发起"美学生活运动"，让中西智慧、美学艺术融入中国人的日常生活。在《静心》一书中，他倡导"享受当下的美丽""唤醒沉睡的善良""让诗意回归生命""青春：沉醉于理想之美""公益：让爱心行走世界"等，都是很好地吸收了古今中外的智慧所形成的论断。

我以为，"静心生慧"这四个字是智者的语言，是谷良兄在这个高温季节送给我的最好"良药"。他在新书中的《平静比高峰更美》一文中写道："心平则气和，心静则慧生。拥有一颗平静之心，自能感悟万物，通达天地，身心无碍，潇洒自在。"面对时令和世事的不可预见性，"大道至简"，这四个字直指我的心门，顿时让人灵魂开窍。在新书中的另外一篇文章《尽心、静心与净心》中，他提出"事事尽心，时时静心，处处净心"，"面对工作，我们尽心，就可以放下一切包袱；面对诱惑，我们净心，就可以获得身心自在；面对现实，我们静心，就能赢得无限智慧"。

俗话说得好，心静自然凉。面对高温"烤验"，唯有静心，我们的精神才不会懈怠，我们的智慧才不会枯竭，才能从容应对所有困境。这是我读谷良的《静心》最大的收获！

（原文发表于 2013 年 8 月 16 日《湖南工人报》悦读版）

心尖上的"舞动"

应该说，四十不惑，已经过了容易动情的年龄，却不想一次又一次被芒果台感动。

由于在大学接触过国标舞，平时也喜欢在舞池里神气一下，我和许多"粉丝"一样，成了芒果台"舞动奇迹"的最忠实的观众。

6月19日夜晚，"舞动奇迹"第三季的"一诺千金"组合的抒情舞把电影版的《山楂树之恋》搬上了舞台，震撼了现场观众、震撼了全体评委、震撼了电视机前的观众，濡湿了我的眼角，证实了"舞动奇迹"节目的神奇，书写了芒果台的传奇。

"一诺千金"组合的成员是来自北京的金晨和来自香港的黎诺懿。《山楂树之恋》抒情舞表演之前的VCR中，两人第一次穿上白衬衫解放裤，骑着自行车，肩并肩地在老式照相馆拍照，模仿电影里的一些镜头，寻找那个年代恋人的感觉。来自美国的编舞老师不断要求两人重复一些动作，要求必须像演电影一样。

抒情舞在梦幻般的布景和忧伤的旋律中开始了。一个是朴实无华的青春女子，一个是憨憨实实的香港影视剧演员，他们用眼神、用旋律、用肢体演绎了另外一个时代的一个生离死别的爱情故事，瞬间唤醒了许多人沉睡已久的青春记忆。

表演接近尾声，几乎所有的观众都站立起来为之鼓掌，评委们眼泛泪光。评委、著名主持人戴军毫不掩饰自己对作品的钟爱：这个节目是可以上央视春晚的，舞蹈都踩着心尖上。

评委、著名舞蹈家沈培艺评价说：这段舞蹈扣人心弦，纯洁如水。从一开始，演员从骑自行车生活化出场到最后结束，两人相互依偎地靠在树上，从头到尾，真的像一对天使一般诠释着爱情的纯洁、纯美、纯净。他们每一个动作、每一个技术包括双人舞的技术完成都极其专业、精准；他们相互之间的情感表达，非常干净，像清净如镜的湖水。作品有两重功效：一重是让我们认出了曾经的自我，另外一重是荡涤一切的污秽。大家都会被深深感动。从这个作品可以折射出美、善的光芒！

评委、《舞动奇迹》第三季制片人杨扬更是把这个作品点评为是比赛以来最好、最喜欢、最感动的一支舞蹈。四位评委慷慨给予四个 10 分。

作为一个媒体人，这个作品也让我心灵悸动：是什么力量让全球数以亿计的观众在同一时间锁定这个频道，为之疯狂？为之痴迷？一个舞蹈类节目，电视湘军凭什么能够制造一个又一个奇迹？

这绝不是一个作品的成功，应该归功于整个创新团队的团队精神，归功于电视湘军的敢为人先，归功于电视湘军对于文化体制的不断创新。2009 年，为庆祝香港回归十周年，加强内地和香港的文化交流与文艺合作，为融合内地、香港主流文化，营造同庆回归的喜庆氛围，湖南卫视引进英国 BBC 电视台火遍全球的 "strictly come dancing" 的节目模式，进行本土化改造，诞生了 "舞动奇迹" 这个创新的节目。该节目也是中国内地电视台第一次引进英国舞蹈节目版权，今年是 "舞动奇迹" 第三季。

我在含泪为抒情舞《山楂树之恋》忘情鼓掌的同时，也把掌声送给我们需要仰视的电视湘军！

（原文发表于 2011 年 6 月 29 日《湖南工人报》娱乐版）

也谈身家

长沙的高温像一颗贪得无厌的心，好像没有止境。股市和房市似乎也和天气一道开始升温，不知会影响多少人的身家。

前几天，我在一个企业采访，碰到了一位上市公司的高管。他惋惜地告诉我，要是我当时留在这个企业，也该是一个千万富翁了。千万富翁，这样的一个身家与我现在的文化打工者的身份似乎相隔甚远，但有关十年前的一次人生选择的记忆的闸门，却被不经意打开，一些遥远的人事被拉近到眼前。

应该是 1999 年的事情了。我任职的大型国有企业的经营江河日下，山雨欲来风满楼，人心思走。当时唯一的念头就是，趁这头巨象还未倒下，奔自己的生计去。可是我一介书生，并无一技之长，要找一个谋生之处，似乎也并不容易。不过凭着大型企业宣传科长的招牌和工作几年来在各大报刊发表几百篇稿件的剪贴本，我几乎同时叩开了一家新闻单位和一家民营企业的大门。当时经过本地的一家超市老总的面试后，我被录用为该公司的企划经理。如果说能够在这家超市立足到现在，也许还真能拼个高管，公司上市后，身家若何，想起来似乎很有韵味。事情总是这样，带有一种戏剧性，由于自己的一个选择、一个转身，就与千万富翁擦肩而过。也许是文化人的一种偏爱，才在这家超市上了一天班，当一家省级报刊单位向我伸出橄榄枝的时候，我义无反顾地离开了这家超市。接替企划经理位置的刚好就是那位替我惋惜的仁兄，他由企划经理一步步做到了企业高管，现在身家已是几千万了。不过，当好心的高管为我感叹的时候，我倒很坦然，因为我知道，人人都有自己的价值观，我也有属于自己的"身家"。

其实，这是个很浮躁的社会。争名于朝，逐利于市，成为人们的常态。我不反对人们通过自己的劳动和智慧去博取功名利禄，只是不认同一些投机取巧、走终南捷径的行径。一些人为了提升自己的身家，依傍大款，投怀送抱，巴结权贵，狐假虎威，炒作名家，借机上位，可能会换来半世浮华，最终却令自己落得个心智不全的毛病，成为日后人们的一个笑谈。我信奉一个做实业的朋友的观点：尊重权力但不谄媚，追求事业上的共振。尊重利益但无贪欲，追求精神上的自由。这也许是芸芸众生很难企及的，但我把它作为目标。

以文化打工者来定位自己，自我感觉非常到位。关于文化，古人这样说，观乎人文，以化成天下。如此看来，为文化打工还是蛮有意义的事情。老祖宗还说了，达则兼济天下，穷则独善其身。文化打工者这样的身家不像那些明码标价的什么百万富翁、千万富翁，也不像那些等级森严的什么处级、科级。这样的身家像一块玉，没有价值可以衡量，不成器的时候，有雕琢的空间；一旦成形，就可以珍藏在人们心里；也像一坛老酒，历久弥香，虽然会被长久地窖藏在一个被人遗忘的角落，可是一旦启封，芬芳四溢。那些金钱、地位、名气，虽然没必要把其视为粪土，但也只不过是过眼云烟，瞬息即逝。

最后，套用一句广告语：我的身家我做主。屏声静气，修炼自我，给处在高温环境的自己警示一下、降一下温，不觉有点凉爽的感觉。

当资本叩门，请尊重企业家精神

2016 年 6 月 27 日，万科召开股东大会，回应了最近闹得满城风雨的万科重组风波，以及宝能提议罢免王石等热点问题。"凤凰财经"微信公众号推出《王石是否被罢免？12 个问题读懂真相！》一文，回顾了刀光剑影的万科股东大会现场，12 个问题揭秘万科股权之争背后的真相。文章最后搞了一项调查，问了三个问题：1. 宝能提议罢免王石以及万科管理层和董事，你是否支持？2. 你认为王石是不是万科发展不可或缺的人物？3. 宝能华润和王石，你支持谁？

三个问题都是单选，非此即彼。截至 23 点 20 分，调查结果显示：支持宝能提议罢免的占比为 35%，不支持的占 64%；认为王石是万科不可或缺的人物占比 54%，否定的占比 45%；支持宝能华润的占比为 37%，支持王石的占比为 62%。从这个调查结果看，大多数人和笔者观点一致，把支持票投给了王石一方。这应该是对中国企业家的肯定，对中国职业经理人的鼓励，也是对中国企业家精神的点赞！

《中国企业家》杂志社副总编辑万建民认为，企业家精神比资本更重要。他在文中指出，不少国家的资本市场，建立了相应的制度，来保护创始人对股权分散的公司拥有一定的控制权。而在中国，资本市场还没有建立类似的制度。相反，普遍存在的一股独大还是 A 股诸多问题的根源所在。股权分散的万科，若因此而遭到伤害，实在是一个悲剧。

对于为什么要保护创始人对公司有一定的控制权这个问题，万建民认为原因有二：其一，一家优秀的公司，其取得成功的关键，不是资本，而是创始人的梦想和远见，以及由此而建立的价值观和文化体系；其二，资本本身并不创造价值，使用资本的人——企业家才创造价值。

在回答为什么企业家精神比资本更重要时，他认为：资本逐利，代表的是现实主义、利己主义，企业家天生具有冒险、创新的理想主义精神，两者具有重合之处——冒险和创新能带来利益。但当两者发生冲突之时，我们对企业家精神应该予以更多的尊重和保护。

具体到万科这个实业，王石和他的管理团队才配得上企业家这个称号，华润是央企，宝能系是险资，傅育宁在华润是企业管理者，姚振华在宝能系也有实业，但在万科，他们只能算是资本的代言者。媒体人秦朔发文形容两者的关系，十分形象而贴切：四天前，"宝万之争"已正式演绎为"万宝华之争"。而傅育宁和姚振华，原本成色不同、纹路不同的两双手，紧紧握在一起，成为万科经理人难以逾越的屏障。

第一大股东和第二大股东貌似联手"做掉王石"，企业家和资本的博弈究竟结局如何？我们仍然在渴盼一个圆满的结果。秦朔也呼吁："我的立场一以贯之，还是回到商业文明和企业家精神。"他希望，站在商业文明的立场，能够回到对企业家精神的尊重和弘扬。企业家精神是商业文明得以实现的关键因素。金融资本的运用，只有建立在与企业家为友的基础上，才是合宜的。

有人认为，其实，从今日来看，王石在万科所遭遇的这些"险恶"和珠穆朗玛峰的天气瞬息万变的险恶相比，不值一提。2010年5月22日，60岁的王石再次登顶珠峰，刷新国内最年长者登顶珠峰的纪录。也许，昨日的"劳其筋骨"正是为了应对今日的险境。应对危机，冒险和创新，这是企业家精神的应有之义，也是企业家的一种宿命。

万科重组风波虽然已经落下帷幕，但在"大众创业、万众创新"的时代大背景下，我们还得倡议：当嗜血的资本叩门时，请尊重实体经济，请尊重企业家精神！

致我们终将逝去的青春

世界卫生组织的新标准：年龄44岁以下为青年人，45岁至59岁为中年人，60岁以上为老年人。按照这个标准，20世纪70年代出生的我即将跨入人生的下一个驿站。何以告别我们的青春，向美好的年华挥手致意，从容地面对人到中年的现实，是我一直在思索的一个人生课题。2013年5月，注定成为我人生时光隧道里的一道的"分水岭"，让我在这个时段可以用几个标志性事件去致那终将逝去的青春。一场电影、一次培训、一场葬礼、一次聚会、一次体检，"五个一"不间断地为我的青春送行。

电影《致我们终将逝去的青春》无疑是这次青春告别仪式的"开幕式"。5月中旬的一个周末，我突然心血来潮，拖着夫人一道奔向湖南大剧院，花了近两个小时观看了这部电影。影片虽然以"80后"为原型，但我还是看到了"70后"的一些影子。电影中，童话的梦幻与想象，青春的悸动与张扬，爱情的美好与感伤，现实的无奈与苍凉，共同交织构成了一则青春残酷物语。这部影片告诉中年的我们，心怀温暖，直面残酷。我们将让幻想"落地"，由张扬转向内敛，由感性转向理性，由稚嫩转向成熟。

参加为期五天的省直机关廉政教育培训班，无疑是我告别青春前夕收到的一份"大礼"。这次培训既有开班时省直两位领导的语重心长，又有专家学者的睿智见解；既有警示教育基地的现场说法，又有电教片教学的与众不同。时间虽短，但对我来说，这五天，让我受益匪浅，极具意义。

尤其是在长沙监狱，看到那么多位居高位的领导干部"前腐后继"，让人警醒。这些反面教材告诫我们，市场经济大环境下，信仰和法治意识的缺失，将给个人、家庭、组织和社会带来无可挽回的危害。通过这次培训，我不仅系统地接受了一次党风廉政教育，而且坚定了自己的理想信念，加强了党性修养。这是对青春的最好告别，是步入中年前思想上的一次洗礼，成为我下一个旅程的"加油站"。

乡下大伯母的葬礼办得很热闹。老家四面环水，是个小洲。踏在故乡的田垄上，泥土松软，禾苗青青；唢呐声声，鼓乐齐鸣；火炮震耳，哀声遍野。一支发关的队伍手持纸人、纸马正在绕村一周，村民们在自家门前燃放鞭炮，祭奠村里的这位长者。大伯母静静地躺在水晶棺里，灵堂前一幅"芳型永固，仙赴瑶池"的对联，寄托了后人对先人离世后的祝愿。子孙侄辈们从外地赶回，和老人遗体做最后的告别。一场葬礼成为中国乡土文化的一个展示平台，大家在这里寄托哀思，也在这里分享生活体验；大家在这里传承孝道，也在这里家长里短。我们都会由年少变年长，直至慢慢变老，如何学会面对死亡，如何传承文明，乡村葬礼是一本生动的教科书。

大学同学毕业 20 周年聚会在岳阳如期举行，多少让人感叹韶光易逝、青春不再。母校中那栋熟悉而又陌生的教学楼已经人去楼空，一把挂锁把我们隔离开来，也把那些青春往事尘封在时空的烟云之中。20 年已经改变了我们的容颜，有的已经大腹便便，有的白发爬上了额头；但 20 年也磨砺了我们的意志，有的正踌躇满志，用这次聚会告别青春，准备重新出发。

今年的医院体检对我的身体亮起了"红灯"，口腔科医生善意忠告，槟榔吃多了影响口腔健康。她在表格上郑重签上三个大字：戒槟榔。B 超则检查出胆囊结石病情，让人感觉到隐患的存在。其他没有大碍，这得益于坚持不懈的锻炼。生命在于运动，我是一个忠实的践行者。这次体检让我重新审视和完善自己的健康观，幸甚！

为青春作一个注脚

—— 序陈默则的《青春的八个瞬间》

青春如何诠释，如何描绘？每个时代的文学青年都有不同的答案。陈默则的小说《青春的八个瞬间》为"80后"这一代人的青春作了一个注脚。他们在享受时代的文明成果时，也同时在啜饮着迷惘和孤独，体味着完美和缺憾，坚持着梦想和方向。

于是，在青春的第一个瞬间，女主人公从容为了追求完美的爱情，像云一样坚持自己随风的方向，用自己的终结去成就别人的完美。这是一个凝重的瞬间，也是一种凝重的青春。说实在话，我当时困惑于作者这种终结的意图。我觉得，青春以这样的方式谢幕，虽体现个性，但有点灰暗。

读完"八个瞬间"后，我最后理解了作者的这种安排。

小说采用双主人公的方式，把从容和列当两个女孩追梦作为全书线索。从容的梦想就是坚持编故事，即使面对残缺的家庭、繁重的学业，她也曾独自在清寂里朝着她的梦想之路前进，而列当的梦想则是画画。

从容的梦想没能挽留住她匆匆走向天堂的脚步，但列当把希望留到了最后。列当的人生梦想同样受到阻隔，在学校她被安排到最后一排，报考美术学院也因一场急病而告吹。生命中理当知道，成长不可能没有缺憾，梦想没有彼岸，只有永远的征程，包括人生理想还有爱情。

我很欣赏陈默则为我们定格了他们这一代人青春的八个瞬间，但更欣慰她为我们描绘了列当一直走在追求梦想道路上的这幅肖像。

山水情，劳动美

—— 读乔雪苞诗集《倾情山水》

我算不上诗人，充其量是一个诗歌爱好者。青葱少年时开始练笔，学习写诗，大学里被同窗誉为"校园诗人"，也写过一些作品。人到中年后却感到灵感枯竭，很难写出一些像样的诗行。我一直纳闷：诗歌为什么离我越来越远？直到读到乔雪苞的诗集《倾情山水》，我才领悟到：山水是诗歌的故乡，劳动是诗歌的源泉。远离了山水，远离了劳作，也就远离了诗歌。

乔雪苞，河南洛阳孟津人士，1989 年从西安理工大学毕业后分配至凤滩水力发电厂工作。二十余年，他与水电作伴，以山水为邻，一边从事水电调度工作，一边诗情喷发，笔耕不止，书写山水情，描绘劳动美！

和乔雪苞相识于我在电厂的一次新闻业务交流。电厂的朋友介绍，他叫"乔老爷"，是电厂的才子。当时还不知道他的名字。后来他通过 QQ 发了两首诗歌给我，才知道他的外号和本名"对比度"太大，一个豪放，一个婉约。那两首诗歌在我印象中比较直白。我一直认为，诗歌应该追求文字的优美和意境的深邃，他的那两首诗歌和我心中的标准相距甚远。

前些日子，乔雪苞打来电话，要我看看他的诗作。读完电子版《倾情山水》诗集，我改变了对诗歌的理解和对作者的偏见。我被其文字的质朴和执着所震撼。

诗集共分十个章节，作者把二十余年的精神冶炼、心路历程、劳动礼赞、工余生活、情感流露、旅途感悟等通过诗歌的形式表达出来；而多数诗歌的创作灵感却来源于身边的山水与事物。山水是静默的,在乔雪苞的笔中却是如此多娇;劳动是枯燥的,却成为作者眼中美不胜收的风景。

"大坝如裙/溢洪道是裙边上的网眼/坝面上的栏杆/是密缝的皱褶/点缀着四季的心情"——《凤滩水电站》。

也许有人认为诗歌在现代物质社会里已经没有用处,而乔雪苞却乐在山水,立足岗位,在诗歌里为我们提供想象和创造的空间。雷锋精神与太阳的光彩,内退劳模亮丽的光芒,北风中劳作的儿子与牵挂的母亲,班车上欢乐的职工,远处的风景,身处异乡的思念,乃至身边冰冷的设备,都为我们留下了人性的温暖与激情。

"韶山的阳光/光芒万丈/它是幸福赐予我们的诗歌/那耀眼的太阳/就是大地的诗眼"——《韶山的阳光》。

文学艺术起源于生产劳动。原始人在集体劳动的过程中,由于筋力的张弛和工具运用的配合,自然地发出劳动的呼声。这种呼声产生了节奏,从而也成为诗歌韵律的起源。乔雪苞身处调度岗位,却倾情山间明月、水上清风,工作和生活于是变得诗意化。调度、泄流、挖潜、抢修等工作让他产生太多感触、太多遐想、太多期待;家属区、散步者、桂花树、中秋月、小感冒都成为他动笔抒情的理由。诗意地活着,这是一般人都奢求不到的,他在《调度室》里这样写道:"流水在花季/调试琴弦/拂醒天光和水色/也唤醒我一库春梦。"

我在工厂工作了5年,对火热的工厂生活很有感情,常常想重温那段时光。乔雪苞的诗歌把我带回到那段岁月,让我也有一种走进工厂、亲近山水的冲动。

德国诗人荷尔德林曾这么问自己:在这贫乏的时代,诗人能做什么?哲学家海德格尔代为回答说,诗人可以使我们诗意地栖息在这个世界上。但愿有更多的像乔雪苞一样的工厂诗人脱颖而出,永远保持一颗诗心,为企业发展和社会进步聚集正能量!

(原文发表于2013年6月21日《湖南工人报》文艺版)

踏光前行，温暖奔赴

——2023 新年献词

时间不语，因为坚守，却给出了所有的答案；初心清澈，因为热爱，却结出了丰硕的果实。2022 年白驹过隙渐成历史，2023 年玉兔报春即将翻开新篇。

回眸 2022 年，我们步履坚定，365 个日日夜夜，我们破浪而行。有太多感怀的时刻值得铭记，有太多重大的事件动人心弦，有太多骄人的业绩令人振奋。

过去的一年，我们一起回望昂扬中国的非凡十年。无数人从平凡到不凡，用双手创造美好，用劳动创造荣光。党的二十大胜利召开，成为一束巨大的光，为新时代、新征程、新伟业指明了前进方向。

过去的一年，我们一起分享北京冬奥会的精彩绝伦。浏阳烟花点亮开幕之夜、湖南泵车变身"天眼"承担拍摄任务、湘企助力圣火点燃和提供颁奖舞台显示设备支持……湖南企业刷屏冬奥会，带给世界的浪漫闪耀着湖南职工的印记。

过去的一年，我们一起见证中国航天的"超级大年"。神舟飞天、夸父追日、墨子传信、天宫入轨……一个个重大航天项目带给了国人无数的惊喜和浪漫。

过去的一年，我们一起迎接首届大国工匠论坛落户湖南。首办即出彩，这是一场思想碰撞的高峰对话——56 名大国工匠聚集长沙论道工匠精神；这是一次湖湘工匠的集中检阅——首届湖湘劳模工匠创新成果展亮点频闪；这是一组饱含创意的立体宣传——主题灯光秀、大国工匠主题地铁专列，成为展示新时代奋斗者的一道专属风景线。艾爱国、易冉获评"大国工匠"称号，实现我省大国工匠零的突破。

过去的一年，湖南新增新就业形态工会会员6.1万名，他们以梦想为帆，在新赛道上执着奔跑；《湖南省工会劳动法律监督条例》的出台，重点关注新业态劳动者，切实保障了他们的合法权益。建成工会户外劳动者服务站点4000余个，为环卫工、快递员、外卖员等户外劳动者营造了温馨港湾。

过去的一年，封控与放开、重启与复苏、悲伤与喜悦、遗憾与希望，普通劳动者的生活与百年变局和世纪疫情连接起来。"新十条"告别了"核酸时代"和行程码，抛开所有情感的纠缠与交织，让我们和过去的一年道个别吧：2022年，再见！

新时代是奋斗者的时代，新时代给亿万奋斗者开辟了广阔新天地。人人都能奋斗成才，人人都能有人生出彩的机会。我们当胸怀"国之大者"，以技能报国、奋斗报国，靠劳动创造幸福，用奋斗成就伟业。

2023年，每一个努力的人，都会成为一束光。你且踏光前行，我定朝暮以待；你且追梦奋斗，我必温暖奔赴。

亲爱的读者，因为有你，所以我在！这是我们不变的承诺。唯有清澈的爱，才有穿越风雨的力量。新的一年，祝大家新年快乐！

（原文发表于2022年12月31日《湖南工人报》头版）

湖湘风流

他们的诗和远方

高原和戈壁也阻隔不住远行

到天堂去放牧

即你的诗和远方 　　　　　　　　　　　　——题记

五月江南，疫情的阴霾还未散尽。

初夏清晨，斜飞的细雨打湿了征途。

"欢迎您乘坐本次航班，在疫情防控新形势下，你们无惧困难风险，远离亲人、朋友，怀着一颗奉献、服务边疆发展的赤诚之心，毅然奔向雪域高原，在此，向你们表示深深的敬意与感激！"

"湖南援藏，加油！"一声又一声清丽而铿锵的祝福荡漾在黄花机场上空。

带着各级领导的殷切嘱托，载着湖湘人民的深情厚谊，50名湖南省第八批专业技术人才短期援藏工作队（以下简称"湖南省第八批短援队"）的队员奔赴西藏山南，踏上5个月短期援藏的人生旅途。

湖南省第八批短援队选派50名专业技术人才按照对口援助的原则，由长沙、株洲、岳阳、常德以及湖南省直相关单位进行选派，包括医疗卫生、文教立法、建设环保、党建媒体宣传、农林牧等各类人才，分别对口支援山南市贡嘎县、扎囊县、桑日县、隆子县、市直等有关单位。

短短5个月时间，他们在雪域高原，交出了一份份美丽的答卷……

01 再度请缨

九月下旬的拉萨机场，下午的阳光正好。

湖南省第八批短援队队长谢复兴站在机场出口，正在等待我们的到来。

谢复兴，湖南城建职业技术学院教师。他曾于 2019 年 5 月至 11 月作为湖南省第七批短期援藏专业技术人员对口帮扶西藏山南二职，因成绩突出，表现优异，荣获湖南援藏纪念章和荣誉证书。2020 年 5 月，谢复兴再度请缨参与援藏工作，并被省人社厅选任为短援队队长。

谢队长有着书生的儒雅、棕褐色的皮肤、三七分的发型，高度近视镜片下投射出深邃的目光，但他看起来有点疲倦。高原缺氧，让他的睡眠质量一直不高，加之前几天带领和指导山南二职三个专业师生团队刚刚参加完全区创业大赛决赛，前前后后花费不少心血，消耗了不少精力。

相比第一次，第二次援藏工作对谢复兴提出了更高的要求：不仅需要对山南二职建筑装饰实训室、建筑施工实训室等进行设计改造，还需要对新进教师进行"传帮带"，指导和培训学生参加中国大学生创业大赛、全国职业院校技能大赛。

昏暗的灯光，一支笔、一个本子陪伴着谢复兴在山南二职的每一个夜晚。300 多张实训室设计图纸、100 余项预算核查清单，在他笔下一一变得清晰明了，重点实训室的改造工作如期完成。

与此同时，谢复兴为参加全区创业大赛制订了培训计划，组织了一系列校内选拔活动，对老师和学生进行同步训练。经过一路比拼，终于迎来了好消息—— 入围中国大学生创业大赛西藏自治区决赛，并历史性进入全国总决赛；建筑装饰专业竞赛团队入围全国职业技能大赛全国总决赛。

除了本职工作，谢复兴还肩负一项艰巨的任务—— 带好本次援藏的湖南省第八批专业技术人才短期援藏工作队。队伍出发前一天，谢复兴挨个儿给其他队员打电话嘱咐注意事项，把所有可能出现的问题用笔写下来，一个一个厘清思路，整整一晚上基本没合眼。为了更好地开展援藏工作，谢复兴先后带领相关队员到贡嘎、扎囊、桑日、隆子四县调研，解决、协调各县短援队员在工作和生活中遇到的实际困难，指导队员们根据自己的特长结合各县实际情况，全面铺开援藏工作。由于身心过于劳累，进藏不久，谢复兴就瘦了10多斤。

山南二职党委书记田凤元与我们谈及谢复兴援藏故事时感慨：谢老师抛家舍业，两次来到山南，发挥了出色的作用。校长扎西罗布评价：无论是在学校人才培养方案的修订上，还是在学校专业建设上，谢老师功不可没！他做的工作太多了，既要帮扶修订培养方案，又要牵头实验室设计改造，既要指导新进教师，又要培训竞赛学生。有了谢老师，我们心里就有底气！分管教学的副校长黄家生有时吃饭都拉上谢老师，抓住一切机会向他请教教学管理上的事情。

02 高原播"种"

温暖的阳光抚摸着迷人的雅砻大地，淳朴的藏族同胞洋溢着收获的喜悦，金秋八月，山南进入了收获的季节。

2020年8月19日，山南市农科所试验地里迎来了一批特殊的客人，参加山南市"三秋"工作暨青稞增产工作现场推进会议的近80位代表，观摩了"薹饲"两用油菜栽培试验田。

参会代表品尝了刚从地里采摘的油菜薹后，发出一连串问题："这个可以吃吗？""味道怎么样？""这菜薹怎么这么甜？""是什么品种？""怎么种植的？"湖南第八批短援队队员李志清一一做山解答，参会代表听后纷纷竖起大拇指。

5月7日进藏，李志清就选用湖南省农科院作物研究所选育的"沣油958"，带过来5公斤油菜种子。5月19日播种，采用直播，株行距30×25厘米。7月14日开始采摘，播种面积0.1亩。截至8月19日，采摘油菜薹已达到50公斤。按照2.5元/公斤计算，亩产值达到5000元，与只收菜籽的传统做法相比，经济效益成倍增加。另外，菜薹采收完后，还可以收一季做青饲料，弥补高原养殖青饲料短缺。

随着油菜育种技术的提高，双低油菜品种逐步得到认可和广泛推广，油菜薹的品质日渐提升。"油菜不仅可以收菜籽，同时，通过卖菜薹增加种植农户的收入，丰富山南高原蔬菜种类，还可以进行多功能开发，有观赏价值！"李志清面对我们的问询，信心满满。

此外，援藏农业小组开始进行蔬菜种植调研，了解山南大棚种植情况，针对琼结县拉玉乡白那村光伏大棚蔬菜种植提出建设性意见，并为其赠送木耳菜、生菜、香菜等八个种类的蔬菜种子。

为表示对湖南第八批短援队李志清、王桂文两位队员的感谢，白那村村委会为他们赠送了锦旗，锦旗上书写着"情系百姓，鱼水相依"八个大字。

和李志清一样在高原上播撒"种子"的人，还有湖南省第八批短援队队员伍国强。

伍国强曾是解放军驻藏部队的一名军人。怀揣着对藏地藏民的满腔热爱，退役后他作为湖南省援藏干部先后五次进藏，提供疫病防控技术，开展专业养蜂产业技术培训，带领贫困群众开创出一项"甜蜜的事业"，被当地群众亲切地称为"好兄弟"。

湖南省第八批短援队高原播"种"的故事还有很多：队员陈戈刚到桑日，就一头扎进葡萄产业园，带领园管人员修整架面、抹芽定梢、摘心绑蔓，清理葡萄园区面积1900余亩，开启了当地休闲农业与乡村旅游观光农业的发展新篇章；队员刘依平全力协助隆子地方特色名品藏香猪的产业发展，从疾病防控、栏舍建设、饲喂管理等方面提出了科学合理的改进方案，同时全力以赴参与斗玉乡两个黑木耳大棚基地的建设，为隆子的乡村产业打造新的发展通道……

03 文润雅砻

山南古称"雅砻"，白云环绕，苍山巍峨，雅鲁藏布江犹如一条洁白的哈达蜿蜒于丛山之中。

山南被誉为"藏文化的发祥地"，有着西藏第一座宫殿、第一座寺庙、第一块农田等西藏诸多"第一"，创造了独具魅力的雅砻文化。自2016年起，湖北、湖南、安徽三个省份轮流与西藏山南市共同举办中国西藏雅砻文化节。9月10日，湖南省和西藏山南市联合举办了2020雅砻文化旅游节。

晚餐后，山南二职校长扎西罗布邀请我们到举办雅砻文化旅游节的现场——山南市体育馆参观。从建筑的户外广告中，我们依稀能看到一个月前举办的那场盛大节日留下的一些痕迹，夜幕下的山南市体育馆文化广场，华灯初上。随着音乐声起，人们在这里跳起了欢快的锅庄舞。置身于欢乐的人群中，你会由衷感慨：雅砻文化穿越时空，经久永流传！

推介和传播雅砻文化、促进文化的交流，湖南省第八批短援队就有这样一批文化援藏者！

黎波，湖南艺术职业学院副教授，毕业于鲁迅美术学院，武汉理工大学艺术硕士。他笑称，自己原来有一头飘逸的长发，一副艺术家做派。来援藏的第二个月，就明显感觉到一把把掉头发，后来干脆剪了个光头。在山南市旅发局工作，别人打趣：你在旅发局，可以到处旅游啊！

"其实不是这样的！我们下乡调研，一去就是几天。每次坐车都要六七个小时，有时晕车只好靠吸氧来对付。"黎波介绍，来山南后快速进入工作状态，积极参与"藏源山南·地球第三极""藏美之行·源起山南"等旅游项目，完成业务宣传、版面制作等工作。他用画笔来推介山南旅游，他的水彩作品从不同角度挖掘西藏之美，譬如青稞酒故乡——强钦村、西藏第一座宫殿——雍布拉康、垭口的古碉堡、藏戏第一村——

雅砻扎西雪巴以及藏民的望果节，都成了他笔下的风景。他在推文后面写道：恋恋山南，风光无限，还好，我用画笔记住了你！他的作品在当地旅游新媒体发布后，山南市旅发局科长美朵群宗发微信给他：老师，今天您出的作品真棒！我读了以后感觉到了真实，眼眶都湿润了，感谢您！

"我和波哥不同，他是用画笔推介山南，我是用镜头来记录！"在山南市委组织部组织二科（远程办）工作的短援队年轻队员周文在座谈会上接过话头。

周文来自长沙县融媒体中心，援藏到了组工系统，他当时有点迷茫：业务完全不搭界呀，怎么办？不过他很快发现了一个地方可以发挥他的特长：远程办可以拍摄和制作党教片呀！

周文把第一部专题片的拍摄对象锁定在五次援藏的短援队队员伍国强身上，拍摄制作电视专题片《五次援藏酿造甜蜜事业》。透过"小场景""小故事"，展示长沙援藏干部的"大情怀"。第一部专题片"一炮而红"，在共产党员网、先锋潮网站、长沙党建公众号等平台播出，总点击量突破10万，部分视频素材被中央电视台采用。

"第二部是拍摄了《玉麦，我永远的家乡》微党课，拍摄过程异常艰辛！也是人生最宝贵的一次经历！"周文一边讲述一边感慨。

玉麦，一个因桑杰曲巴和两个女儿卓嘎、央宗一家三人以牧代巡、坚守祖国边境的真实故事而感动全国人民的地方。

"去玉麦，其中一个小时车程伴随着悬崖落石，有的地方车子无法通行，人要手脚并用才能爬上去。这里大半年都在下雪，拍摄巡边路，一边端着摄像机，一边还得注意路况，有几次差点从坡上滚下去。拍了三天，后期剪辑了三四天，算是独立策划、拍摄并制作的一个作品。"周文补充道。

很快，周文收获了一份不错的"成绩单"：

继电视专题片《五次援藏酿造甜蜜事业》成为"爆款"后，两部微党课《克松的昨天、今天、明天》《玉麦，我永远的家乡》作为优秀作品被纳入西藏自治区党员教育资源库;完成制作党员教育片《听党话、跟党走》,同时加入藏汉双语字幕和配音,使视频内容更具亲和力和感染力;完成三个纪实片的拍摄与制作;撰写的反映湖南援藏工作的《雪域高原上的"蜜蜂王国"》一文,作为援藏典型材料被报送至《中国组织人事报》;摄影作品《氆氇编织》被《光明日报》采用。

"2020 雅砻文化旅游节"开幕式是由湖南卫视策划执行的,短援队队员陈焕增来自湖南卫视技术调度中心,5 月 7 日进藏后,他被安排至山南广播电视台开展援藏工作,也成为湖南卫视筹备文化旅游节开幕式的"先遣队员"。在陈焕增的陪同下,湖南卫视导演组在西藏山南区域行走4000 多公里,寻找优秀事迹、典型人物等素材;他还配合导演团队进行文化节方案策划,并制定文化节技术方案,为雅砻文化旅游节做好前期准备工作。

"2020 雅砻文化旅游节有很多短援队的元素,40 人合唱《奉献》,短援队就有 15 个人参加。"队长谢复兴很自豪地介绍,"节会上,一段 5 分钟的短片——《最美的答卷》让全场观众为之动容。出席开幕式的湖南省委副书记乌兰在观看短片时,几度热泪盈眶,掩面拭泪。我和短援队队员陈戈也在短片中出镜。"

陈戈在镜头里讲述,2017 年父亲得了脑出血,成了植物人。10 月,他赶回去的时候,父亲已经躺在病床上。他最想对家人说的是:爸爸我爱你,儿子没有尽到应尽的义务。

在 2020 雅砻文化旅游节开幕式期间,还活跃着一支志愿服务者团队,里面就有短援队队员刘琳娜的 19 岁女儿王紫叶。王紫叶就读于鲁迅美术学院,她利用假期到山南市旅发局开展志愿服务活动,文化旅游节开幕式召集志愿服务者,她也踊跃参与。其间,她协助导演组完成节目模式 PPT制作、VCR 拍摄、现场执行等工作。母女同为援藏使者的佳话,在湖南援藏工作队流传开来。

04 守护山南

湖南省第八批短援队一共有 23 名医疗人员，每位医疗队员坚持医者仁心，立志做山南人民健康的"守护者"，弥补了本地医疗人才缺失的短板，创造了一个又一个"生命禁区"的健康奇迹。

队员们以"师带徒"、学术讲座、技术培训等方式，使医疗援藏由"输血型"向"造血型"转变；毫无保留地将自身技能传授给当地医疗骨干，为山南市留下一支带不走的医疗队伍。他们按照"缺什么补什么"的问题导向，"师带徒"共 100 余人。

短援医疗队员累计开展全院性学术讲座 50 余次，科内小讲课 200 余次，操作带教培训 300 余次，并选派大批当地医院骨干前往湖南省跟班学习和进修培训。湖南省短援医疗队发扬时不我待的精神，共完成各类手术 300 余台，抢救重症患者 30 余名，接生新生婴儿 30 余例，实现多项零的突破，开创了高原医疗新局面。

来自湖南省人民医院心内四科的主治医师韩友建，进藏后援助山南市藏医医院。"来援藏的决定下得比较匆忙，组织上谈话后，几天时间就定下来了。主要是家里都比较支持，要我放心去，两个孩子和家里的事都不用管！"面对我们的采访，韩友建打开了话匣子。

为了让藏医医院的医生了解西医，韩友建在培训上下足了功夫：他自己去买了心脏模型和投影仪，为的是上课时大家方便，能够充分理解。

7 月中旬的一天晚上 8 点，已下班回家的韩友建在科室微信群收到值班医生发的一个心电图，同事在群里向他咨询一个病例。韩友建赶到医院，询问了病史，对病人进行了系列检查，发现病人心律失常。虽然用上了抗心律失常的药但无济于事，要做支架等手术又不具备条件。韩友建立即建议：马上转往拉萨市人民医院。他和同事带上病人的心电图，经过两个小时，把患者送往拉萨市人民医院急诊室，向急诊室医生进行了详细交代，并联系开通绿色通道，做了支架手术。手术非常成功，挽救了一条生命。

来自长沙市血液中心的罗孟卓，进藏后援助山南市中心血站。她参与新血站二期建设工程，协助完善成分科、实验室布局设计，对成分血制备、血液盘存相关流程进行优化和培训，编写血站应急预案，参与山南地区各医疗机构临床用血准入审核，并指导隆子县卫生服务中心和错那县卫生服务中心输血科建设……谈起专业，一脸清纯的罗孟卓娓娓道来。

座谈会结束，我们一起拍完合照。再次看到罗孟卓时，我和她聊了几句：

"结婚了吗？"

"回去结。"

"找对象了吗？"

"回去再去找！"

她满脸羞涩地回答着我的问题，然后快速跨上其他队员的摩托车后座，挥手告别后，很快离开了我的视线。

他们在守护着山南，却忽略了对家人的责任和个人的感情生活！

遗憾的是，我们采访到的只是湖南省第八批短援队的几个代表，有一些回长沙参加9月25日举行的2020雅砻文化旅游节湖南分会场活动的队员，还有奋斗在各个对口支援县的大多数队员，我们都未曾谋面。

10月30日，全体短援队员离开这片土地。

在我看来，的确，5个月是短暂的，但在人人都似乎有些矫情地念叨"诗和远方"的时候，他们却在尽最大的可能拓展自己人生价值的时空，并把它虔诚地贡献给雪域高原。

喔，那才是属于他们的诗和远方……

谦和朴诚 自写心照

——记工人书法家余奠邑先生

"年年磨砺不知忙,腕底春风送墨香。领略晋人余韵在,一支红杏出高墙。"这就是湘潭书法家余奠邑先生的真实写照。余奠邑,又名余郑,湖南汨罗人,现任中国兵器工业集团公司江麓机电集团有限公司党委副书记、工会主席,湖南省书法家协会会员,湘潭市书法家协会副主席。

朴实情操 精彩人生

路漫漫其修远兮,吾将上下而求索。余奠邑的书法艺术求学之路,漫长而曲折。1974年,高中毕业后的余奠邑作为知识青年被下放到湘潭市先锋农场学习。两年后,余奠邑被分配到原国营江麓机械厂做车间锻工。"锻工就是打铁的,作为高中生,我得去学点技术。"于是,余奠邑就找车间主任说明自己的想法,车间主任的回答是:"我们这里清华大学的毕业生都有,高中生不算什么!"他顿时语塞。

这时,车间支部书记刚好来了,见此情形,就给余奠邑出了一个题:出黑板报。"这不正是我的特长吗!"胸有成竹的余奠邑二话没说,拿着一白一彩两盒粉笔直奔车间宣传栏。两个小时后,书写整洁的黑板报让人眼前一亮。书记很高兴,立马同意把余奠邑调往钳工班工作,并负责车间黑板报宣传工作。一年后,余奠邑被调至厂团委,任宣传干事。1982年,勤奋好学的余奠邑通过成人高考,前往沈阳工业学院学习行政管理,学成之后回到工厂团委工作，工作之余，一直坚持练习书法，为日后书法艺术的蜕变夯实基础。

　　1986 年，书法热悄然兴起，书法专业的书籍大量涌现，余奠邑在吸收书法理论的同时，意识到自己多年的书法学习，属于单打独斗，很难进入艺术殿堂，于是，他利用业余时间报考了中国书法函授大学，得到湘潭著名书法家、西泠印社社员、中国书法家协会会员敖普安先生的指授。"那三年很苦，上班之余，基本上每天至少是练字三四个小时，没有其他业余生活。"余奠邑回忆道，"隶书、魏碑、楷书……我都一笔一画心摹手追，正是有那几年的基本功的刻苦练习，才能有今日书法上的一些成绩！"其后，余奠邑受邀参加广州书法交流会，结识了湖南籍著名书法家李铎先生。李铎先生的书法艺术，镕古铸今，一枝独秀，在中国现代书坛有着重要的影响和地位。他既学识渊博，才思敏捷，又有深厚的古典文学功底；他不仅书法艺术精湛，而且更注重人品修养，对书法艺术有着独特的领悟、深刻的理解。

　　这次与李铎先生的学习交流，其博大沉雄、气势恢宏的艺术特色使得余奠邑学习书法的思路大开。他由单一的学习书法，转向探索其他的艺术门类、字外功夫的精进。思路的变化使余奠邑在公司里的宣传工作上如鱼得水。20 世纪 80 年代的宣传全靠手工书写，多以美术字见长。余奠邑用排笔书写的美术字，无论大小，都写得精准大气、得心应手。工厂火热的生活炼就了余奠邑先生朴实的情操。二十五载的春华秋实，二十五载的勤学磨砺，当年的业余书法爱好者如今已是省市内外小有名气的书法家。其作品雄伟苍茫，飘逸中略露几分疏狂，灵动中呈现几分雅致；曾多次在全国及省市各大赛中获奖，部分作品被全国各大文博单位收藏。

博采众长　融会贯通

　　有志者，事竟成。在同事眼里，余奠邑是一位为人儒雅谦和、多才多艺的工会主席。"他涉猎广泛，对文学、音乐、体育、盆景、花卉等方面情有独钟，特别是音乐、盆景和花卉对他的书法创作影响至深。二胡《赛马》《二泉映月》等名曲，他烂熟于心，信手拈来……"音乐的节奏感被其潜移默化地移植到书法领域中，每次过程的享受，赋予了余奠邑内在的气质。

古人云："书为心画。"书法即是"精气神"的表现。他的书法作品以唐人书风充其骨格，晋人书风增其韵律，将颜字的稳重、二王的飘逸、魏碑的古拙蕴含其中，这使得他的书法作品从来不拘泥于字体大小，风格形式多样，如音乐的节拍在有法与无法之间徜徉。另外，盆景、花卉的工艺造型更能体现出他对书法结构的把握。在他的住所外摆满了形态各异的盆景，其奇特的造型手法与构成方式，对他的书法创作大有启示。长期的观察、丰富的阅历，使他更能接近生活，体味艺术真谛所在。余奠邑认为，凡"琴、棋、书、画、盆景"都有触及人性心灵深处的一面，这就是艺术的共性所在。

"我年少时就曾有过画家梦，初中时也显露出绘画方面的天赋，但是后来得知自己'色弱'，只能放弃。书画同源，后来学习书法，延续了自己年少时的梦想。"多么朴实的心声，字如其人，经过多年的艺术整合，余奠邑先生的书法作品个人风格明显，形式多样，多体现在沉稳之中见飞扬，方圆之中见情趣。

"中国书法艺术是在一块白色领地上，用黑色线条去分割，满足汉字的造型要求，给人以视觉冲击、心灵的震撼、美的享受。"这是余奠邑对中国书法的理解，也暗合他的人生追求。

源于生活　服务大众

艺术源于生活，服务于大众。多年来，余奠邑在江麓机电集团有限公司领导岗位上，真真切切地感悟到不同层次工人业余文艺的需求和渴望。

他根据职工群众的不同业余爱好，在公司成立了唱歌、台钓、乒乓球、足球、书法等大大小小 20 多个兴趣协会，会员因为兴趣爱好而自发组织在一起，既不占用工作时间，又丰富了精神文化生活。余奠邑全心全意为职工办实事，搞服务。

随着余奠邑先生在书法界声名鹊起，登门求字的宾客络绎不绝。湘潭一位商界友人，事业如日中天，对毛泽东主席十分崇拜，多次向余奠邑先生求写主席诗句。余奠邑先生即取主席诗句中"九天揽月"，以四字八尺横幅入书，半米有余的大字气势磅礴，生机盎然，实为余奠邑先生近年来上乘佳作。余奠邑有个原则，凡是公司因乔迁、结婚、收藏等真心求字的职工，他有求必应，得到了广大职工的好评。

在今年江麓机电集团的春节文艺晚会上，余奠邑还现场书写了五米长卷《沁园春·雪》，配以舞蹈、朗诵，让职工群众耳目一新、赞誉有加，晚会后，不少职工还专门上门求其墨宝。

"我生长于汨罗江畔，洞庭湖区一望无际的视野，培养了我谦和朴诚的胸怀。自己所书写的作品，哪怕只能给别人带来一点点快乐、一点点美的享受，这些年学的书法就值了！"笔尖在宣纸上的挥舞，述说了余奠邑对于书法、对于人生的真诚执着。

（原文发表于 2013 年 4 月 12 日《湖南工人报》文艺版）

让书艺飞入寻常百姓家

"书法，以其独特的艺术形式，呈现在人们的生活中，但在当今社会，还有很大空缺或不足。"谈及自己当年投资"百姓画廊"的初衷，62岁的骆正义直奔主题。

2015年，他筹资在长沙市芙蓉南路钱隆樽品商业街开了这间"百姓画廊"兼工作室，既是试图探索商机，也是完成自己的夙愿。几年下来，由于受到互联网经济的冲击及多方面原因，工作室生意清淡。但是，"无论盛衰，不求发财，坚持书法创作和书法教学，让这门传统艺术飞入寻常百姓家是我的初衷。"对此，骆正义信心满满。

"今年7月，受云南省富源胜境博物馆的邀请，我把自己收藏了3年的一幅17000多字、36米的行书长卷《中国共产党章程》无偿捐献给了博物馆，把自己的书法艺术作品推向更多前来参观的群众。"原来，2016年七一前夕，骆正义所在社区——天心区芙蓉南路社区为庆祝中国共产党成立95周年，主办了一个"向党的生日献礼"的展览，主办方邀请骆正义提供一幅书法作品参展。"我把自己关了半个月，每天以行书抄写3个小时的《中国共产党章程》，作品最终成功展出。之所以无偿捐献给云南省富源胜境博物馆，是因为被博物馆创始人潘庭宏先生对书法艺术和红色收藏的朴实与执着所感动！"

"我来自工厂，对工匠精神理解最深。搞书法，不是工匠，但必须具备工匠精神，不能投机取巧。书法艺术要发扬光大，首先要注重传统，苦练基本功，字外功。"骆正义回忆，1974年从长沙市四中高中毕业后，被下放到长沙县春华公社当"知青"，白天出工农作，哪怕是工间休息的一刻钟，也经常把报纸往桌上一摊，提笔练几版。晚上盘腿于床上小桌前，挑灯练字、看书。

"1980年，我从洞庭氮肥厂调到长沙化工机械厂工作。当时居住条件差，一家三口挤住在一间12平方米的房子里，但我没放弃对书法艺术的热爱和追求，晚间10点妻儿睡觉后，在仅有的一张小餐桌上，我便开始练习与创作，经常至凌晨一两点，乐此不疲。我在工厂主要从事质量管理工作，但厂里的宣传栏和黑板报，少不了我的参与。根据领导安排的主题，写文章、排版、插画、书写全包，很好地施展了自己的书法特长。"回眸过往的酸甜苦辣，骆正义娓娓道来。也许，让书法艺术服务职工群众就是骆正义孜孜不倦的追求。

1982年，一个偶然的机会，骆正义结识了著名书法家史穆先生并拜他为师。在老师的指点下，骆正义开始系统地学习书法，触类旁通，集思广益，书艺不断精进，并于1986年分别加入省、市书法家协会。从1986年开始，骆正义先后在长沙工人文化宫、长沙青少年宫、长沙市少儿活动中心、长沙史穆书法培训学校等场所业余从事少儿书法教学。

"中国传统书法的形式美，依托于历代丰富而精辟的书法理论。我的教学经验就是把古人的书论深入浅出、通俗易懂、生动地翻译给学生。"骆正义介绍了自己整理出的临帖口诀："首笔定位准，书写按笔顺，写下朝上看，写右看左上。这个临帖四诀是很管用的。"

中国的书法不单是书写的技法，还是一门思想性和时代感极强的艺术。骆正义介绍道："让老百姓获得的不应是装腔作势、粗制滥造的文化产品，而应让老百姓享受到喜闻乐见的艺术品。"

不炫技，不追求盲目的时尚和创新，孜孜以求，只坚持扎实的传统与基础，正所谓风来帆速、水到渠成，这就是一个工人书法家最朴素的书法理论。

（原文发表于 2019 年 9 月 6 日《湖南工人报》文艺版）

文化探源

不老秦川

去过很多地方，但陕西我一直不敢贸然前往，因为那里是中华民族的圣地、炎黄子孙的精神家园。漫漫的历史长河中，那八百里秦川不知演绎了多少盛衰、多少浮沉、多少欢悲！西安，这块曾有过十三个王朝更替的帝都国土，不知发生过多少惊心动魄的事件，流传着多少百听不厌的传说！在我的印象中，陕西就像大中国这个家里的一位令人尊敬的长者，需要后辈怀着虔诚的心去顶礼膜拜。直到今年5月中旬的一个下午，当飞机在咸阳机场落下的时候，我才真切地感受到，自己已经踏上了这片土地。

有人说，要看中国的近十年，请到广州；要看中国的一百年，请到上海；要看中国的五百年，请到北京；要看中国的五千年，请到西安。此话不假，从咸阳机场到西安市区的路上，车窗外不断闪现的古迹似乎在讲述着这里有过的辉煌。从明城墙穿墙而过，我们仿佛乘上时光机，穿越上下五千年。一路上，导游小楚给我们娓娓道来的是周幽王烽火戏诸侯、秦始皇横扫六合、唐玄奘译经习佛、唐明皇和杨贵妃长恨绵绵这些说不尽的传奇故事。

在西安南郊大雁塔附近的一家餐馆里，导游把我们陕西之行的第一顿晚餐安排在这里。我们在填饱肚子的同时，也幸运地品尝了一道精神大餐。餐馆大厅的舞台上，正上演着地方特色剧。那惟妙惟肖的提线木偶、那活灵活现的皮影，让我仿佛回到儿时，回到乡下老屋。小时候，一些乡间艺人，经常走村串户，表演这些绝活，成为我记忆深处的一个美好符号。如果不是因为从演员口里唱出来秦腔，我还以为是梦回故里呢。到后台一看，几位年过花甲的老人正其乐融融地沉浸在艺术的氛围中。餐馆经理告诉我们，这些老人家都是来自附近郊区的农民，当物质生活提高后，他们开始追求精神上的愉悦；同时也在推广特色剧种和民族文化，为古城旅游发挥余热。别看他们年纪有一把，心可年轻着呢。

在西安停留几日，感觉到那几位老者也许就是古城的形象代言人，代表着这个城市的气质：古典高贵，青春不老。你看，这里既有大唐芙蓉园的古韵唐乐、秦腔眉户，也有大雁塔广场的音乐喷泉、现代歌舞；这里既有钟鼓楼的晨钟暮鼓、庄严肃穆，也有现代商业的时尚大气、充满生机；通宵营业的回民街上的清真小吃，醇香诱人的羊肉泡馍和灌汤包子，这些传统美食挑逗着不少朋友的胃口；高大巍峨的明城墙和林立的现代建筑日日夜夜在谈古论今，交相辉映。古城是兼容的，是虚怀若谷的，这缘于它不老的情怀。因为厚重的历史，所以高贵；因为不老的情怀，所以常青。这是我对西安的第一印象。

要了解秦川大地，延安是一个必去的地方，这里曾创造了中国古代文明和现代辉煌。"人文初祖"黄帝，就出生在这块黄土地上，这里是中华文明和中华文化的源头。人们怀着崇敬的心情，深切缅怀先祖的丰功伟绩。轩辕庙内，黄帝陵前，我感觉到这里的一切既古老、遥远，又年轻而具有鲜活的生命力。数千年过去，它们站在精神的高地，仍在向后来者投来关怀的目光。

众所周知，延安创造现代辉煌是因为这里是中国革命的圣地，是延安精神的发祥地。1935 年 10 月，中央红军进入当时全国仅存的一块革命根据地——陕北根据地，宣告红军长征的结束。在延安，共产党人创办抗大，培养革命人才，纠三风，开展整风运动，渡难关，推动大生产运动，历经抗日战争、解放战争，终于迎来了中华人民共和国的诞生，古老的中华民族开始焕发青春容颜。在延安，杨家岭的菜地、枣园的窑洞、宝塔山的清风、陕北"江南"南泥湾的水田，都会勾起我们对那个激情岁月的遥想。逝者如斯夫，不舍昼夜。时光可以老去，但通过对古老的中华民族精神的拓展和升华，延安精神永远年轻！

纵横八百里秦川，虽然短短几日，却让我受益匪浅。在市场经济建立之初，就有人把秦川大地比喻为一头年老的睡狮。如今，这头睡狮早已醒来。陕北昔日的黄土高坡已经披上了新绿，关中大地城市建设日新月异，道路四通八达。秦川大地，返璞归真，犹如伫立在中国西北方的一位充满智慧的长者，他依托着厚重的文化，关注和支持着各地的发展，担当着中华民族精神的传承和递交的使命，不断地拓宽着自己的视野，强身健体，续写着一个不老的传说。

（原文发表于 2010 年 7 月 2 日《湖南工人报》副刊）

海角记忆

从海南已经回来数日，有网友问我为何还未有半点文字见诸空间？我的答复是：海南旅游是一道大餐，给了我太多视觉和听觉的刺激，脑子里挤得满满的，要好好消化消化。我也想印证下，海南给我留下最深印象的究竟是什么。

投入紧张的工作后，海南的物事在脑中开始变得有点模糊。但海南那深蓝色的海角总呈现在我的眼前，挥之不去，以至于有几次在梦中还与之邂逅。

无论是在琼海博鳌水城的玉带滩，还是在三亚的蜈支洲岛、亚龙湾，抑或下榻的五星级宾馆世知度假酒店，只要是去海边，游伴们是顾不了旅途的劳顿的。

博鳌水城地处万泉河、九曲江、龙滚河三江入海口。江、河、海、泉等各种水体从四处汇集，椰林、沙滩、田园、岛屿、山川等各种自然景观同台竞技，仿佛也来这里举行一个论坛一样。

我们作为媒体的一支经营团队，这次能组团旅游，既是单位对我们过去一年工作的肯定，也是一次休整队伍，凝心聚力，准备新的一年冲击全年任务的动员。导游告诉我们，古语"生意兴隆通四海，财源茂盛达三江"就是由这个三江入海口而来，这也许预示着我们这个团队当年的丰收。

蜈支洲岛附近的那片海天竟让人感到一种莫名的愉悦。从陆地到海岛，乘船就需要排队近半个小时。我居然没有察觉到排队时间的难熬，因为我被大海彻底击中了。

面对大海，和海天无语相对，暖暖的阳光、雪白的沙滩、隐隐的远岛、弯曲的海岸、连绵的海浪，仿佛大自然正在布置一个巨大的舞台，布好了景，调好了音响，等待我们去开始一场演唱。

等到我们登上海轮，在海面乘风破浪的时候，大家又是另外一番感受，大有"我来了，我看见，我征服"的飘飘然。

踏上蜈支洲岛，棕榈铺开它如华盖般的树枝，椰树、槟榔树整齐地列队迎宾，仙人掌张开手掌鼓掌欢迎，顿时一种遗世独立、羽化登仙的感觉不期而至。但我们已经顾不上客套，脱下才穿上不久的海南岛服，换上泳衣，一头扑向海边的浴场。

这是一次与大海真正亲密的接触！无风三尺浪，还没适应过来，一个海浪过来，让不少人呛了口海水。逐渐，我们摸索到规律，要随着海浪的起伏才能避免呛水。

在大海上静飘，思绪开始神游。人生如海，接人待物需要我们胸怀壮阔；事业如海，博大精深，需要我们努力拼搏；情感如海，敏感多变，需要我们用心培育。

我们站在世知度假酒店的海滩边，恍若置身电视剧画面中：这家五星级滨海酒店设施齐全，有高尔夫球场、游泳池、射箭场，海滩上有浴场、沙滩排球、足球。在夜色迷漫的海滩边眺望，许多渔船四个一组地在海上作业，船上的灯光在海面上连成一条巨大的灯的长龙。海天一色，物我相融。

在这样的背景下，海滩边的露天歌舞厅开始营业了。我想，要是不对着大海放歌一首，也许会肠子悔青。我忍不住诱惑，忘我地点唱了一首《外婆的澎湖湾》，那种惬意，至今还在脑海中回荡。

我确信，海角的记忆，会永远和我的人生、事业、情感相伴。

门坊里的曲阜

　　孔子故里——曲阜无疑是一部历史大书，那些矗立的门坊正是这部大书独特的"封面"。因为"封面"的精彩和凝练，我们的目光才会被吸引，去翻开书的"内页"；我们的脚步才会被牵引，走进这片周风汉韵的浩瀚史海，攀爬这处圣贤遗泽的思想高地。

　　2012 年 9 月 9 日，旅游大巴从京福高速公路曲阜出口处缓缓驶出。几幅宣传曲阜和孔庙、孔府、孔林的巨型广告牌仿佛在提醒我们，马上要通往中华民族遥远而隐秘岁月的切入口了。作为一群文化人，如何静下心来感悟和聆听儒家教诲，传承和弘扬传统文化，是我们这次山东人文之旅的主旨。

　　孔林位于曲阜城北 2 公里，是我们曲阜之行的第一站。从旅游大巴下来，穿行在店铺林立的市声中，一座石坊兀立眼前。这座石坊的精美和大气让我眼前一亮。在石坊的匾额上镌刻着"万古长春"四个大字。双柱雕龙盘曲，龙体翻腾；额坊南面双龙戏珠，北面狮子绣球；坊柱石鼓抱柱，鼓上各卧双狮；飞檐斗拱，穿越时空。导游告诉我们，石坊建于明万历年间，是孔林神道中最重要的纪念建筑物，已历经风雨 400 余年了。透过石坊，神道两旁，苍松翠柏夹路而立，游人如织。这一帧精致的"封面"，宁静中透出庄严，隽永中饱含深刻，让人有走进去的冲动。而进去后一定是心神不宁的，一半是因为神秘，一半是因为敬畏。访大林门、入二林门、过洙水桥，放眼望去，座座碑碣、累累墓冢、森森古木、潺潺流水。我一路志忑，生怕脚步匆忙就错过了一段历史的印记，生怕信手触摸就遗漏了一段故事的章节。直到经过墓门、思堂、享殿，抵达孔子墓前，我才彻底领略到孔林这部著作的宏旨要义。站在"大成至圣文宣王墓"石碑前，置身于占地 3000 亩的孔林中，我在思索：历史的风云把曾经的帝王将相的坟头冲刷得或零落或清寂的时候，布衣孔子的一抔黄土似的坟墓何以经受住 2500 余年的沧桑而得以保全，成为中国年代最久远、保存最完整、规模最宏大的家族墓群和研究中国丧葬风俗的生动教材？孔子的儒家思想何以依然驻足在亿万中国人柔软的心中而挥之不去？国外的孔子学院何以方兴未艾？徜徉在具有孔子文化元素的商业街区，品尝着聚色、香、味于一体的孔府家宴，我们再回望"万古长春"那四个大字，答案不正镶嵌其中吗？思想的声音、文化的力量足以让曲阜的一切绵长和不朽！

从孔林到孔庙，需要乘坐电瓶车或者仿古马车穿越曲阜明城墙和古色古香的街道，大概十分钟车程。孔庙古建筑群可谓雄伟壮观。除了它的黄瓦重檐、绿树掩映的色彩，九进院落、东西三路的布局等特点外，孔庙的门坊多、寓意妙，给我的印象最深。导游介绍道，孔庙有门坊 54 座之多，每座门坊的取名都关联孔子的思想、道德、学问，内涵深着呢。

在孔庙的第一道门"棂星门"内外，一组石坊扑面而来。抬首便见"金声玉振"坊，此坊得名于孟子的"孔子之谓集大成。集大成者也，金声而玉振之也"，是四楹石刻牌坊，四根八角石柱的顶上饰有莲花宝座，宝座上各蹲踞着一个雕刻古朴的独角怪兽"辟天邪"。金声玉振用来表示奏乐的始终，比喻孔子思想有始有终，和谐动听；"金声玉振"坊后是一座单孔石拱桥，桥面直通"棂星门"。古人认为棂星是天上文星，此门的命名喻示孔子为天上星宿下凡。其形制为三楹四间，石栋铁梁，两侧黄瓦红墙。四根圆石柱缀着祥云，顶雕怒目端坐的天将。乾隆帝亲笔题写的"棂星门"三字格外耀眼，在阳光的照射下，熠熠生辉；过了"棂星门"，就是"太和元气"坊，喻示孔子的思想蕴含万物，循环往复，永不泯灭。这座门坊由东西两座门坊组合而成，东边是"德侔天地"坊，西边是"道冠古今"坊，意为孔子之德与天地等同，孔子之道古今第一；其后的"至圣庙"坊，也称誉孔子为空前绝后、至高无上的圣人。

轻叩曲阜的门坊，每一座都透露着思辨的光芒。"圣时门"语出《孟子·万章》的"孔子，圣之时者也"；"弘道门"语出《论语·卫灵公篇》的"人能弘道"；"大中门"即以"中庸"为大，以"中和"为"美"；"同文门"取自《中庸》的"书同文，行同伦"；"大成门"是孟子用"集大成"来形容孔子思想体系的恢宏博大。行走在一座座记录历史的门坊中，我们仿佛领悟到：完善人生，有很多门槛。只有一道道跨越，才能领略最美的风光，融入"仁"的境界。门坊就是曲阜先哲留下的一个匆匆的背影、一截厚重的历史、一道永不消逝的风景。穿梭于这些门坊，曲阜孔庙的历史沿革才会脉络清晰，那些深藏的故事和传说才会在导游的口中一一抖落；正是这些门坊，诠释了和谐、协调、对称、主次和秩序等儒家核心思想，让孔庙的殿、阁、亭、堂有了灵魂，让这座古建筑群有了支撑。先贤大儒的"中庸""礼秩"思想，不正体现在结构方正、气势雄浑的诸如门坊的这些建筑上吗？

最值得留意的是孔府大门两边的一副对联："与国咸休，安富尊荣公府第；同天并老，文章道德圣人家。"相传对联出自乾隆时期号称"天下第一才子"的著名学者纪晓岚之手。上联的"富"字最上面缺了一点，所谓"富"字无头，寓意为孔府的富贵世代相传，永无止境；下联的"章"字下面最后一竖的笔画通了上去，意思是孔府的文章可以通天下。这座门坊告诉我们，孔子的儒家思想作为中华民族传统文化的主流，是与我们整个国家和民族的命运休戚相关的。在人类社会高速发展的今天，在中国处于社会转型期的今天，东西方一些思想家和有识之士把歆羡的目光投向了曲阜，希望从孔子的学说中找到开启社会和谐之门的"密钥"。

如果说门坊是一处驿站，门坊里的曲阜就是一条悠长的时光古道；如果说门坊是一帧封面,门坊里的曲阜就是一部站立的史书;如果说门坊是一枚化石,门坊里的曲阜就是一座硕大的人文博物馆。那些布满青苔的城墙,那些参天的古木,那些印着岁月痕迹的石刻,那些斑驳的木梁,那些警世的哲言,那些遒劲的文字,那些久远的人事,总让人温暖和感动。可以不夸张地说,那矗立的门坊,不仅支撑着古建筑群,也支撑着曲阜古城,还支撑着中华民族这个东方古老民族的发展。它散发的思想之光通过包容、筛滤、聚集,还将照亮人类的未来!

离开曲阜古城前,我再次打量着那些随处可见的门坊,恋恋不舍。透过这些门坊,我依稀看到,曲阜古城如一位谦谦学者,在谆谆教导我们:什么是"仁",什么是"天下为公",什么是"修身、齐家、治国、平天下"。他打躬作揖,送别一批又一批朝圣者,教化来者,启迪心灵。

（原文发表于2012年11月2日《湖南工人报》文艺版）

柔软边塞

未到新疆前，我对边塞的所有印象都来自教科书，给人刚硬的一面。文学上，"黄沙百战穿金甲，不破楼兰终不还"，以唐代为代表的各朝代众多的边塞诗歌给我们呈现的是雄浑、磅礴、豪放、刚健乃至瑰丽的风格；历史上，张骞出使西域、成吉思汗一统天山、左宗棠收复伊犁、王震将军挥师进疆，所有的故事描叙的都是刚强硬汉的形象；地理上，茫茫戈壁、雪岭冰峰、漫漫沙漠，"三山夹两盆"的地形，极热极寒的气候，塞外的风沙似乎容不下柔弱的性情。

2013 年盛夏在新疆的学习考察之旅，乘车在北疆广阔的大地上奔驰，我发现了边塞柔软的另一面。

从乌鲁木齐到吐鲁番，312 国道在戈壁滩上无限延伸。一望无际的戈壁吸引了我们的视线，大家纷纷拿起手中的相机，想留下这些平时只能在电视上才能看到的景象。但是随着时间的推移，大家开始失去新鲜感。颠簸的路程，单一的景物，前方望不到尽头的边际线，让我们开始昏昏欲睡，直至路边一个景点的出现。导游小刘告诉我们，公路北边那一片很小的洼地里，荒草长得比较茂密，当地人都称之为"小草湖"。这里也是一个"老风口"，常年刮大风，现在是一个风电场了。我想，在茫茫戈壁滩上，在大风的肆虐下，能够有"小草湖"这片绿色的一席之地，还是让人小小地感动一回。在戈壁滩上看到柔软的绿色，大家的精神也为之一振。

抵达吐鲁番服务区，大家下车稍作休息。盛夏的吐鲁番，天气确实酷热。在洗手间右侧，一个长满络腮胡的维吾尔族居民用很不流利的汉语向我们叫卖着他的哈密瓜。见大家犹豫，他切开一个瓜，端起几片，递给离他摊位很近的团队里一位年长的同伴，很真诚地说："天气热，试试吧，不买也不要紧的！"貌似粗犷的瓜农其实也有温柔细腻的一面，人心向善是每个民族都具有的。后来在维吾尔族人阿迪力家进行家访，也让我们内心生发同样的感觉。

这是一个快乐幸福之家。走进大门，庭院里种植着花卉和葡萄等果树。数间呈方形的土木结构的房屋坐落在院内，屋前台阶上有近两三米宽带柱子的前廊，前廊一侧的地面上铺有大幅的地毯，地毯上摆放着一排茶几。作为一家之长的阿迪力，他学历不高，但受过汉语和维吾尔语双语教育。他风趣幽默，能用一口标准流利的普通话和我们沟通。他引导我们脱下鞋子，男性坐在地毯里面，女性则坐在外面。在他家里，我们品尝了香甜的瓜果，了解了维吾尔族的民俗，观看了他家古丽的优美舞蹈。在阿迪力家人的带领下，我们一起跳起了欢快的民族舞蹈。柔美的舞姿、欢乐的笑声在我们的记忆中留下了民族文化融合的美好瞬间。

石河子，丝路新城，戈壁明珠。从陶峙岳将军率中国人民解放军挺进石河子，拉动"军垦第一犁"起，石河子就注定可以说是"刚硬"的代名词。穿梭在新疆兵团军垦博物馆5000多件物品前，站立在采用声、光、电效果，再现进疆人民解放军向荒原开战的大型半景画前，我的眼角有泪奔的感觉。"雄师十万到天山，且守边疆且屯田。塞上江南一样好，何须争入玉门关。"这需要多么豪迈的气概和舍我其谁的担当精神！在心灵震撼的同时，我更多地把目光聚集到《三湘女兵满天山》的影集展台。那些早期进疆的青年妇女是"戈壁明珠"的另一面，不正是她们用柔弱的肩膀扛起了"戈壁母亲"那面大旗吗？

让我们一路长途跋涉而不悔的一定是赛里木湖和那拉提草原。从精河县出发到那拉提草原近 600 公里，车程 7 个小时。导游小刘不断鼓励我们：只有发挥不怕吃苦的精神，才能体味到新疆美的精髓。当我们对导游描叙的美景望眼欲穿的时候，汽车突然一个转弯，赛里木湖景区到了。这是上天赐予人类和大自然什么样的礼物呢？我怀疑闯入一个仙境之中。车前是一条环湖公路，公路右边，花繁草茂，牛羊成群，毡房点点，松林伫立。不时有牧场少年策马前来，邀游人同赏这一派草原风光；公路左侧，有一片平坦的草地，但我们的目光已经越过了它们，被湖的美丽所牵引。水面如镜，晶莹剔透。面对那碧蓝的湖水，诗人艾青曾一往情深地留下这样的诗句，"你宝石蓝的湖水 / 一见便叫人心神荡漾"。风一吹过，柔波荡漾，拍打着湖岸，让人有种想怜惜它的举动；如果你再把眼光推到远处，雪山倒影，云卷云舒，湖光山色，相依相恋。我以为，如果把戈壁、沙漠比喻为新疆刚毅的硬汉的话，那么，湖泊和草原就是温柔的女子。刚柔相济，正是边塞的两面。

那拉提草原人文和历史交相辉映。班固的《汉书·西域传》记载了汉代和亲公主远嫁乌孙的故事，为广袤的草原融入一丝柔情。细君、解忧两位公主先后嫁到乌孙国，其中解忧公主生活时间更长、智谋更多，为汉代经营西域以及中原与乌孙的民族友好做出了贡献。在伊犁，一种著名的薰衣草就是以"解忧公主"命名的。打马那拉提草原是一件十分惬意的事情，一边和哈萨克族少年"马童"聊天，一边浏览这无边的塞外江南的新绿，是这个夏天最悠闲的时刻。策马上山，我们挥动马鞭，想象自己化身的草原英雄的形象，让同伴们按下相机的快门，让美好时光定格。俗话说得好，得意莫忘形。当我返回山下，心中的英雄梦还未醒来，突然一摸身上，发现自己寸步不离的手机不见了。肯定是山路崎岖，滑出裤兜了。同伴赶紧拨号打过去，有人接听，但听不清楚对方的语言。正焦虑时，一个哈萨克族少年纵马过来，把他在路上草丛中捡来的手机归还给我。能够看到这个马背上的民族纯洁温润的一面，让我更加觉得不虚此行。

"我走过多少地方，最美的还是我们的新疆。牧场的草滩鲜花盛开，沙枣树遮住了戈壁村庄，冰峰雪山银光闪闪，沙海深处清泉潺潺流淌。哎……"返程中，这首流行歌曲的歌词不时从我脑海中跳出。刚硬和柔软都是边塞的优良基因，我在心中默默祝愿，民族融合大背景下的新疆越来越好！

（原文发表于2013年8月9日《湖南工人报》文艺版）

仰望丽江

云南归来，想写丽江，一直不敢动笔。因为行色匆匆，生怕自己的一知半解误读了她。之前有太多赞美丽江的文章，而那些文章都是我在短时间的行走后无法逾越的，无论从形式上还是从内容上。想写而又不敢触及，这于我是一种煎熬。我深知，丽江不只是用来抒情的，也不只是用来迷失的，也不只是用来行走的。丽江更多是用来仰望的！因为这是一方心灵的家园、精神的圣地。于是，我以一种朝拜者的心态笔触丽江、仰望丽江。

想去丽江，源于一个叫涵雪的女子。涵雪是我高中的一位同学。虽然只同窗一年，她就转学到外地去了，但她瘦瘦的，一副多愁善感、弱不禁风、率性而又冰雪聪明的样子一直留在我的记忆里。后来听说她高中毕业后参加工作，后又辞职闯荡深圳……当时听了这些言语，还真有点替她担心：一个弱女子，能够经得起南中国的大风大浪吗？这些担心和记忆，随着时光的消逝，开始释怀和模糊。不想二十年过后，关于她在丽江开客栈的说法传到我的耳际，再次让我吃惊不小。是一种什么样的力量，让这样一位貌似弱小的女子在遥远的天边做出如此重大的人生抉择呢？按照朋友的介绍，我打开了一个含有客栈名"MEMORY 忆栈"的网站。

忆栈被打理成一个漂泊者的天堂：可以沉浸在一种失忆或者回忆的意境里，可以凝望云卷或者云舒的美景，可以倾听花开或者花落的声音；唯美而有极具思辨的力量！未到丽江，忆栈却成为我仰望丽江的第一个理由。回归自然，感悟生命，这是需要经历多少风风雨雨才能达到的一种人生境界啊！忆栈主人涵雪写下了这样一段注脚："原本是一种心境，暖暖地晒着太阳，听着音乐，看人来人往……就这样留在了丽江，有了自己的小店——MEMORY忆栈是想回忆些什么？更是想失忆些什么？我不明确，真的！只想很珍惜地活好这辈子，知足！也不知足！"这次丽江之行本来有拜访忆栈的考虑，但由于老同学出差到广州，而我们的行程又满满的，只好作罢。

身在丽江，有很多能够让我仰望的理由。石板小巷、小桥流水、打跳舞会、纳西古乐、夜色酒吧、绿野云乡等无不吸引着我们的眼球。导游小林告诉我们，丽江是已不足30万人的纳西族聚居的地方，这个从北方南迁、择水土而居、繁衍下来的民族，内心深处一方面有着"宁为玉碎，不为瓦全"的刚烈性格，但另一方面，出于生存的需要，纳西族又非常注重和朝廷及周边其他民族的和睦相处，兼收并蓄地吸收其他民族的优秀文化。他们在保持兼容的同时，完整地保存着纳西自己的文化，也影响着其他民族。这是一个民族的伟大之处，是我仰望丽江的最好理由。在玉龙雪山甘海子海拔3100米的原生态大型实景演出《印象丽江》，让我领略到了这种伟大。这个演出实实在在地洗涤了我的灵魂。当最后一个马帮吹着口哨打马，即将消失在600年前的茶马古道上时，当刚烈的纳西儿女为了追求爱情选择在雪山殉情的刹那间，我的双眼不禁模糊一片。无论是一个人、一个民族还是一个国家，生存与发展都是要经历无数苦难和磨砺的！仰望雪山，远古，神圣。千年雪山无语，默默见证和庇佑着这方土地上的生灵。

丽江的风景是值得仰望的，但更值得仰望的是生于斯、长于斯的人们。导游小林，云南大学旅游管理专业毕业的一个娇小女生，祖籍福建，是丽江的这方水土养育了她。身着纳西族服装的这位汉族女子，很有丽江古城的气质和仪态。外表略显稚嫩的小林言谈举止却非常老到。她不会像一些地方的导游那样刻意地去讨好客人，也不会做过铺垫后总带有一些诱导：或者是餐饮，或者是购物，功利性很强。她总是尽心尽力、饶有兴趣地推介着丽江的风土人情，但绝不会勉强大家去消费。只要我们有需要，她就会不遗余力地为我们做好服务。看着她在行程中忙碌的身影，我觉得与其说她是一位美丽风光的导游者，不如说她是一位纳西文化的传播者；为我们开车的木师傅，是一个地道的纳西族人。追本溯源，木姓还是纳西族的贵族专用。纳西族的风俗认为，大丈夫不应为家务琐事所累，操持家务、田间劳作、生儿育女都是女人的事。在纳西族女人看来，自己的男人有学识，能交游，便是妻儿的荣耀。木师傅告诉我们，现在没有贵族了，都平等了。观念也完全变了，男人们挣钱养家是天经地义的事。他 18 岁在运输公司上班，后来下岗后，自己干个体，跑旅游运输，长年来往于昆明到丽江的路上，有时一天要连续开好几个小时的车，日晒雨淋，正值壮年的木师傅虽给人老成的感觉，精神状态却很好。这个忠厚的纳西族后裔，和成千上万的同胞一样，用自己的辛勤劳作和生活方式来揭示一个民族生生不息的奥秘。

丽江的时光是柔软的，但丽江的历史和未来是坚硬的。丽江的风土是独特的，但丽江的文化是兼容的。离开丽江前，我透过车窗看到了一个巨型广告牌，上面书写着"还世界一个千年纳西"的字眼，这是丽江的愿望，也是世界的愿望！仰望丽江，我也希望丽江本土的居民，如我的同学涵雪、导游小林、司机木师傅，和所有来丽江旅游的人们都来呵护这片净土，能够还世界这样一个愿望！

（原文发表于 2009 年 6 月 5 日《湖南工人报》副刊）

硬气绍兴

—— 鲁迅故里游记

在中国的版图上，绍兴如谜一般地吸引着我。绍兴的黄酒酿制、师爷故事、水乡社戏、越歌绍剧，都给人一种柔软的感觉。论历史，其显然不如中原北国那样厚重；论区域，其偏居一隅，远不及其他历史古都那样霸气；论环境，其地处江南，如梦里水乡，素有鱼米之乡、桥乡、酒乡、书法之乡与名士之乡的称誉。这众多美誉，都源于绍兴水文化；柔情似水，这里好像与硬气无缘。

初夏在绍兴的一次文化之旅，让我徜徉在鲁迅故里的那片历史街区几个小时，我触摸到了绍兴的别样风骨。

当旅游巴士抵达鲁迅故里，一幅巨大的浮雕抓住大家的眼球。浮雕上的鲁迅先生栩栩如生，依旧是一头硬直的短发，手指夹起一根香烟，先生如炬的目光坚毅且沉着，透过袅袅升起的烟雾，投向远方。浮雕上书写的几个大字"鲁迅故里"，遒劲有力。趁着导游领取参观券的空隙，团队成员摆出各种姿势，留下了一张张珍贵的照片。

走进街区，一条古色古香的江南小巷由近至远地延伸，我们仄起脚跟儿，走在小巷的青石板上。一边是具有黛瓦粉墙、黑漆大门的鲁迅纪念馆，一边是具有绍兴传统特色的晚清台门宅院 —— 周家台门，再往前几十米，赫然发现一座庄严肃穆的大宅 —— 鲁迅祖居。

鲁迅纪念馆以编年体的形式诉说着先生从出生到青少年时期在南京、

日本仙台生活学习的历史，用青铜雕琢的鲁迅先生坐像，面容清癯、慈祥，与之气氛相对的则是屏风上的"横眉冷对千夫指，俯首甘为孺子牛"的手迹。先生是中国新文化运动的旗手、中国现代文学的奠基人。毛泽东曾给予他高度的评价，"鲁迅是中国文化革命的主将""鲁迅的骨头是最硬的""鲁迅的方向就是中华民族新文化的方向"。

在导游的带领下，我们穿梭在周家台门宅院内。这里曾经的辉煌和破落，都随着时光的推移，蒙太奇般从我脑海中闪过。由于家境的转变，少年鲁迅不得不帮着母亲变卖东西维持这个家。透过故居的石库台门，我仿若看到幼小的鲁迅在讥嘲的目光中，去当铺典当，再到药店买药的身影，看到少年鲁迅在屈辱中由弱慢慢变强，看到青年鲁迅弃医从文的勇气和担当。

鲁迅祖居，建于清朝乾隆年间，前后房屋共四进。主体建筑依次为门厅、香火堂、座楼等，门厅挂有"翰林"匾，大厅挂有"德寿堂"匾，两边柱子上书写着一副对联"品节详明德性坚定，事理通达心气和平"，显露出封建社会官宦大户气派。每至年节大祭，少年鲁迅都要到祖宅礼拜磕头，这里也是鲁迅用来创作《祝福》的背景之一。也正是在这里，鲁迅窥见的是一个没落的封建士大夫家族的背影，从此，远离虚伪，抨击丑恶，开始了对真理的探索。

让许多人不顾疲劳，一路奔波而至的景点一定是百草园和三味书屋。

在周家新台门东约 50 米，过石板桥即达三味书屋。这里是寿镜吾老先生开的私塾，是鲁迅从 12 岁到 17 岁时的求学之所。"书屋的正上方悬挂着"三味书屋"的匾额，下面是一幅《松鹿图》，两边柱子上有"至乐无声唯孝悌，太羹有味是诗书"的对联。一幅图、一副对联构成了私塾教育的全部思想内涵。先生笔下的三味书屋依然鲜活，书屋后面有小花园，种有腊梅和桂花，是鲁迅与小伙伴课余玩耍嬉戏的地方。

导游告诉我们，"三味"的意思为：读经味如稻粱，读史味如肴馔，诸子百家味如醴醯。将知识视为美味，寿镜吾老先生真是匠心独具，他可能没有想到，未来中国的脊梁会透过少年鲁迅的朗朗读书声，在这方寸之地铸就。进入百草园，映入我们眼帘的除了一口井、一棵高大的皂荚树以及在一块石头上刻着的"百草园"三个醒目大字外，已难寻先生文章中描述的那些踪迹，难免会留些遗憾。团队里活跃的成员或模仿着童年鲁迅在石井栏旁跳来跳去，或坐在园外长妈妈的雕塑旁作倾听故事状，多少回味了一下先生那段欢乐而天真的童年生活。

傍晚，在先生笔下的咸亨酒店就餐，一边酌饮绍兴的黄酒，一边咀嚼茴香豆的香味，一边还模仿孔乙己比画着"茴"字的四种写法。文化和美味相映成趣，尤其是先生文章里的人物和地点能够成为如今景区的一个符号、一道风景线，文化的力量足以穿透时光，坚不可摧。

作家郑休白赞叹：你随便在鲁迅故里的哪个台门、幽巷、小桥一站，便能经历一个世纪的风云，风云中有电闪雷鸣，有刀枪剑影，更有一种人格、精神、境界的昭示。

它到底给予我们怎样的一种昭示呢？街区那块"民族脊梁"的匾碑令人深思，匾牌的底纹分明映衬着绍兴4000多年的历史画卷，许多人物飘然而至，大禹的顽强拼搏、勾践的卧薪尝胆、嵇康的刚肠傲骨、陆游的铁马冰河、秋瑾的侠女柔情等。这些都应该是硬气绍兴的基因。

简单的"民族脊梁"四个大字，既是对整个景点的高度概括，也是对鲁迅先生一生的准确定位。一个人从这里出生、成长，他的脊梁由稚嫩变得成熟，由弱小变得坚硬，逐步代表着一个国家的形象。

一些人、一条街、一座城铸就的一道"民族脊梁"，让绍兴更加硬气，刚柔相济，让中华民族铁骨铮铮，浩气升腾。

（原文发表于2011年6月24日《湖南工人报》文艺版，获得2011年度湖南省专业报新闻奖一等奖，同年获得2011年度湖南新闻奖一等奖。）

长沙向南，武汉向北

我又一次感叹于自己的率性而为了！本来是利用周末到岳阳办件事，快到目的地时打电话给岳阳的朋友，却怎么也联系不上。时间已经是下午四点钟了，怎么办呢？同车一道出来的还有一个网名叫作"李不清白"的忘年交，他在武汉做了两年建材生意刚回长沙。在国道往市区的路口的指路牌上，一边写着"岳阳"，一边写着"武汉"，何去何从？我脑海里迅即闪过一个念头：干脆去武汉！

去武汉的想法已经很久了。其实我到过武汉几次，但每次都是匆匆过客，从来没有认真地走进这个城市：要么在北往南来的列车上，从武汉长江大桥呼啸而过，只留下一个模糊的城市印象；要么是大风雨乘飞机回长沙下不得地只好到武汉降落，在机场逗留一两个小时，只看到一个城市的侧面。去年，武汉城市群和长、株、潭城市群都被国务院批准为综合改革试验区，两个中部城市开始同台竞技，想去武汉看看、体验一下"才饮长沙水，又食武昌鱼"的想法就更浓烈了。

和"李不清白"商量，不愧是知己，竟然一拍即合。他当即用一口地道的湖北口音和武汉的一帮朋友联络，说过两个小时到武汉，要安排好食宿……

"80后"的"李不清白"其实特别清白，是个土生土长的长沙伢子，在武汉打拼两年，说他是个"武汉通"绝不为过。他一路穿街走巷，偌大一个城市，居然没有任何差错。他感叹，为了了解武汉市场，他几乎每天都在大街小巷穿梭，这里留下了太多奋斗的汗水和足迹！生意最终无法做下去，原因不是人不努力，而是市场太残酷！原本少不更事的他，这次却让我从他的感慨中咀嚼到沧桑的味道。在武汉市场经济的浸淫下，他也许会更从容地面对长沙未来商战的风云。

在汉口的一个鱼庄里，一群"80后"的男男女女已等候一个多小时。他们是"李不清白"台球QQ群里的朋友。这里是一个很特别的饭店。菜名全是武打片中的招式，服务员自称"小二"，叫顾客为"英雄"，答话抱拳之中，使人在吃饭之余还能体味到一种梁山水泊式的山寨文化。武汉年轻人的"幽默诙谐"再加上从小在长沙长大的"李不清白"的"策"功，把本来就很欢乐的气氛推向一个又一个高潮，可见两个城市文化融合的力量。从素不相识到因台球和网络而结缘，到成为经常聚在一起的朋友，他们在这个城市为自己寻找温暖而宁静的港湾。他们中间有公务员、公司职员、个体老板、还有待业青年，但绝没有尊卑贵贱之分，有人遇上什么事情需要帮忙，群里几乎倾巢而出。没有利益冲突，只有真情表达；没有思想禁锢，只有言论自由。也许，他们将代表武汉的未来！

考虑到星期一要上班，我们在武汉只能待一天的时间。第二天如何安排行程？我思考了一下，告诉"李不清白"，先访归元寺，再游黄鹤楼，然后看东方马城。

坐落在汉阳的归元寺距今近400年历史，有殿、堂、楼、阁200余间，珍藏文物六类400多种，归元寺具有丰富的文化内涵和历史的厚重感。我有点纳闷的是归元寺身处闹市，在这里却丝毫察觉不到吵闹，这可能与城市的规划有关。为了保护这块佛门圣地，经济发达了的武汉为寺庙留足了发展的空间，征购了100余亩土地，用于长远发展。许多企业也纷纷捐款，很多项目还在扩建之中。寺里在抓硬件建设的同时，还注重对文化内涵的挖掘，一套"归元文化系列丛书"，便全面推介了归元寺和与其相关的佛教文化。

　　黄鹤楼地处武昌。我游黄鹤楼，不只是想领略其优美的神话传说和名人逸事，也不只是想欣赏它精巧的建构和勃勃雄姿，我最想的是站在楼顶远眺，感受武汉长江大桥"一桥飞架南北，天堑变通途"的壮阔情怀，鸟瞰城市人流如潮、车流如织、高楼林立的现代水墨图。

　　进入东西湖区，一块印有"2008全国速度赛马锦标赛暨'东西湖'第六届中国武汉国际赛马节"的户外广告牌赫然在目。走近东方马城，这里还在建设之中，一个可以容纳六七千人的看台已经建成；看台对面的赛马场上安装了一个五百多平方米的大屏幕，便于观众通过这个大屏幕看到比赛的全过程；一批训马师正在认真训练。刚刚结束不久的锦标赛为武汉赛马比赛的商业化道路做出新的尝试，一个国内设施最先进、市场最火爆的赛马场正呼之欲出。

　　三个景点，分别分布在汉阳、武昌、汉口三个地方。访归元寺让我了解了武汉的历史，游黄鹤楼使我看到了武汉的现在，看东方马城让我期盼着武汉的未来。看来来武汉是不虚此行了。

　　回来经过岳阳，我心想：在两个"试验区"的新一轮赛跑中，武汉可以说已经闻风先动，我们长、株、潭城市群紧随其后。武汉向北，长沙向南，也祝愿家乡岳阳在两个"试验区"的带动下，变得越来越好！

　　　　　　　　　　　（原文发表于2009年7月24日《湖南工人报》副刊）

大宋"高考"那些事：科考才是读书人正途

—— 拜读黄庭坚之一

　　高考在即，各种励志对联出现在一些中学校校门口。什么"蟾宫折桂""三元及第""金榜题名"，说的都是古人"高考"的事情。中华人民共和国成立后恢复高考仅 40 余年，人才辈出，很多读书人因此改变了命运。其实，宋代上承汉唐，下启明清，文化发展达到了一个高峰。其科举取士，为天下学子铺陈了一条金光大道。

　　今天，就来说说我们罗江黄氏先祖、北宋诗词家黄庭坚"高考"那些事儿。

喜将笔砚传生计，不失诗书作世家

　　黄庭坚，生于北宋仁宗庆历五年（1045 年），世代书香。其六世祖黄瞻，曾任洪州分宁令，后弃官定居分宁；黄庭坚曾祖父黄中理率宗族选址徙居分宁双井村，修建芝台、樱桃洞两座书院；祖父黄湜，虽功名不就，却以诗书名扬乡里；父亲黄庶二十多岁中举，曾让整个家族门楣生辉；分宁双井黄氏一族，陆续有十人进士及第，声名远播。

　　在这样的书香门第里，黄庭坚传承衣钵似在情理之中。家族里还流传着他"周岁抓周时一伸出小手就抓住一杆笔、一锭墨"的典故，父亲黄庶赋诗赞道：喜将笔砚传生计，不失诗书作世家。

　　在芝台书院，黄庭坚开始了他"十年寒窗"的求学生涯。少年黄庭坚，聪慧过人。据《桐江诗话》记载,黄庭坚七岁时创作《牧童诗》。皇祐三年辛卯(1051年)的一天,父亲黄庶邀请几位诗友一起在家中饮酒吟诗。黄庭坚以牧童为题,作了"骑牛远远过前村,短笛横吹隔陇闻。多少长安名利客,机关用尽不如君。"这首诗。一个"学霸"大放异彩!

父亲曾想把他作为"少年大学生"培养。他问儿子:"为父欲令吾儿习举神童科,吾儿以为如何?"黄庭坚答曰:"是甚做处?孩儿以为,少年得志,并非幸运。"潜台词就是,"高考"肯定会去参加,但我还得循序渐进,少年得志不见得是好事呀!

黄庭坚七岁时吟出"多少长安名利客"这样哲理深刻的诗篇,十多岁时即有"少年得志,并非幸运"的超凡见地,那么他是怎样看待当时的"高考"——科考的呢?

除了在当地名校——芝台学院就读,黄庭坚从小还常常得到舅父李常的教养,十五岁后随舅父至淮南游学。他对舅父坦承自己的理想:原本想成为一名医者,但我是大宋读书人,科考才是正途。

黄庭坚八岁时,家族几位"学长"启程前往京城应礼部会试,他赠诗一首:

万里云程着祖鞭,送君归去玉阶前。

若问旧时黄庭坚,谪在人间今八年。

北宋仁宗嘉祐二年(1057年),黄庭坚祖父黄湜、叔祖黄灏、堂叔黄孝宽同年及第。后来宋英宗赐"连桂芳"以荣之,并称"连桂芳三及第"。这是一个星光闪烁的年代,也是黄氏家族光宗耀祖的年份。在耳濡目染之中,黄庭坚认定读书乃平生第一要务,对科考有了更多的期待!

胡床默坐不须说,拨尽寒灰劫数深

虽然学习成绩优异,但黄庭坚也是一名"复读生":以洪州乡试第一的身份,十八岁的黄庭坚第一次进京赶考,参加会试,发榜后却名落孙山。这对心高气傲的"学霸"来讲，无异于当头一棒。想起母亲为了自己赶考而精心缝制衣服，感觉愧对慈母的殷切期望。他和许多落榜考生一样，情绪低落，不吃不喝好些天。后来一名同乡把他从床上一把拽起：鲁直呀，人生岂会总是顺境呀！我进京赶考都已经是第五回了，十五年呢，日子还不是照样要过下去！你还年轻得很，来日方长呢。

回家后，母亲也鼓励他：鲁直呀，这点挫折有甚关系！你应更加发奋学习。于是，他一边在兄长的小药铺里帮忙打点，一边静下心来开启"复读"生涯。闲暇之日，他也常去参访城西百里之处的黄龙寺，留下一首《戏赠惠南禅师》：

佛子禅心若苇林，此门无古亦无今。

庭前柏树祖师意，竿上风幡仁者心。

草木同沾甘露味，人天倾听海潮音。

胡床默坐不须说，拨尽寒灰劫数深。

"胡床默坐不须说，拨尽寒灰劫数深"这句意味深长，一方面是指佛法精微，另一方面也许是对当时心境的反映吧。静心生慧！时运不济乃是上天对你的考验，随缘的同时，也不能放弃理想和追求呀！

经过三年潜心"复读"，第二次参加洪州乡试，黄庭坚以一篇《野无遗贤》拔得头筹，以第一名身份"出线"。时隔五年再次进京，参加礼部会试，这一次，他如愿高中，进士及第。

百啭无人能解，因风飞过蔷薇

值得一提的是，在随舅父李常淮南游学时，黄庭坚遇到了初恋，做到了学业爱情两不误。黄庭坚十五岁那年，高邮人氏孙觉十分赏识他的才气，并鼓励他给自己女儿填词一阕《逍遥乐》：

春意渐归芳草。故国佳人，千里信沈音杳。雨润烟光，晚景澄明，极目危栏斜照。梦当年少。对樽前、上客邹枚，小鬟燕赵。共舞雪歌尘，醉里谈笑。

花色枝枝争好。鬓丝年年渐老。如今遇风景，空瘦损、向谁道。东君幸赐与，天幕翠遮红绕。休休，醉乡岐路，华胥蓬岛。

两年后，黄庭坚正式向孙家提亲，并定下婚约。第一次去洪州参加乡试前，黄庭坚为孙家小姐兰溪写下一首情诗：

春归何处？寂寞无行路。若有人知春去处。唤取归来同住。

春无踪迹谁知？除非问取黄鹂。百啭无人能解，因风飞过蔷薇。

这首情诗让孙兰溪了解到黄庭坚的情意，她表示："唯愿相公此去高中。兰溪当日日焚香祈祷，静待佳音。"

十八岁那年会试落榜后，黄庭坚捎信给兰溪小姐，内心感觉十分愧疚。兰溪看信后，微微一笑："兰溪相信鲁直。"

正是因为母亲及兰溪的鼓励，在亲情和爱情的双重信任下，黄庭坚鼓足勇气，第二次向科考发起冲击，并如愿过乡试、会试关，登进士第。一对有情人也终成眷属，黄庭坚更是同时经历了"洞房花烛夜、金榜题名时"人生两大喜事。

科考确实是正途，黄庭坚由此走上仕途。前路漫漫，他将经历一个怎样波诡云谲的时代？迎接他的又是怎样一个跌宕起伏的人生呢？

不俗，是理想，也是处世态度

—— 拜读黄庭坚之二

北宋治平四年（1067 年），二十三岁的黄庭坚登第。熙宁元年（1068 年），调任汝州叶县尉，迎来了他仕途生涯的起点。赴任途中，他游学南昌期间，作诗《徐孺子祠堂》：

乔木幽人三亩宅，生刍一束向谁论？

藤萝得意干云日，箫鼓何心进酒尊。

白屋可能无孺子，黄堂不是欠陈蕃。

古人冷淡今人笑，湖水年年到旧痕。

东汉徐稚（字孺子）谢世后，葬于南昌市进贤门外一旧城壕沟边。北宋才俊曾巩，为纪念这位东汉著名的高士，曾于南昌青山湖畔建徐孺子祠堂。

黄庭坚赴任前拜谒青山湖畔的这座祠堂，应是有深意的。

他秉性孤高，虽然认为科考才是正途，但一直处于为官与归隐的矛盾之中。在后来的诗作中，他反复表述入仕完全是为了养亲，本非其初衷，正所谓"斑斑吾亲发，弟妹逼婚嫁。无以供甘旨，何缘敢闲暇？安得释此悬，相从老桑柘"（《宿山家效孟浩然》）是也。

作为至孝之人，黄庭坚在中举之后，并未马上赴任，而是返家省亲。父亲在黄庭坚十四岁时去世，之后是母亲含辛茹苦、节衣缩食地供养他读书。因回家陪侍母亲一段时日而耽搁了一些行期，延误了上任日期，黄庭坚还差点被上司"问责"。

而对于900多年前东汉世称"南州高士"的徐稚，黄庭坚和曾巩一样，也是推崇备至。徐稚曾屡次被朝廷及地方征召，都不前往。陈蕃任太守时不接待宾客，只有徐稚来了才特设一榻，徐稚离开后就将榻悬挂起来。王勃在《滕王阁序》里留下"徐孺下陈蕃之榻"一句，说的就是这档子事。

独立于徐孺子小小的祠堂前，黄庭坚浮想联翩。他突然想起了徐稚的一个典故：名士郭泰母亲去世，徐稚前往吊祭，在庐前放生刍一束后离开。众人不解缘故。郭泰说，这一定是南州高士徐孺子。《诗经》里说过，"生刍一束，其人如玉"。郭泰表示没有德行承受啊。

但是时过境迁，"生刍一束"这样的用意又有谁能够明白呢？这样的疑虑蓦地涌入黄庭坚的心头。

你看那紫藤、女萝攀援于乔木，高高在上，正自鸣得意呢；但哪怕眼前箫鼓齐鸣也没心思来祭奠这位高士了。攀附权贵的人能够遮云蔽日，而才德之士却得不到重用，耐人寻味，发人深省啊。

黄庭坚由此感慨：像徐孺子一样高洁的人，平民之中并不是没有啊，而在官府里，也不缺像陈蕃一样礼贤下士的人。

兴亡盛衰是社会规律，古人淡泊自守，高风亮节，却被今人耻笑；湖水起起落落是自然规律，古人的高洁品格，像那湖水一样，波痕不减。

年少登第，本来应该是春风得意马蹄疾。黄庭坚何以在刚要步入仕途，赴任途中生发出"古人冷淡今人笑，湖水年年到旧痕"这样的浩叹呢？

从黄庭坚此早年作品中可以窥见，他的思想特色是融合了儒释道三家，他通过构筑自己的思维体系，形成了一套内儒外佛道的人生哲学：内心对是非善恶泾渭分明，而外表随俗，与世委蛇。

一方面仰望乔木幽人，希望自己像"生刍一束"般不俗，且鄙夷于藤萝的攀附；一方面希冀自己学习高洁品格的古人，像湖水年年一样不朽，波痕永远不会消逝。

我以为，从《徐孺子祠堂》这首诗作中可以得出，黄庭坚追求的"不俗"，是一种理想，也是所要表达的一种处世态度。

首先是诗风"不俗"。黄庭坚革新诗风的基本观点是"诗，乃至一切艺事，不能落于俗格""笔下无一点尘俗气"。其次是人品"不俗"。他特别注重"养心探道"，强调艺事的精深华妙、风格的夸迈流俗，归根结蒂取决于创作者的道德思想修养。

"余尝言，士大夫处世可以百为，唯不可俗，俗便不可医也。……视其平居无以异于俗人，临大节而不可夺，此不俗人也。"黄庭坚在《书缯卷后》中所阐述"超然免于流俗"的境界，正是他所追求的一种理想人格。

黄庭坚没有料到，即将开始的迎来送往、阿谀奉承的为官生活让他深感厌烦。他曾写下《新寨》一诗："俗学近知回首晚，病身全觉折腰难。"传至都下，半山老人（王安石）见之，击节称叹："分宁黄某清才，非风尘俗吏也。"

不俗才能不朽！黄庭坚的精神追求因此影响到他的后人。据《罗江黄氏族谱传记志·卷十三》记载："能守先人光荣传统，位虽不高，生活简陋，也必传之赞之。若巧言令色，摇尾逢迎行不足，志不资国计民生，虽显赫一时，日后也不过与草木同腐朽而已，有何可传耶？"可见其遗风影响至深。

叶县尉是黄庭坚仕途生涯的入口处，他在任期内也迎来创作的一个高光时刻。"不俗"也许是他即将面对的第一道人生"考题"，他的崇高脱俗，他的特立独行，为后人提供了一个与众不同的答案！

隐逸与逍遥，也是一种向往的生活

—— 拜读黄庭坚之三

从古至今，有一种人厮守家园，不离故土，粗茶淡饭，怡然作古；而另一种人，却客居他乡，饱尝颠沛之累，常怀思乡之情。忠勇如汉代霍去病者，"匈奴不灭，何以家为"，他以征途为家；淡泊如东晋陶渊明者，"采菊东篱下，悠然见南山"，他以田园为家；风流如唐代杜牧者，"十年一觉扬州梦"，他以青楼为家；落魄如宋代柳永者，"今宵酒醒何处？杨柳岸，晓风残月"，他以风月为家。

"五更归梦三百里，一日思亲十二时。"（《思亲汝州作》）这句思乡怀人经典名句的作者正是黄庭坚。他以宦途为家，却一路伴随着浓烈的归隐之情和林泉之志。

北宋治平四年（1067年），二十三岁的黄庭坚登第。这一年，黄庭坚面临了一些意料不到的变故：年初，国事不宁，英宗驾崩，神宗登基；当年秋天，家事纷繁，黄庭坚与孙兰溪成亲，不久，母亲与孙兰溪相继病倒，一直延续到年底。熙宁元年（1068年）春末，黄庭坚处理完家事，才匆匆赶往汝州叶县准备走马上任。

因推迟到任五个月，黄庭坚差点被主政汝州的富弼"问责"，这就是其间写下恐母亲担忧的亲情诗《思亲汝州作》的创作背景。诗作中最后两句"秋毫得失关何事？总为平安书到迟"，表示对受责一事毫不在意，所念仅是母亲的家书迟迟未到，从中可见一个游子牵挂母亲和故乡的拳拳之心。当了解到黄庭坚不能如期到任是因为侍奉病中母亲的缘由，富弼思忖数日后把他放行至叶县。

魂牵梦绕的故乡——江西分宁，成为黄庭坚一生心驰神往的净土。在出仕之前，他在十七岁时就作了一首《清江引》：

江鸥摇荡荻花秋，八十渔翁百不忧。

清晓采莲来荡桨，夕阳收网更横舟。

群儿学渔亦不恶，老妻白头从此乐。

全家醉著篷底眠，舟在寒沙夜潮落。

可以想象，当凄清的风吹荒了滩头的景色，当冰雪冻住了所有的河床，当流水讲完了最后一个童话，当夜半有乡里乡亲叩打梦之窗帘，有一种意念就如一句现代歌词般在心中疯长：归来吧，归来呦，浪迹天涯的游子。故乡自由的生活是诗人产生归隐想法的源头，而入世的艰难只能加剧他对故土的向往。

虽然在叶县时黄庭坚正值青春年少，其诗作中却执着地流淌着一股隐逸之气。

他在叶县四年，如匆匆过客，夙夜在公之余，把目光投向以溪河为家的逍遥自在的渔夫。"渔收亥日妻到市，醉卧水痕船信风。"（《古渔父》）渔夫们以一朵浪花的姿势，醉卧信风，奔腾在河床上；"春鲔出潜留客鲙，秋蓴遮岸和儿歌。"（《渔父二首》其二）一边春留客鲙，一边秋和儿歌；"世上岂无千里马？人中难得九方皋。酒船鱼网归来是，花落故溪深一篙。"（《过平舆怀李子先时在并州》）溪飘落花归舟，寥寥几笔勾勒出渔夫诗意般的生活和精神上的快意舒心。黄庭坚字里行间流露出对"渔父"的倾慕，其实质是其内心淡泊名利，对与世无争的生活的向往。

黄庭坚对高洁之士是推崇备至的，在叶县交往的大都是有林泉之志的人。熙宁元年（1068年）赴叶县前，他曾写下一首《次韵戏答彦和》：

本不因循老镜春，江湖归去作闲人。

天于万物定贫我，智效一官全为亲。

布袋形骸增磈磊，锦囊诗句魄清新。

杜门绝俗无行迹，相忆犹当遣化身。

除了钦羡隐士彦和，黄庭坚《送焦浚明》中赞赏焦浚明"中怀坦夷眉宇静，外慕淡薄天机深"；在《赠陈公益并序》中欣赏陈公益"心随出处乐，性与寂寞超"，"性怀如佩环，诗笔若陨雹"；《戏答公益春思二首》其一中他更是赞誉其"光尘贵和同，玉石尚磊落"。他认定，和光同尘，把生命托付给自然才是潇洒自在和永恒追求。"予尝有穷谷苍烟寂寞之约，唯公益共之"。黄庭坚和陈公益有了隐居之约。

为宦的疲惫和在故乡的逍遥是多么强烈的一种对比呀！那里也许是寒风瑟瑟的冬夜，但乡亲们围炉打坐，可以家长里短，片刻间温暖冰冷的心灵；那里也许是杨柳依依的早春，但兄弟们结伴踏青，可以有许多的希望开始放飞；那里也许是赤日炎炎的夏季，但侄辈们跟在后面到河边戏水，可以重温童年的旧梦；那里也许是金秋送爽的日子，但勤朴的乡亲正在劳作，可以一同领略渔猎丰收的喜悦！

于是，《戏赠王晦之》就有了"栖苴世上风波恶，情知不似田园乐"的感叹，《春思》就有了"启明动钟鼓，睡著初不觉。简书催秼马，行路如徇铎……搔首念江南，拿船趁鹔鹴。夷犹挥钓车，清波举霜鲫"的回望，《客自潭府来称明因寺僧作静照堂求予作》就有了"正苦穷年对尘土，坐令合眼梦湖湘。市门晓日鱼虾白，邻舍秋风橘柚黄"的洞察，《冲雪宿新寨忽忽不乐》就有了"小吏有时须束带，故人颇问不休官……江南长尽捎云竹，归及春风斩钓竿"的领悟。

熙宁二年（1069年）原配孙兰溪小产染上风寒后撒手离世，黄庭坚悼亡之作《红蕉洞独宿》面世：

南床高卧读逍遥，真感生来不易销。

枕落梦魂飞蛱蝶，灯残风雨送芭蕉。

永怀玉树埋尘土,何异蒙鸠挂苇苕。

衣笥妆台蛛结网,可怜无以永今朝。

入世和出世的纠结,理想与现实的冲突,事业和爱情的失落,让刚刚步入社会的青年才俊不知所措。也许通过构筑隐逸林泉的理想才能消解内心的苦闷,也许超越尘世纷扰才能寻求精神的皈依,关注人文、净化自我,黄庭坚淡化对事功的追求的思维也逐渐显现。

也许,在黄庭坚隐逸和逍遥的内心世界里,"明月清风非俗物,轻裘肥马谢儿曹"(《答龙门潘秀才见寄》),寻求的是精神上的寄托。这让他无时不在勾勒一种向往的生活蓝图:在河流的尽头,构筑一座精神家园。在白云与清溪之间,在虎豹和鸥鸟之间,在初阳与黑夜之间,叶县尉黄庭坚形塑出一张自由放任的自画像——"漫尉":"豫章黄鲁直,既拙又狂痴。往在江湖南,渔樵乃其师。腰斧入白云,挥车棹清溪。虎豹不乱行,鸥鸟相与嬉……晨朝常漫出,莫夜亦漫归。漫尉叶公城,漫抚病余黎……君子守一官,乌肯苟简为……赋分有自然,那用时世移。吾漫诚难改,尽醉不敢辞。"(《漫尉》)

今天，和大家谈谈一个北宋士大夫的初心

—— 拜读黄庭坚之四

何谓初心？据《现代汉语词典》解释：初心是指最初的心愿、信念。

有人说，初心是坚定的信仰，是对头顶上灿烂星空的持续仰望，是对理想的追求；有人说，初心是满满的情怀，是对道德修为的自我调剂；有人说，初心是标准的戒尺，是对典章制度的最低限定。

古人对初心有过论述。《诗经·大雅·荡》云："靡不有初，鲜克有终。"意思是做人、做事、做官都怀有信念，会善始，但很少有人善终；元朝的王惟一在《西江月》里说"学道须当猛烈，始终确守初心，纤毫物欲不相侵"；宋朝的晏几道在《风入松》里则表述为"若是初心未改，多应此意须同"。历代先贤的这些话都告诫我们，不忘初心，方得始终。

那么，今天，就让我们一起来谈谈黄庭坚这位北宋士大夫的初心吧！

如果你有机会穿越回北宋，你会发现，士大夫这个阶层如"刷屏"一般存在。范仲淹、欧阳修、王安石、苏氏父子、黄庭坚等"大咖"不仅学养深厚，而且重操守、尚志节，奉孟子"圣人"儒学为圭臬，具有强烈的施仁政、抚黎民、建功业的思想，是初心不改的践行者。

黄庭坚当时的理想和追求是什么呢？我们先把目光投到诗人这首"10万＋"的《虎号南山》上：

一章

虎号南山，北风雨雪。

百夫莫为，其下流血。

相彼暴政，几何不虎。

父子相戒，是将食汝。

二章

伊彼大吏，易我鳏寡。

矧彼小吏，取桎梏以舞。

念昔先民，求民之瘼。

今其病之，言置于壑。

三章

出民于水，惟夏伯禹。

今俾我民，昏垫平土。

岂弟君子，伊我父母。

不念赤子，今我何怙。

呜呼昊天，如此罪何苦。

"相彼暴政，几何不虎"，民不聊生的现象，让叶县尉黄庭坚忍不住"吐槽"：那些暴政酷吏，有多少不像老虎的？苛政猛于虎呀！熙宁元年（1068年）至叶县前，黄庭坚从儒家的仁政理想出发，"念昔先民，求民之瘼"：统治者应该关心民间疾苦，应该有体恤百姓的仁心呀！

到任叶县的第二年，"屋漏偏逢连夜雨"，地震后洪水泛滥，黄庭坚遇到潮水般涌来的河北灾民。熙宁二年（1069年）充分体现其仁政理想的代表作《流民叹》横空出世："累累襁负襄叶间，问舍无所耕无牛。初来犹自得旷土，嗟尔后至将何怙……"逃难的百姓流离失所，无以为生的悲惨生活跃然纸上。黄庭坚在字里行间流露出对灾民的同情，呼吁执政者要未雨绸缪，关心民瘼，全力赈济。

在叶县第三年的一天，黄庭坚去舞阳县马鞍山（今舞钢市境内）东港河稻田察看，写下了"麦苗不为稻，诚恐非民瘼，不知肉食者，何必苦改作？"的诗句，表现出诗人对民间疾苦的同情，以及对"肉食者"的讽刺。

由于官卑职微，仁政的理想无法实现，黄庭坚一腔为民请命的热血无处抛洒。诗人反求诸己，把生活重心放在自我道德品格的修炼上。他可以为自己"带盐"呀！"不以民为梯，俯仰无所怍"，这是诗人"以义求仁"的修身准则，也是其民本思想的内心表达。

《寄李次翁》这首"带盐"名篇也由此面世：

两断山川明，花深鸟乌乐。

枯骨不沾名，古今同一壑。

惟有在世时，聊厚不为薄。

南箕与北斗，亲友多离索。

斯文如旧欢，李侯极磊落。

颇似元鲁山，用心抚疲弱。

不以民为梯，俯仰无所怍。

胸中种妙觉，岁晚期必获。

然膏夜读书，见圣宜有作。

文字寄我来，官邮远飞橐。

江西修水县黄庭坚纪念馆中有一幅画，画的是一棵枯黄的白菜，上面有黄庭坚的题字："不可使士大夫不知此味，不可使天下之民有此色。"意思是，为官的人不能不知道这烂白菜的味道，更不能让老百姓面带这样的菜色。这个故事闪耀着这位北宋士大夫民本思想的智慧光芒！

为老百姓奔走呼号，结果却是"四方民嗷嗷，我奔走徒劳""民痛亦我痛，呻吟达五更"。面对社会黑暗、民生凋敝的现实，黄庭坚痛感"回天无力"，他在《戏答公益春思》中写道："我为折腰吏，王役政敦薄。文移乱似麻，期会急如雹。赋敛及逋逃，十九被木索。公思当此时，清兴何由作？"单纯的道德情怀无法改变社会现实呀！深深自责和遗憾之余，黄庭坚认为，官员清廉才是立身处世的根本。

《叶县志·清乾隆》记载，黄庭坚在叶县任上，"为官清正，政绩显赫"。为监督叶县一众官员自警自勉，清正廉洁，黄庭坚用楷书亲书后蜀孟昶《戒石铭》中的"尔俸尔禄，民膏民脂；下民易虐，上天难欺"十六字箴言于县衙。黄庭坚虽仕途多舛，但他所倡导的"当官莫避事，为吏要清心"的为官之道，贯穿于他一生的仕途之中，被后人"点赞"和"打 call"。

在太和县任上，在实施王安石推行的"新法"中，黄庭坚刚正不阿，宽严相济。《宋史·黄庭坚传》载："知太和县，以平易为治。时课颁盐策，诸州县争占多数，太和独否，吏不悦，而民安之。"适逢北宋朝廷推行盐茶专卖法，黄庭坚深入穷乡僻壤体察民情，目睹百姓的惨状，内心非常痛苦，写下了十余首堪称实录的纪行诗，《上大蒙笼》堪称典范之作：

黄雾冥冥小石门，苔衣草路无人迹。

苦竹参天大石门，虎远兔蹊聊倚息。

阴风搜林山鬼啸，千丈寒藤绕崩石。

清风源里有人家，牛羊在山亦桑麻。

向来陆梁嫚官府，试呼使前问其故。

衣冠汉仪民父子，吏曹扰之至如此。

穷乡有米无食盐，今日有田无米食。

但愿官清不爱钱，长养儿孙听驱使。

借用百姓"但愿官清不爱钱，长养儿孙听驱使"的呼声，黄庭坚在"朋友圈"宣告，自己初心不改，持道守正，不会在世俗时流中迷失自己。穿越历史的苍茫，900 余年前的呼声言犹在耳。品读北宋这位士大夫的初心，也许能够告诉现代人，不管以后走得有多远，都不能忘记当初为什么出发！

诗酒唱和，总会有一次最美的遇见

—— 拜读黄庭坚之五

熙宁五年（1072 年），二十八岁的黄庭坚来到北京，在大名府教授一职上一待就是 8 年！

彼时的北京不是今天的北京。北宋时设置四京：东京汴梁（今开封），为国都；西京洛阳；北京大名（今河北大名）；南京商丘。

坦率地说，大名府教授一职是很对他的脾性的。

因为，没有迎来送往，不用卑躬屈膝；因为，可以谈经论道，常能诗酒唱和。

如果说叶县尉是黄庭坚仕途生涯的入口处，那么大名府教授则是其仕途的中转站。

在叶县，要面对入世和出世的纠结、理想和现实的冲突、事业和爱情的失落，仕途入口处成为他的伤心之地。

为了摆脱这种状况，黄庭坚参加了一次改变自己人生轨迹的考试！

"诏举四京学官，第文为优，教授北京国子监。"

参加四京学官考试后，他被择优录取为大名府教授。

这里的"北京国子监"是指今天的河北大名，大名是陪都北京大名府。

国子监是始设于隋代的一种大学，宋朝时成为最高学府，后来成为掌管全国学校的总机构。

教授在宋代为正七品官。陪都西京、南京、北京亦陆续置国子监，设分司官，由朝廷直接派官担任此职。

大名府教授黄庭坚喜欢教书的氛围，喜欢和学生交流。

他的创作热情也被青春学子的热情和朝气唤起而一发不可收拾，诗词书法开始齐头并进。

他一边博览群书，教书育人，一边以诗为媒，以诗会友，创作诗词300首。

他在这里遇见友情，除了与同僚诗酒唱和，也与王世弼、谢子高、崔常甫等国子监学生，组织了一个小型的"文学沙龙"，打破师生界限，像朋友一样研究诗文。

《次韵谢子高读渊明传》就是黄庭坚和学生谢子高的唱和之作：

枯木嵌空微黯淡，古器虽在无古弦。

袖中正有南风手，谁为听之谁为传。

风流岂落正始后，甲子不数义熙前。

一轩黄菊平生事，无酒令人意缺然。

全诗中心思想大概是这样：纵有赋《南风》之才，却生在乱世无人知遇；对菊饮酒才是惬意人生，没有诗酒唱和该是多么遗憾啊。

对于诗酒，黄庭坚可是真爱呀！

"谈笑一樽非俗物，对公无地可言愁"，这是他十年后访问同年登进士第的李子真的感叹；

"身后功名空自重，眼前樽酒未宜轻"，这是他郊居邓州乡村写给师友们的寄语；

"山光扫黛水挼蓝，闻说樽前惬笑谈"，这是他对和远在济南的兄长、妹夫相聚的描述；

"苦寒无处避，惟欲酒中藏""樽酒光阴俱可惜，端须连夜发园花"，这是与晏几道、王稚川等友人的唱酬。

人生苦短，诗酒唱和，功名之外，也得及时行乐呀！

在大名府教授的职位上，正值壮年的黄庭坚诗名愈显，意气风发！

人生如戏，他再次遇见了一段爱情。据《王直方诗话》记载，曾为湖北转运判官、益州路提点刑狱，后因反对新法、闲居邓州的北宋诗人谢师厚读罢黄庭坚的诗后，不禁释卷惊叹道："吾得婿如是足矣。"此话传至黄庭坚耳中，他跟母亲提及，母亲鼓励他："何不前往一试？"他亲自登门求亲，果然得到谢师厚的应允。

继室夫人谢介休年方二十，是谢师厚的幼女。她温婉大度，端庄贤淑，不仅做得一手好针线活儿，而且对诗书也有一些了解，经常和丈夫对谈诗歌和书法。随着女儿黄睦的出生，谢介休相夫教子，侍奉婆婆，让黄庭坚享受到一段难得的宁静的家庭生活。可惜好景不长，元丰三年（1080年）的早春，寒气逼人，26 岁的谢介休染上瘟疫，一病不起后离世，也让黄庭坚独自在人世间再次承受着丧妻之痛。

在大名府教授任上，黄庭坚有幸结识了北宋文学星空下最亮的那颗星——苏轼。

这是一代文豪与诗坛巨子的风云际会，是一次最美的遇见！文坛上的"苏黄故事"由此发端。

有人说，大名数年，是对黄庭坚一生产生重大影响的一个时期，其根本性原因就是在此期间与苏轼的结交。

早在元丰元年（1078 年）春，黄庭坚就把钦羡的目光投向徐州任上的苏轼。他投书《上苏子瞻书》说："庭坚齿少且贱，又不肖，无一可以事君子，故尝望见眉宇于众人之中，而终不得备使令于前后。"

首先表达了自己对苏轼向慕已久却又不能随侍左右的心情。

继而对苏轼"学问文章，度越前辈，大雅岂弟，博约后来""的高才大德极表钦佩。

黄庭坚还随书赠诗二首——《古风二首上苏子瞻》：

江梅有佳实，托根桃李场。桃李终不言，朝露借恩光。

孤芳忌皎洁，冰雪空自香。古来和鼎实，此物升庙廊。

岁月坐成晚，烟雨青已黄。得升桃李盘，以远初见尝。

终然不可口，掷置官道傍。但使本根在，弃捐果何伤。

青松出涧壑，十里闻风声。上有百尺丝，下有千岁苓。

自性得久要，为人制颓龄。小草有远志，相依在平生。

医和不并世，深根且固蒂。人言可医国，何用太早计。

小大材则殊，气味固相似。

前诗以江梅与桃李的对比，喻苏轼之高洁与不同流俗，表达了黄庭坚对苏轼的尊崇。

"后篇'松'以属东坡，'茯苓'以属门下士之贤者，'菟丝'以自况云"。通过描绘青松的形象和声势，比喻苏轼超世拔俗的品格、高洁的情操及声名远播的影响。

苏轼收到黄庭坚的投书与赠诗后，"喜愧之怀，殆不可胜"，只是由于"入夏以来，家人辈更卧病"，直到初秋方作答并和诗。

苏轼在给黄庭坚的第一封书信中，极为称赞他的文才和人品，与之结交的喜悦之情跃然纸上。

自从黄庭坚和苏轼联系上，二人亦师亦友，名义上是师徒，私底下称兄道弟。从此，黄庭坚一面潜心研读苏轼作品，一面不断次韵相和。

苏东坡和黄庭坚二人诗书往来酬唱赠答，友谊不断发展。

此后，不论是高居庙堂，还是贬谪蛮荒，不论是聚首京师，还是天各一方，始自北京大名的"苏黄友谊"整整保持了一生，并为世世代代所传颂。

他们以诗唱和，以文交心，切磋诗书，不亦乐乎。

两人都是北宋诗坛的大家。一次，苏轼对黄庭坚说，你的诗写得很妙，就像海鲜一样，让人食欲大动。但是不能吃得太多，吃太多则容易发风动气。黄庭坚也不客气，"回敬"道：你的文章的确盖世称妙，但所作诗句与古人还有一定距离。

某日，苏轼在给黄庭坚的信上随手涂鸦，黄庭坚回信打趣说子瞻兄书体矮胖敦厚，如"石压蛤蟆"；苏轼不依不饶，亦回信说他的字瘦长飞舞，仿佛"死蛇挂树"。二人读罢，哈哈大笑。此事流传开来，成为当时文坛一段趣话。

"乌台诗案"事发，黄庭坚因"收受有讥讽文字而不申缴"受到牵连，被罚铜二十斤。

元丰三年（1080 年）春，国子监教授任期将满，三十六岁的黄庭坚赴吏部改官。当时朝廷拟定他为卫尉寺丞兼著作佐郎，由于受"乌台诗案"影响，被改派知吉州太和县（今江西省泰和县），结束了他的大名学官生涯。

黄庭坚是因人生不幸、寻找转机而来大名，却又因命运坎坷，带着遗憾而离开。

因为一次最美的遇见，历史在大名转了一个弯！苏轼、黄庭坚两位诗人在饱受磨难的时候都创作了大量伟大的作品。这次遇见，可能是诗家个人命运的不幸，却是北宋诗歌和书法艺术的幸运！

北宋星空下，有一种审美叫赏月

——拜读黄庭坚之六

千百年来，天上的那轮明月，不知被多少文学大家吟咏过！在浩若星辰的唐宋诗词中，就留下了许多千古佳句！

你看，唐诗里的明月何其动人，"我寄愁心与明月，随君直到夜郎西"的赤诚，"且就洞庭赊月色，将船买酒白云边"的闲适，"明月松间照，清泉石上流"的恬静，"海上生明月，天涯共此时"的绵邈，都会引起极度舒适。

当然，宋代诗词的明月也不甘寂寞，"明月几时有？把酒问青天"的豪迈，"此生此夜不长好，明月明年何处看"的感伤，"陆海蓬壶自有山，光风霁月未应悭"的辽阔，"天上若无修月户，桂枝撑损向西轮"的妙想，同样会令人浮想联翩。

在北宋诗词的星空里，作为苏门四学士之首、后来声名与苏轼相埒的著名诗词家黄庭坚，在文学艺术领域发散出皎洁的光芒。在他"点铁成金""夺胎换骨"的笔下，升起了一轮又一轮明月，美不胜收！

元丰三年（1080年）春，国子监教授任期将满，三十六岁的黄庭坚赴吏部改官。当时朝廷拟定他为卫尉寺丞兼著作佐郎，由于受"乌台诗案"影响，被改派知吉州太和县（今江西省泰和县）。在离开汴京时，他和同宗黄几复平常在一起读书作诗，某天，为了解开友人的愁绪，黄庭坚邀其出游。他们坐在汴河岸，一边饮酒，一边赏月，一首《汴岸置酒赠黄十七》便流传下来：

> 吾宗端居丛百忧，长歌劝之肯出游。
>
> 黄流不解浣明月，碧树为我生凉秋。
>
> 初平群羊置莫问，叔度千顷醉即休。
>
> 谁倚桅楼吹玉笛，斗杓寒挂屋山头。

领联的意思是河水混浊变黄也不会使天上的那轮明月黯淡，两岸的碧树带来了秋天的凉意。黄流与明月，凉秋与碧树，那种崇高与忧郁的悲剧美在矛盾冲突中叩击着我们的心灵。在这样的意境里饮酒谈心，能不能解愁呢？我们不得而知。也许豁然一亮，也许愁上加愁吧！

黄几复，名介，南昌人，是黄庭坚少年时的好友，交情很深。黄庭坚曾作《黄几复墓志铭》："几复年甚少则有意于六经……"黄庭坚为这个同宗写过不少诗，譬如《留几复饮》《赠别几复》等，最著名的是作于元丰八年（1085年）的《寄黄几复》和这首《汴岸置酒赠黄十七》，其中"桃李春风一杯酒，江湖夜雨十年灯""黄流不解浣明月，碧树为我生凉秋"成为金句。黄几复本来不太出名，他也许没有料到，自己会被黄庭坚的几首赠别诗和唱酬诗"炒作"得名声在外，甚至以廉正好学的形象流芳后世。

元丰五年（1082年），时任吉州太和县知县的黄庭坚登上一座阁楼，信手拿起笔题下脍炙人口的《登快阁》：

> 痴儿了却公家事，快阁东西倚晚晴。
>
> 落木千山天远大，澄江一道月分明。
>
> 朱弦已为佳人绝，青眼聊因美酒横。
>
> 万里归船弄长笛，此心吾与白鸥盟。

"落木千山天远大，澄江一道月分明"，勾勒出一幅落木千山、澄江月明的美景图。太和县的快阁楼，也因黄庭坚的题诗而名重天下。

黄庭坚诗词里升腾的明月，早在其叶县宦途中就出现过，"山衔斗柄三星没，雪共月明千里寒"（《冲雪宿新寨忽忽不乐》）让人眼前一亮，用时下的网络语言来形容就是"美得犯规"。熙宁四年（1071）春天，黄庭坚辞去叶县尉职务时作《过平舆怀李子先时在并州》。"心随汝水春波动，兴与并门夜月高"，前句写实，汝水春波，足见思念至深，心也随波起伏。后句写实，并州夜月，想象朋友在并州赏月，兴致高远可与皓月争辉。那轮夜月虽然高远，而自己和友人却在官场最底层苦熬，都得不到赏识和重用；同年，在《答王晦之见寄》这首杂言诗中也表达了相近的观点，"白云蒙蒙迷少室，明月耿耿照秋河。可怜此月几回缺，空城每见伤离别"，耿耿明月，月缺月圆，希望自己归隐后还能听到其青云直上的消息。在痛楚和惋惜之中，我们也看到黄庭坚期待和希冀的目光，如高远的夜月，如耿耿的秋月。

《听崇德君鼓琴》也为熙宁四年（1071年）作，则是黄庭坚追求纯净心灵之美、探求自然天地之美的一首作品。

> 月明江静寂寥中，大家敛袂抚孤桐。
>
> 古人已矣古乐在，彷佛雅颂之遗风。
>
> 妙手不易得，善听良独难。
>
> 犹如优昙华，时一出世间。
>
> 两忘琴意与己意，乃似不著十指弹。
>
> 禅心默默三渊静，幽谷清风淡相应。
>
> 丝声谁道不如竹，我已忘言得真性。
>
> 罢琴窗外月沈江，万籁俱空七弦定。

但是理想很丰满，现实很骨感！我们可以桃李春风，"明月清风非俗物"，短暂地栖居在这个澄澈清明的世界，也许更多的是江湖夜雨，"轻裘肥马谢儿曹"，去面对名利场上的荣辱兴衰。月明江静，万籁俱空，这种创作心态的形成除了诗人追求内心宁静的原因外，也与当时禅宗盛行声息相通。《赠别李次翁》里的"德人天游，秋月寒江"也有异曲同工之妙，给人一种淡泊宁静的审美情趣。

除了诗歌，黄庭坚的词也别具格调，能将不同的甚至对立的审美范畴结合起来。譬如描写天上明月，一旦找到一个共同的支点，他就可以做到豪放与婉约的完美糅合。"醉舞下山去,明月逐人归"(《水调歌头·游览》)、"中秋无雨。醉送月衔西岭去。笑口须开。几度中秋见月来"(《减字木兰花·中秋无雨》)"都具有这种刚柔雅健的词风。

不过山谷词对明月的描绘最有特色和韵味的当数《念奴娇·断虹霁雨》:

断虹霁雨,净秋空,山染修眉新绿。桂影扶疏,谁便道,今夕清辉不足。万里青天,姮娥何处,驾此一轮玉。寒光零乱,为谁偏照醽醁。

年少从我追游,晚凉幽径,绕张园森木。共倒金荷,家万里,难得尊前相属。老子平生,江南江北,最爱临风笛。孙郎微笑,坐来声喷霜竹。

此词写于绍圣元年(1094 年),这时黄庭坚已近知天命之年,正谪居地处西南的戎州(今四川宜宾)。黄庭坚以豪健的笔力,做到了俚俗与典雅的融合,展示出他身处逆境时旷达通放的襟怀,宠辱不惊、信步闲庭、豪迈乐观,步入一种审美化的人生境界。

词中的月亮是刚过中秋的八月十七的月亮。"桂影扶疏,谁便道,今夕清辉不足。万里青天,姮娥何处,驾此一轮玉。寒光零乱,为谁偏照醽醁",作者连发三问,如层波叠浪,写尽清辉寒光的月色之美和自得其乐的文人雅兴。嫦娥驾驶玉轮更是别开生面的奇想,有别于历来诗词家笔下那孤独寂寥的嫦娥形象,成为旧典翻新的最佳注脚。

"月也摇晃,人也彷徨,乌篷里传来了一曲离殇。庐州月光,洒在心上,月下的你不复当年模样。太多的伤,难诉衷肠,叹一句当时只道是寻常……",在歌手许嵩《庐州月》的歌声里,透过诗词里穿越时空的同一轮明月,我仿佛看到了 900 余年前黄庭坚历经磨难而倔强前行的身影!

(原文发表于 2019 年 9 月 29 日"学习强国"湖南学习平台)

拜读黄庭坚系列主要参考文献

黄宝华选注,黄庭坚选集 上海:上海古籍出版社 2016

吴梅影,黄庭坚:因风飞过蔷薇 杭州:浙江古籍出版社 2018